의미 없는
시간은
없습니다

의미 없는 시간은 없습니다

발행일	2025년 1월 21일

지은이	김은숙, 박은정, 김은희, 박미라, 박선희, 이영숙, 이은미, 조미숙, 정민경, 한은서		
펴낸이	손형국		
펴낸곳	(주)북랩		
편집인	선일영	편집	김현아, 배진용, 김다빈, 김부경
디자인	이현수, 김민하, 임진형, 안유경, 신혜림	제작	박기성, 구성우, 이창영, 배상진
마케팅	김회란, 박진관		
출판등록	2004. 12. 1(제2012-000051호)		
주소	서울특별시 금천구 가산디지털 1로 168, 우림라이온스밸리 B동 B111호, B113~115호		
홈페이지	www.book.co.kr		
전화번호	(02)2026-5777	팩스	(02)3159-9637

ISBN	979-11-7224-452-1 03810(종이책)	979-11-7224-453-8 05810 (전자책)

(주)북랩 성공출판의 파트너

북랩 홈페이지와 패밀리 사이트에서 다양한 출판 솔루션을 만나 보세요!

홈페이지 book.co.kr • **블로그** blog.naver.com/essaybook • **출판문의** text@book.co.kr

작가 연락처 문의 ▸ ask.book.co.kr

작가 연락처는 개인정보이므로 북랩에서 알려드릴 수 없습니다.

어느 날 문득 허탈해지는
4050을 위하여

의미 없는
시간은
없습니다

김은숙
박은정
김은희
박미라
박선희
이영숙
이은미
조미숙
정민경
한은서
공저

북랩

들어가는 글

돈 걱정 없이 꿈꾸는 대로 산다는 것은 먼 나라 이야기였습니다. 그저 고개 숙인 채 묵묵히 주어진 일을 해치우기에 바빴지요. 고개 들어 숨 한 번 크게 들이켜고 나니 어느덧 50대 후반, 들이켰던 숨은 한숨으로 되돌아왔습니다.

꿈은 그저 사치요, 돈은 제게 곁을 주지 않더군요. 어영부영 시간만 보냈던 탓일까, 불현듯 남편에게 주어진 암 선고 이후 겁이 나서 잠이 다 오질 않더군요. 걱정과 위로의 목소리를 건네주는 주변 지인들에게 감사한 마음 가득했지만 그뿐, 결국 코앞에 닥친 문제는 제가 해결해야만 했습니다. 주어진 대로 살아지던 삶은 갑작스럽게 변한 상황에 뒤엉켜버렸습니다. 헝클어진 실타래처럼 매듭은 쉽게 풀리지 않더군요. 이를 악물고 뭔가를 해본 경험도 없던 탓에 허둥대기만 했습니다. 그동안 뭐 하며 산 것인가 자괴감마저 들었네요. 내가 뭘 그리 잘못했기에 사람을 이리 벼랑 끝까지 내모는 것일까 하늘마저 원망스러웠습니다. 그동안 돈에 대해 무지했던 제가 보이네요. 하늘 탓이 아니었습니다. 그저 살아지는 대로 살아온 제가 그 속에 있었을 따름입니다.

　지금껏 살아온 제가 못나 보여서 그렇게 살지 않으려고 꽤나 애썼던 듯합니다. 지난 내 삶을 부정해야 앞으로가 달라질 것이라고만 생각한 이유는 무엇이었는지 모르겠습니다. 하지만 지난 시간이 지금의 나를 만들었으니, 앞으로의 시간은 좀 달리 살아야 가능할 것이라고만 생각했네요. 어떻게 해야 할지 모르겠기에 다짜고짜 누군가가 이끌어주는 대로 이리 휘청 저리 휘청였나 봅니다.
　달라지려고 시작한 길이었건만 시간 지나 돌아보니 밑 빠진 독에 물 붓듯 수없이 강의비만 들이고 있는 제가 또 보이네요. 그동안의 내 삶이 틀렸다 싶어 다르게 살겠다고 다짐하고 타인이 닦아놓은 길을 걸어가려고 누군가에게 의지하고 있다 보니 또 바람 빠진 풍선처럼 이리저리 나부끼듯 줏대 없는 삶만 또다시 반복하고 있었습니다.

　남편 뒤에 숨어서 감당하지 않고 살았던 내 삶이, 가정을 책임져야 하는 삶으로 바뀌면서 실질적인 가장이 되어보니 그제야 조금씩 눈에 보입니다. 그동안 살아낸 내 삶도 전혀 의미 없었던 것은 아니었다는 사실을요. 과거를 부정해야 미래가 달라질 것이라는 착각을 했을까요. 미래의 나도 과거의 나도 현재의 내가 받아들이고 만들어가기 나름이라는 것을 왜 그토록 모른 채 살아왔던 것일까요?

달라져야 했습니다. 다르게 살고자 발버둥 쳤네요. 이제는 진짜 달라지려 합니다. 과거의 내가 지금의 나를 만들어 여기까지 함께 왔듯, 과거의 저를 부정할 생각은 눈곱만큼도 없습니다. 그때의 제가 있었기에 더 늦기 전에 달라지겠노라 결심할 수 있었을 테니까요. 그때의 제가 있었기에 반듯하게 자기 앞가림하며 잘 자라준 두 아이의 엄마로 살아올 수 있었을 테니까요. 그때의 제가 있었기에 남편 대신 생활 전선에 나섰어도 버텨낼 수 있었으니까요.

이제 와 돌이켜보니 태어나서 지금까지 저에게 의미 없던 적은 단 한 순간도 없었습니다. 과거의 내가 지금의 나로 우뚝 서게 했듯 앞으로의 내가 지금보다는 조금 더 행복할 수 있도록 조금씩 비어 있는 부분을 채워가고자 한 걸음씩 옮기기 시작했기 때문입니다.

여기 지난 자기 삶의 시계에서 미래를 그려나가려는 10명의 작가가 모였습니다. 문득문득 허탈해지던 순간을 온몸으로 맞닥뜨리고 지나간 시간 속의 '나'와 함께 앞으로의 '나'를 만들어가려는 이들이 조금은 용기를 내어 자신의 이야기를 세상에 꺼냈습니다. 그들의 이야기가 저와 별반 다를 바가 없었습니다. 아마도 문득 허탈해지곤 하는 이 세상의 누군가도 역시나 저희와 같은 순간을 겪어낼 테지요. 그러한 당신에게 감히 손을 내밀어보려 합니다.

불행 뒤에 크게 숨어 있을 행복을 찾아내어 바라는 대로의 삶을 만들어가려는 김은숙 작가.

지금껏 해내었던 소소한 도전들로 앞으로의 삶을 예쁘게 만들어간다는 박은정 작가.

사라진 시간을 되찾고 다가오게 될 오늘의 나를 더욱더 사랑해주기로 한 김은희 작가.

30년간 몸담았던 직장생활에 마침표를 찍고 치열함을 더해 나갈 박미라 작가.

평범한 나 자신도 어여쁜 삶이라며 이제는 자신을 위해 시간을 더 쓰겠노라 다짐한 박선희 작가.

50세 이후 자신을 다시 만나고 인생의 새로운 장을 펼쳐낼 이영숙 작가.

열심히 살아낸 시간을 바탕으로 환갑 이후엔 온전히 자신의 생을 살아낼 이은미 작가.

이끌려 교사의 길을 걸었으나 이제는 돌봄과 사랑으로 함께하는 여정을 걸어나갈 조미숙 작가.

마흔을 코앞에 두고 이제는 자신만의 기록과 역사로 이후를 그려나갈 정민경 작가.

엄마로 살면서 묻어두었던 작은 용기를 꺼내 나 자신과의 호흡을 진하게 맞춰나갈 한은서 작가.

열 명의 작가가 조심스레 꺼내놓은 그들의 이야기는 이 세상 어딘가 인생의 허탈함 속에 잠시 잠깐 한숨을 몰아쉴 누군가에게 작은 손길이 되어줄 겁니다.

그때의 나도 옳았습니다.

지금의 나도 괜찮습니다.

앞으로의 나는 어여쁠 것입니다.

그렇게 걸어가는 길 위에 조금은 당당하게, 더 이상 시선을 피하지 않고 꿈꾸고 목표하는 지점을 향해 또다시 걸음을 내디딜 겁니다. 우리의 삶은 우리가 원하는 대로 그려갈 수 있는 고귀한 존재니까요.

이 책이 당신의 손에 들린 순간, 깨닫게 되실 겁니다. 지금껏 살아온 시간이 절대 헛되지 않았다는 것을요. 우리의 삶이 그러했듯 당신의 삶도 지금까지의 시간을 디딤돌 삼아 충분히 바라는 대로 변화할 수 있게 될 겁니다. 하오니 지나온 나를 힘껏 안아주세요. 잘 살아내줘서 고맙다는 말과 함께.

2025년 1월

김은숙

제1장
남을 위해 살아왔다

제4장
내 소중한 시간을 사랑하기로 했다

제1장

남을 위해 살아왔다

1.
지켜만 봐주었어도 되었을 것을

김은숙

"입술이 파래지면 바로 병원으로 데리고 와야 합니다."

첫째 아이가 태어난 지 일주일 지났다. 병원 정기진료에서 의사는 아이 심장에서 잡음이 들린다고 했다. 큰 병원으로 데리고 가라며 소견서를 써줬고 대구의 대학병원으로 갔다. 내려진 진단이 동맥관 개존증이었다. 세상에 나오며 닫혀야 할 동맥관 혈관이 열려 있다는 것이다. 내 잘못으로 아이가 이렇게 태어난 것만 같았다. 나의 시선은 어느새 딸의 입술만 쳐다보는 게 일이 되었다.

다행히 네 살이 되고 몸무게가 어느 정도 돼서야 수술대에 올랐다. 국내에서 권위 있는 의사에게 수술받는다니 조금 진정이 되긴 했어도 마음과 달리 걱정이 앞섰다. 수술실 밖에서 아이가 나오길 기다리는데 시간은 왜 그리 더디 가는지. 세 시간이 다 되어갈 무렵 수술실 문이 열리더니 우리 부부에게 들어오라고 했다. 겁이 덜컥 났다. 뭐가 잘못된 것일까? 순간 몸이 떨렸다. 들어가니 조그마한 아이가 마취 상태로 누워 있었다. 그 모습을 보니 가슴이 아파서 눈물만 나왔다. 허벅지 혈관을 통해 장치를 넣어 동맥관 혈관에서 펴지는 수술을 했다. 수술 결과를 모니터로 바로 보여주었다. 그러면서 주의 사항도 알려주었는데 뭐라고 하는지 아무것도 들리지 않았다. 그저 어린애가 차가운 수술대 위에 있는 것만 내 눈에 들어와 박혔다. 아이는 수술 후 감사하게도 일상생활에 무리 없이 잘 자랐다.

태어난 지 9개월 된 둘째. 잘 놀고 잘 먹던 애가 토하고 혈변을 봤다. 너무 놀라 시내에 있는 소아 의원으로 가서 진료받았다. 의사는 단순 감기로 인한 장염이라고 했다. 약만 먹으면 괜찮아진다고 했다. 집에 돌아와서도 증상은 멈추질 않았다. 무서웠다. 애를 둘러업고 동네에 새로 개원한 의원을 찾았다. 혈변이 묻은 기저귀를 보여줬다. 그랬더니 지금 당장 시간이 없으니, 대학병원으로 가라고 했다. 시간이 조금만 더 지났다면 아이는 죽을 수도 있었다. 더는 지체할 수 없어서 급하게 수술했다. 원인은 장중첩이었다. 늘 가던 소아과 의사만 믿고 있다가 아이를 보낼 뻔했다. 두 아이 모두 어릴 때 크게 한 번씩 고비를 넘겼다. 첫째와 둘째의 터울은 14개월 차이다 보니 집안일할 때는 아이들이 좋아하는 동요 비디오를 틀어줬다. 그러던 중 어느 날 둘째가 이상했다. 엄마 아빠만 겨우 할 줄 아는 아이가 TV에 나오는 글자를 읽는 게 아닌가. 천재인가 싶었다. 가르친 적도 없는 글자를 갑자기 소리 내 읽어서 혼란스러웠다. 오빠 집에 놀러 갔는데, 둘째는 그날도 TV 앞에 서서 '설날 대잔치'라는 글자를 손가락으로 짚어가며 또박또박 읽었다. 그 후로도 글자를 매일 읽었다. 가만 보니 동요가 나오면 하단에 자막이 나오는데 그걸 손가락으로 짚어가며 글자를 터득한 것이다. 알려주지 않았는데 글을 읽는 게 신기했다. 이 녀석을 어떻게 가르칠까를 상상하며 영재학원이라도 보내야 하나 싶었다.

한참이 지난 후에 알았다. 둘째는 뜻이 뭔지도 모르고 글자를 외워서 읽었던 것이다. 머리를 벽에 부딪히는 습관도 있었지만 그게 심하지도 않았고 순하고 조용하게 혼자서 잘 노는 아이였다. 나는 무지해서 그렇게 크는 건 줄 알았다. 알고 보니 둘째는 비디오 증후군이었다. 만 2세 미만 아이가 텔레비전과 비디오 시청이 많으면 유사 자폐, 사회성 결핍 등을 겪게 된다는 것이다. 언어치료 등 전문가의 조언에 따라 치료해야 했지만, 언어치료와 놀이치료로 들어가는 돈이 만만치 않았다. 그때 남편 월급으로는 먹고 사는 일이 더 우선이었다. 심각성을 깨닫지 못한 나는 돈 때문에 치료를 미뤘다. 그래서였을까, 어린이집 보내는 것부터 힘들었다. 또래 아이들과 어울리지 못했고, 어린이집에 도착하면 난간을 붙잡고 동네가 떠나가라 울어댔다. 나 편해지자고 초등학교 가는 첫째에게 둘째를 어린이집에 데려다주라고 부탁했었는데, 그때 첫째가 애를 먹었다. 둘째가 어린이집을 거쳐 유치원에 갔고 유치원에 간 지 이틀째 집으로 전화가 왔다. 입학을 취소하겠다는 것이다. 애가 혼자 놀고 선생님 말씀도 안 듣고 자기 하고 싶은 것만 한다는 것이다. 몇 번을 죄송하다고 말하고 애를 데리고 돌아오는데,

가슴에 돌덩이가 하나 크게 얹어진 듯 숨이 잘 쉬어지지 않았다. 나만 힘든 세상을 사는 것만 같았다. 같은 아파트의 또래 엄마들은 마음고생 없이 사는 것 같은데 나만 말 못 할 힘든 마음을 안고 살아야 하나 싶은 생각에 자꾸만 움츠러들었다.

마음을 나누고 산다고 생각한 가까운 친척은 둘째를 보고 정상이 아니라고 했다. 그 말이 내 귀에 들려왔다. 나에게 괜찮냐고 한 번이라도 물어봐주지 않았다. 자기들의 잣대로 내뱉는 말들이 날카롭게 꽂혔다. 내 옆에서 자는 애들을 보며 벽에 기대어 있으면 나도 모르게 어디서 시작되었는지 모를 뜨거운 눈물이 흘렀다. 자는 애들 한 번 더 쓰다듬어주고 안아주면서 약해지는 감정에 빠지지 않겠다고 입술을 깨물었다.

둘째를 진료했던 대학병원 의사가 말했다. 유사 자폐는 분명 시간이 지나면 정상적으로 돌아오니 그냥 기다려주면 된다고 했다. 그 말을 가슴에 품고 기다렸지만 쉽게 나아지지 않았다. 초등학교 다닐 때는 늘 겉돌았다. 둘째 담임이 첫째 교실에 전화해서 동생이 배가 아프다고 집에 데려다주라고 했다. 첫째가 둘째를 업고 집에 내려놓고 학교로 가는 날이 반복됐다.

첫째는 수업을 빼먹고 동생을 데려다주는 일이 많아지자, 또래들 사이에서 따돌림을 당했다고 했다. 아무도 없는 집에 동생을 데려다놓고 학교로 돌아갔을 어린 첫째를 생각하면 지금도 마음이 아프다.

둘째는 바둑을 좋아하고 잘하는 조용한 애다. 이런 둘째를 뒤에 앉은 애들이 수업 시간에 선생님의 눈을 피해 뾰족한 걸로 자꾸 찌르며 괴롭힌다고 했다. 하지 말라고 얘기를 했는데도 계속한다는 것이다. 둘째는 담임에게 뒤에 앉은 애들이 괴롭힌다고 말했지만, 선생님 눈을 피해서 괴롭히는 강도는 더 커져서, 급기야는 둘째가 자신의 연습장에 옥상에서 뛰어내리고 싶다는 글을 썼다며 둘째 담임은 나를 급하게 불렀다. 순둥이, 배려가 많은 애, 욕심이 없는 애, 마음이 깊은 애를 같은 반 애들은 괴롭힘의 대상으로만 아이를 보고 있으니, 화가 났다. 선생에게 가서 따졌다. 이 지경이 될 때까지 뭐 하셨냐고. 아이가 몇 번을 말했다는데 뭘 했냐고. 선생인 자신도 미안하다면서 어쩔 수 없다는 듯이 말했고, 상습적으로 때린 애들 부모를 만나기 위해 퇴근 후 찾아갔지만 덩그러니 아이들만 있는 집이었다. 다시는 그러지 말라는 다짐을 받고 돌아서는 게 전부였다. 나는 둘째에게 한 대 맞으면 열 대를 때리라고 말했지만, 둘째는 그렇게 하지 않았다. 자기를 지킬 줄 모르는 둘째가 미워서, 이렇게 살 바엔 우리 같이 옥상에서 뛰어내리자는 말을 수없이 했었다. 그러면 둘째는 "엄마 미안해. 이제 나도 때릴게"라고 했지만, 자신을 괴롭힌 애들을 쉽게 때리지는 않았다. 그 애가 커서 군대를 갔다. 강원도 고성으로 자대 배치를 받았는데 2~3일에 한 번씩은 전화가 왔다. 그전부터 있었던 과민대장증후군이 따돌림의 원인이었다.

말하자면 관심병사가 되었고, 병사들을 책임지고 있던 책임자는 하루가 멀다고 나에게 전화를 했다. 그 전화가 죽어도 받기 싫었다. 군대 갔으면 거기서 강한 남자가 되어 돌아오기를 바라는 마음에 보냈는데 그건 그냥 내 바람이었다. 걸려 오는 전화를 매번 마음의 준비를 하고 받았다. 차로 한 번도 쉬지 않고 가도 네 시간 반이 되는 거리를, 부대에서 부르면 보러 다녔다. 언제 퍼져도 이상하지 않을 오래된 경차를 끌고 대관령을 넘으며 다시는 부르지 않았으면 하는 마음으로 다녔다. 한편으로는 아픈 둘째 마음이 오죽할까 싶었다. 배가 아파서 늘 병원을 오가며 검사와 입원을 반복했고, 아픈 게 심해져서 상급병원을 전전하며 치료를 받다가 조기 전역을 했다. 전역 후 둘째는 집으로 돌아와 안정을 찾으면서 괜찮아졌다. 둘째 스스로가 성장하는 게 보였고 인성이 훌륭한 사람으로 컸다. 그냥 아이를 지켜만 봐도 되었을 것을. 남들은 건강하게 태어나서 탈 없이 자라는데 나에게만 유독 쉽지 않은 시간이었다. 태어나며 닫혀야 할 동맥관이 열려 있어 노심초사하며 아이의 입술만 쳐다봐야 했던 그때는 내가 잘못해서 아이를 고생시킨 것만 같았다. 그리고 둘째가 남들과 다르지 않다는 걸 증명해내고 싶었던 걸지도 모른다. 그래서 무던히도 힘든 마음을 감추려고 애를 썼다. 뒤에서 수군대는 사람들의 입을 막아버리고 싶었다. 그때 나의 태도는, 내 눈에 곱게 보일 리 없는 주변 사람들에게 덤빌 테면 덤벼보란 듯이 살았다.

아이들을 볼 때면 왜인지 모르는 분노와 눈물을 마구 쏟았던 게 생각난다. 그때를 생각하면 남의 시선 끝에 늘 내가 웅크리고 있었다. 있는 그대로를 봐줄 여유가 없이 살았던 그때의 삶이 너무나 부끄럽게 기억된다. 하찮은 나의 오만이 둘째의 인생까지 망칠 뻔했다. 내가 사랑으로 지켜보자 하니 둘째는 달라졌고 어른스러워졌다. 애쓰지 않아도 스스로 자신의 성벽을 튼튼히 세워갔고 나 또한 둘째를 통해 변화하고 있었다.

2.
결핍을 채우려 했다

박은정

"나한테 직접 말하지. 왜 애한테 그래. 쟤가 뭘 잘못했다고!"

아이를 야단치는 남편의 말을 가로막았다. 아빠의 차가운 모습에 상처받을까 두려웠다. 남편은 내가 아이를 다 망쳐놓는다고 했다. 혼자라 강하게 키워야 하는데 무조건 감싸고 도는 엄마 때문에 나약해진다는 말이었다. 우리가 말다툼을 벌이는 날이면, 아이는 익숙한 듯 자기 방으로 조용히 들어갔다. 자기 때문이라며 자책하게 될 아이의 모습이 떠올라 마음이 무거웠다.

내 아이는 밝은 아이로 키우고 싶었다. 남 앞에서 주눅 들지 않고 당당한 모습이길 바랐다. 육아서에 나와 있는 대로 좋다는 건 무조건 따라 해봤다. 현실은 달랐다. 내 뜻대로 되지 않았다. 나처럼 크지 않길 바랐는데 아이에게서 내 모습이 보인다. 남과 어울리지 못하고 뒤에 숨기 바쁜 내 모습. 아이도 쭈뼛쭈뼛 엄마 뒤로 숨는다. 불안이 가득한 모습이다.

어린 시절 우리 집은 형편이 좋지 않았다. 아빠를 대신해 엄마 홀로 일곱 식구 생계를 책임져야 했다. 내가 일곱 살이 되던 해, 엄마는 돈을 벌기 위해 서울로 올라가셔야 했다. 얼마 지나지 않아 내 밑의 남동생도 데리고 갔다. 다섯 살밖에 되지 않은 막내를 먼저 데리고 가는 건 어쩔 수 없는 선택이었을 텐데, 그때 나는 영문을 몰랐고 남동생만 데리고 가는 엄마 뒷모습을 바라보며 하염없이 울었던 기억이 있다. 우는 아이를 두고 떠나야 했던 엄마의 심정은 얼마나 고통스럽고 힘겨우셨을까.

어릴 적 내가 살던 곳은 아주 작은 시골 마을이었다. 버스 타는 곳까지 나가려면 산길을 넘어 먼 길을 돌아가야 했다. 엄마가 서울에서 내려온다는 날이면 신이 나서 마중을 나갔다. 깜깜한 시골 밤길 무서운 줄도 모르고 혼자 걸어 나갔다. 멀리 버스 한 대가 보였다. 반가운 마음에 힘껏 달려갔지만, 그 버스 안에 엄마는 없었다. 분명 오늘이었던 것 같은데, 내가 잘못 들은 걸까. 지나가는 저 버스가 막차일 텐데 아무리 기다려도 엄마는 보이지 않았다. 밤이 너무 늦었다. 집으로 돌아가려면 서둘러야 한다. 흐르는 눈물 때문에 눈앞이 흐릿하다. 울음을 삼키고 발걸음을 재촉해본다. 내가 이렇게 많이 걸어왔던가. 돌아가는 길은 너무 멀고 무섭게 느껴진다.

아이는 초등학교 들어가면서 혼자 있는 시간이 많아졌다. 퇴근길 아이에게서 전화가 걸려 왔다. "엄마 언제 와? 혼자 있기 무서워." 겁먹은 아이 목소리에 가슴이 철렁 내려앉는다. 액셀을 더 세게 밟았다. 지하 주차장에 도착해 시간을 확인하니, 이미 저녁 7시가 지나고 있었다. 차에서 급히 내리려던 찰나, 고객에게 전화가 걸려 왔다. 계약 건으로 중요한 통화였기에 바로 내릴 수가 없었다. 밥도 못 먹고 엄마만 애타게 기다리고 있을 아이 생각에 속이 타들어갔다. 통화를 마치고 시계를 보니 벌써 한 시간이나 지났다. 서둘러 집으로 향해보지만 눈앞에서 엘리베이터를 놓쳐버렸다. 22층까지 올라가서야 다시 1층으로 내려온다. "엄마야?" 현관문 비밀번호 누르는 소리에 떨리는 아이 목소리가 들린다. 문이 열리자마자 아이는 내 품으로 달려와 와락 안긴다. 어두운 저녁, 혼자 얼마나 무서웠을까. 내 아이만은 무서움에 떨지 않게 하겠다고 다짐했는데 그 약속을 지키지 못하는 엄마가 되어버렸다.

아이에게 무슨 일이 생기면 다 내 잘못이라 여기며 나를 자책하기에 바빴다. 그럴 때마다 점점 더 치열하게 살아가려 애썼다. 그 치열함은 집착에 가까웠다. 내가 느꼈던 불안을 아이에게는 조금도 느끼게 하고 싶지 않아 쫓기듯 살았다. 아이에게 온 마음을 쏟다 보니 남편과 자주 부딪혔다. 그 갈등은 결국 아이에게도 좋지 않은 영향을 미쳤다. 아이는 사춘기가 시작되면서 혼자 있고 싶다는 말을 자주 했다.

어느 날 고등학교 상담실에서 전화를 받았다. 아이 문제로 상담이 필요하다는 연락이었다. 선생님은 우리 집 가정환경이 어떤지 궁금해하셨다. 아이가 집에서 어떤 모습인지, 어떤 생각을 하고 있는지 아느냐고 물으셨다. 아이가 정서적으로 어려움을 겪고 있는 것 같으니, 가족이 함께 상담을 받아보면 좋겠다고 말씀하셨다. 깊은 한숨이 나왔다. 남편을 어떻게 설득해야 할지 막막했다. 분명 속 편한 사람들이나 그런 거 받는 거라고 말할 텐데 걱정이 앞섰다. 아이한테는 어떤 말부터 꺼내야 할지 머릿속이 복잡했다.

상담을 마치고 회사로 돌아가야 했다. 업무가 밀려 있었다. 퇴근 시간 안에 끝내야 하는데 모니터 화면만 멍하니 쳐다봤다. 집으로 돌아가는 발걸음이 무거웠다. 어디서부터 잘못된 걸까. 다른 엄마들은 편하게 잘만 키우는 것 같은데 왜 나는 이렇게 힘든 걸까.

딸과 함께 돌잔치 영상을 처음으로 보게 된 건 딸이 성인이 되고 나서였다. 영상 속 아이를 다정하게 부르는 남편의 목소리가 들렸다. 딸을 품에 꼭 안고 사랑스럽게 이름을 부르고 있는 모습이 세상 행복해 보였다. 나와 딸은 그 순간 너무 놀라 서로를 쳐다보며 눈을 마주쳤다. 딸은 "아빠한테 저런 모습이 있었어?"라는 표정을 지었다. 그동안 나를 통해 들었던 아빠의 모습과 전혀 다르다는 눈빛이다. 기억 속 남편과는 너무 다른 모습이었다. 순간 당황스러워 입을 떼지 못했다.

그때의 남편은 내가 원하는 만큼 노력하지 않는 모습이었다. 그럴수록 점점 불만만 쌓여갔다. 오직 내 방식만이 옳다고 생각하며 그를 외면하고 있었다. 지금 생각해보면 남편도 자신만의 방식대로 최선을 다하고 있었을 텐데 그땐 그걸 미처 알아보지 못했다.

어린 시절, 엄마가 없는 집은 위태롭고 불안했다. 그때의 나는 언제든 큰일이 터질 것만 같은 걱정 속에 살았다. 불안의 두려움을 송두리째 뽑아내고 싶었다. 그때의 경험들이 내 안에 자리 잡아 아이에게서 눈을 떼지 못하게 만든 건 아닐까. 내 아이만큼은 불안 속에 떨지 않기를 간절히 바랐다. 언제든 든든한 울타리가 되어주고 싶었기에 내 모든 것을 쏟아붓는 데 주저하지 않았다. 그렇게 내 행복은 늘 뒷전이었다. 그때 내 시야엔 오직 아이만 있었고, 곁에 있는 남편은 보이지 않았다. 그저 아이를 위해 내가 할 수 있는 최선을 다해야 한다고 생각했을 뿐, 힘든 줄도 몰랐다. 무서운 세상으로부터 아이를 지켜낼 수 있는 사람은 나밖에 없다고 생각했다.

강박에 가까울 정도로 집착했다. 남편에게까지 쏟을 에너지는 없었다. 다른 데 신경 쓸 여력이 없었다. 내 삶의 시간을 몽땅 반납해버리면 아이의 삶이 온통 빛날 줄 알았다. 이렇게 살라고 누가 강요한 적도 없다. 무조건 내가 옳다고 고집하면서 자신을 지치고 힘들게 했다. 온 마음을 다해 정성을 쏟았다. 왜 그렇게까지 해야 하느냐는 남편의 말을 철저히 무시했다. 나의 지나친 집착이 아이와 남편, 우리 가족 모두를 힘들게 하는지도 모르고 말이다. 아이를 위해 모든 걸 희생하는 것은 좋은 부모의 길이 아니었다.

3.
나를 먼저 챙기면
큰일나는 줄 알았습니다

김은희

"희야! 빨리 안 일어날래?"

뿌연 연기를 내뿜는 공장들 사이로 작은 골목이 있습니다. 골목을 따라 따닥따닥 붙어 있는 집들. 아침이면 앞집, 뒷집에서 아이들 깨우는 소리로 시끄럽습니다. 공용으로 만들어진 재래식 화장실과 수돗가에 하나둘 사람이 모여듭니다. 엄마는 잠 많은 딸이 학교에 늦을까 봐 큰 소리를 내며 깨워줍니다.

대충 준비를 끝내고 단짝 친구 집으로 향합니다. 학교 가는 길에 있는 친구 집은 2층 양옥집입니다. 초인종을 누르면 친구가 내려옵니다. 한번은 친구가 준비가 덜 되었다고 위로 올라오라고 했어요. 머리를 말리면서 엄마가 만들어준 피자 토스트를 먹고 있더군요. 집에서도 피자를 만들어 먹을 수 있다는 걸 처음 알았던 날이었죠. 몇 년 동안 함께한 등굣길인데 친구는 먼저 내려와 기다려준 적이 없었습니다. 시간을 안 지키는 친구에게 혼자 가겠다고 할까, 일찍 나와달라고 할까. 입에서 말이 맴돌기만 합니다. 나의 마음을 한 번도 얘기하지 못한 채 우린 졸업했습니다.

　어릴 때부터 키가 컸습니다. 남들은 바지 수선 안 해서 좋겠다고 말하지만, 큰 키가 싫었습니다. 초등학교 때 우유 배달 심부름과 매주 폐지를 모아서 분류하는 일을 맡아서 했습니다. 키가 크면 힘이 세다고 생각하셨나 봅니다. 힘겨루기를 해본 것도 아닌데 말이죠.
　현재 병원에서 일하고 있습니다. 예전에는 종이에다가 진료 기록을 썼었고 기록들은 의무 기록 보관실로 보내집니다. 도서관에 책이 있듯이 보관실에는 환자 기록이 꽂혀 있어요. 근무하고 있는 병원에는 삼십만 개의 기록들이 보관되어 있습니다. 어느 날 선배가 손이 닿지 않는 위쪽에 있는 기록을 저보고 정리하라고 합니다. 이번에도 키 때문이지요. 제 키에도 높았던 터라 딛고 올라갈 발판을 질질 끌고 옵니다. 차트에 쌓여 있던 먼지 때문에 코가 간질간질하면서 재채기가 나옵니다. 손톱 밑으로 파고 들어간 종이 때문에 얼굴이 찌푸려졌어요. 무시하고 정리를 하는데 붉은 피가 묻어나옵니다. 밴드를 붙이려고 발판에서 내려옵니다. 손을 씻으며 앞에 있는 거울을 바라봤어요. 머리카락과 눈썹에 먼지가 뽀얗게 쌓여 있고, 이마와 콧등에는 땀이 송골송골 맺혀 있습니다.
　이 상황을 보고 눈물이 글썽글썽합니다. 왜 그렇게 하기가 싫던지요. 나 말고 후배들도 많은데 23년 차인 내가 왜 해야 하는 건지 반발심이 생깁니다. 선배답지 못하다는 생각도 듭니다. 팔과 어깨가 아플 정도로 애써 정리했는데 점점 못난 사람이 되어가는 것 같습니다. 속상한 마음을 꾹 삼키고 다시 일하러 나갑니다.

2009년 첫째 아이가 태어났습니다. 첫 손주라 양가에서 예뻐해 주셨지요. 아이가 순해서 출산 휴가 동안 힘들지 않았습니다. 함께 있고 싶은 마음이 커서인지 3개월의 출산 휴가는 왜 그렇게 빨리 지나갔는지요. 모유라도 오랫동안 먹이고 싶었지만, 그럴 상황이 안 됩니다. 일하러 나가기 전에 서서히 양을 줄이려 하였는데, 완전히 끊지는 못했어요. 복직하면서 아침에 유축기로 모유를 짜 놓고 출근했습니다.

퇴근 시간이 되어 옷을 갈아입는데 가슴이 찌릿찌릿하면서 모유가 조금씩 나오려고 해요. 다행히 손수건이 있어서 가슴에 갖다 대었어요. 손수건이 있어도 소용이 없네요. 연분홍이었던 블라우스가 진분홍으로 변합니다. 옷이 다 젖어버렸어요. 누가 볼까 봐 손과 가방으로 블라우스를 가린 채 택시 타고 집으로 왔습니다. 모유에 왜 그리 집착했을까요. 조금이라도 좋은 것을 먹이고 싶었던 마음이었나 봅니다. 아직 어린애들이라서 간식도 만들어 주고 싶었지요. 그러다 보니 늦은 시간까지 주방에서 시간을 보냈어요. 퇴근 후 앉아 있을 수 있는 시간은 밥 먹는 시간과 잠자는 시간입니다. 20대의 아가씨는 어느새 부끄러움도 모르고 가족을 위해 시간을 보내는 엄마가 되었습니다.

아이들 신학기가 되면 학사 일정을 제일 먼저 살펴봅니다. 학교에 꼭 참석해야 할 일이 있는지 확인하고 휴가를 미리 내기 위함이지요. 2021년 겨울 첫째 아이 초등학교 졸업식이 있었어요. 코로나가 있었던 때입니다. 학교에서는 간단하게라도 졸업식을 하니깐 부모님 참석하라고 했습니다. 여태껏 워킹맘이라는 이유로 학교 행사에 자주 못 갔어요. 졸업식에는 꼭 가리라는 마음에 미리 휴가도 냈습니다. 졸업식 하루 전날 병원 선배가 코로나에 걸렸습니다. 감염되면 격리해야 해서 출근을 못 했어요. 그 선배를 대신해줄 직원은 저밖에 없었습니다. 두 명이 수술 상담실을 담당하고 있었기에 선배가 출근을 못 하면 제가 일을 해야 했지요. 결국엔 졸업식에 참석을 못 했습니다. 어쩔 수 없는 상황인 걸 알면서도 눈물이 났어요. 친구 사귀는 걸 힘들어하는 아이였습니다. 본인을 자발적 아웃사이더라고 하더군요. 스스로 다른 사람과 어울리지 않겠다고 하네요. 덤덤하게 얘기를 했던 아들과 달리 제 가슴은 아프고 무겁기만 합니다.

졸업식 마치고 혼자 집으로 터벅터벅 걸어왔을 아들. 친구들은 가족과 맛있는 거 먹으러 가는데 우리 아이는 집에서 제가 만든 도시락을 먹었습니다. 퇴근 후 졸업식 못 가서 미안하다고 얘기하니까 괜찮다고 얘기했어요. 아이 앞에서 슬픈 표정을 들킬까 봐 얼굴을 돌리며 다른 이야기를 합니다. 직장도 그만두고 싶고, 일하게 만든 신랑도 미워졌어요.

근무 시간이 끝나면 동료들과 짧은 인사만 하고 헤어집니다. 버스에서라도 조금 쉬면 좋으련만 항상 만원인 버스. 겨우 올라탄 버스는 몇 정거장 안 가 내려야 합니다. 제2의 직장인 집으로 지친 발걸음을 움직입니다. 옆길로 샐 겨를 없이 병원과 집을 오가게 되네요. 아파트 현관 앞에 잠시 멈추어 섭니다. 짧은 숨을 토해내며 아이들에게 화내지 않으리라 다짐합니다. 직장에서는 환자들에게 시달리고 집에서는 아이들을 돌보고 집안일하느라 모든 체력을 소비합니다.

모든 일들이 마무리되고 아이들과 함께 잠자리에 듭니다. 양옆으로 아들과 딸 눕히고 오늘 있었던 이야기를 해보라고 했어요. 엄마랑 많은 얘기를 할 수 없었던 아이들은 먼저 얘기하고 싶어 티격태격하네요. 저도 있었던 일 힘들었던 점을 짧게나마 얘기합니다. 아이들이 제 상황을 이해하지 못하더라도 말이지요. 이렇게라도 나의 얘기를 꺼내는 이 순간이 하루 중 제가 제일 좋아하는 시간입니다.

나를 먼저 챙기면 큰일나는 줄 알았습니다. 타인에게 맞추는 것이 마냥 편했지요. 다들 그렇게 사는 줄 알았습니다. 억울하다고 느껴도 그걸 말할 생각은 왜 하지 못했던 것일까요. 결혼과 출산, 직장생활을 하면서도 삶에 순응하며 사는 것이 저의 역할이라고 여겼는지도 모릅니다. 나도 내 아이 챙기고 싶었고, 나도 나를 보살피고 싶었습니다.

하지만 나를 먼저 챙기면 남들이 손가락질한다고 생각했나 봅니다. 당연하다 생각했던 삶의 순간마다 생각을 틀어버렸어야 했습니다. 내가 나를 먼저 아껴야 타인과 세상도 나를 위해준다는 것을 이제는 조금 알 수 있어요. 나를 먼저 챙겨도 된다는 것을요.

4.
30년 직장생활에 마침표를 찍다

박미라

아침은 언제나 마음이 바쁘다. 네 살 첫째의 작은 등에 노란 어린이집 가방을 메어주고, 한 손엔 7개월 된 둘째 아이의 기저귀 가방을 들게 했다. 곤히 잠든 둘째 아이를 어깨띠로 꼭 싸안고, 출근 가방을 잽싸게 한쪽 팔에 걸었다. 좁은 현관에서 첫째를 먼저 내보낸 뒤, 발밑을 더듬어 구두를 찾아 신고 문을 나섰다. 바로 이어지는 것은 계단이다. 오래된 4층짜리 주공아파트에는 엘리베이터가 없다. 혹여 발을 헛디딜까 늘 조마조마한 마음으로 내려가지만, 불안한 마음은 미간의 주름으로 나타난다. 가파르고 좁은 계단에서 발끝에 신경을 곤두세운다.

주차장에 도착하면 첫째 아이를 뒷좌석에 태우고 둘째를 조수석의 카 시트에 앉힌다. 안전띠를 다시 한번 확인하고 조인다. 시동을 걸기 전 잠시 눈을 들어본다. 아파트 공원에는 오월의 생기가 반짝이고 있다. 연둣빛 새싹이 고개를 들고 따스하게 햇살을 맞이하고 있지만, 이 순간을 누릴 여유가 없다. 아이들과 손잡고 공원을 돌며 이야기할 수 있는 시간과 마음이 허락되지 않는 현실이 안타깝기만 하다.

어린이집에서 헤어질 때면, 큰아이는 오히려 엄마를 안심시키듯이 손을 흔들며 밝은 미소를 짓는다. 기특하고 고마운 마음과 함께 가슴 한구석이 시큰하다. 처음 어린이집에서 떼어놓을 때 엄마를 놓지 않으려 손발을 버둥거리며 매달려 울던 울음소리가 아직도 생생하다. 그 울음을 뒤로하고 손을 흔드는 아이에게 마음 한구석엔 늘 미안함이 남아 있다. 아이는 그렇게 엄마 손을 놓는 방법을 앞서 터득해나갔지만, 나의 마음은 늘 뒤늦게 따라간다. 나를 버틸 수 있게 했던 건 아이들의 행복 가득한 미소였다. 그 미소를 가슴에 품으면 하루를 이겨내는 원동력이 된다.

운전대를 꽉 잡은 손에 힘이 들어간다. 차창 밖으로 스치는 풍경은 무심하게 흘러가고, 내 머릿속은 이미 사무실 책상 위로 가 있다. 공인회계사 사무실 22년, 세무사 사무실에서 8년을 보냈다. 그동안 세금과 숫자는 내 삶의 한가운데로 자리 잡았다. 1월과 7월 부가가치세 신고, 3월 법인세 신고, 5월 종합소득세 신고, 해마다 변함없이 찾아오는 이 반복적인 일정 속에서 나를 잊고 살았다. 법인사업자와 개인사업자들의 세금을 계산하고, 국세청의 규정에 맞춰 신고를 마무리 지어야 하는 일이다. 마감 기한이라는 벽 앞에서 멈출 수가 없다. 쉬지도 못한다. 밤늦게까지 모니터 앞에서 눈을 깜빡이며 서류를 뒤적이는 날들이 이어진다.

정해진 날짜 내에 신고를 끝내지 못하면 가산세라는 벌금이 따라온다. 그보다 더 싫은 건 일을 깔끔하게 끝내지 못한 나 자신에게 느끼는 실망감이기에 더 바쁘게 몰아세운다. 책상 한 귀퉁이에 높게 쌓인 종이 탑을 매일 노려본다. 이따금 두 볼 가득 공기를 머금었다가 길게 내뱉는다. 잠깐의 커피로 숨을 고른다. 그마저도 손에 든 커피믹스가 미지근해지기 전에 음료수 마시듯 들이켠다. 커피 맛을 음미할 여유 따위는 사치다. 며칠 전 미리 요청했던 업체 사장님들에게 서류를 재촉하는 카톡을 다시 보낸다. 숫자와 서류들에 파묻혀 오늘을 살지만, 사장님들의 생업과 삶을 도와주는 일이기도 하기에 때론 작은 성취감도 느낀다.

시계가 오후 4시를 가리킬 때면 마음 한구석이 짠하다. 어린이집 아이들이 하나둘씩 집으로 돌아가는 시간이다. 우리 아이 둘만 남는다. 텅 빈 교실 한쪽에서 나를 기다리고 있을 아이들을 생각하면 마음이 조급해진다. 저녁 6시가 되면 잽싸게 겉옷을 걸치고 어린이집으로 달려간다. 어린이집 문을 살며시 열고 들어가면 큰아이는 어린 여동생 머리맡에서 TV를 보고 있다. 동생이 걱정되었는지 늘 옆을 지키고 있다. 엄마를 발견하고 환하게 웃으며 달려와 안긴다. 두 팔 벌려 꼭 안아준다. 아이들의 온기로 다시금 힘을 얻는다. 열심히 살아가는 이유이기도 하다.

아이들을 씻기고 저녁까지 챙긴다. 벌써 밤 9시가 되어간다. 마음이 바쁘다. 남편에게 두 아이를 맡기고 현관문을 나선다. 큰아이는 익숙한 듯 잘 다녀오라고 인사한다. 마음 한구석이 무겁게 가라앉는다. 어두운 도로를 달리면서도 아이들 생각이 머릿속에서 떠나질 않는다. 잠들기 전에 아이들과 함께할 수 없는 이 시간이 하루 중 나를 가장 힘들게 한다. 주말도 아이들과 함께 시간을 보내고 싶지만 일을 멈출 수가 없다. 내가 이렇게 열심히 사는 이유는 결국 우리 아이들을 위함인데, 정작 함께하는 시간은 늘 부족하다.

아이들이 어렸을 적에는 따뜻한 물 나오고 엘리베이터 있는 아파트로 이사 가는 게 소원이었다. 가스에 물을 데워서 아기들 목욕을 시켰다. 무겁게 시장이라도 봐서 4층 계단 꼭대기 끝까지 올라가는 날이면 더욱 삶의 무게를 느꼈다. 내 손은 언제 자유롭고 가벼워질 수 있을까를 생각했다. 해마다 야근 시즌이 돌아오면 마음속으로 간절히 기도했다. 아이들이 아프지 않기를, 놀다 다치지 않기를. 부지런히 맞벌이한 덕분에 큰아이 여섯 살, 작은아이 세 살 때 따뜻한 물 나오고 엘리베이터가 있는 대단지 23평 아파트로 이사할 수 있었다. 10평이 늘어나니 궁궐 같았다. 아이들이 학교에 갔다가 집으로 돌아오면 일정한 온도로 따뜻하게 맞이해주는 집이 좋았다. 오래된 아파트이긴 하지만 대단지 아파트라 관리가 잘되었다. 꿈꾸는 대로 이루어진다는 것을 다시 한번 느끼는 순간이었다. 그다음 꿈을 수첩에 반듯하게 꾹꾹 눌러 적었다. 30

평대 아파트에 강물이 보이는 전망 좋은 아파트를 꿈꿨다. 매일 들여다보며 꼭 갈 수 있으리라 믿었다.

해마다 반복되는 야근을 당연히 여겼다. 야근수당 좀 더 받을 수 있는 것에 감사하며 이를 악물고 일했다. 그 후 내가 원하는 새 아파트로 이사하기까지 10년이 걸렸다. 좀 쓰면서 살자는 남편과 좀 아끼면서 살자는 나 사이에 갈등도 많았다. 하지만 남편은 지금 이렇게 잘살고 있는 것은 다 당신 덕분이라며 고마움을 아끼지 않는다. 그 한마디에 나의 힘겨움은 눈 녹듯 사라지고 세상을 다 가진 기분이다.

야근이 힘들긴 하지만 전문직 일이라는 자부심으로 꾸역꾸역 다녔다. 내 몸이 부서지고 있다는 것은 부정하면서 말이다. 영원히 천하무적일 줄 알았다. 누가 나를 앞만 보고 달리게 했을까. 아무도 달리라고 한 적이 없는데, 왜 이리 바빴을까. 언제까지 야근을 더 해야 할까. 이제는 조금 먹고살 만도 하지 않나. 오른쪽 뇌에서 바늘로 콕콕 찌르는 듯한 통증이 잦아지기 시작했다. 신경을 쓰는 날엔 더 심해졌다. 뇌리에서 스파크 일듯이 통증이 찾아왔다. 어느 날 무기력한 상태에서 마우스를 잡으니 손가락 끝에 클릭할 힘이 들어가지를 않는다. 팔을 책상 아래로 늘어뜨린 채 엎드렸다. 에너지가 소진된 상태였다.

이제 나는 다른 꿈을 꾼다. 돈이 적게 들어와도 좋다. 야근이 없고 나만의 시간이 허락되는 삶, 그런 곳이라면 어디든 좋다. 예

전의 나는 아파트 평수와 통장 잔액을 들여다보며 행복을 좇았
다. 이제는 마음의 평수를 넓히기로 했다. 더 많은 시간을 나에
게, 그리고 삶을 가치 있게 가꿀 수 있도록 정성을 쏟으려 한다.
잠깐 멈추어도 괜찮다.

5.
내 인생인데 내가 없었다

박선희

아침 출근길을 서둘렀다. 이사를 오면서 지하철역과 버스정류장이 멀어져 교통이 불편했다. 일주일간 도로 연수를 하고 바로 다음 주 운전을 시작했다. 아이들이 어릴 땐 운전 연습하려면 울어서 할 수가 없었다. 마흔이 넘어 운전을 시작하다 보니 무섭고 두려웠다. 내 차 앞쪽에 누군가가 가로로 주차해놓았다. 차를 밀어봤지만 움직이지 않았다. 전화해서 빼달라고 할 시간이 부족했다. 그날은 평소보다 일찍 가야 하는 날이었다. 운전해서 차를 뺄 수 있을 것 같아서 조금씩 움직였다. 순간 끼익 소리가 났다. 차를 세우고 내려서 봤다. 옆에 주차해둔 외제차 보닛 모서리를 긁었다. 조금 빨리 가려다 사고를 쳤다. 직장에는 좀 늦는다고 연락했다. 보험회사에 사고 접수를 하고 차주와 통화하고 출근했다. 운전하다 갑자기 눈물이 쏟아졌다. 눈물 때문에 뿌옇게 흐려져 앞이 안 보였다. 길가에 비상깜빡이를 켜고 차를 세웠다. '더 이상 이렇게 못 살겠어!' 일하는 엄마로 몇 년 동동거리며 살았다. 아슬

아슬하게 줄타기하듯 살았는데 그날 한꺼번에 모든 게 서러웠다.

아이들 데리고 출근해야 했기에 아침은 정신이 없었다. 아이들을 깨워 씻겼다. 잠이 덜 깬 아이는 밥을 천천히 먹었다. 국에 밥을 말아 숟가락으로 떠먹였다. 엘리베이터 버튼을 누르고 신발 신고 있는 아이를 빨리 오라고 다그쳤다. 복직하고 나서 안 해본 업무를 맡았다. 출근 거리도 멀었다. 하필 그때 남편은 다른 도시로 발령이 났다. 주말부부로 지내기 시작했다. 아직 어린 둘째는 엄마 일하러 가지 말라며 아침마다 울었다. 아이는 어린이집 끊듯이 엄마도 회사를 끊으라고 했다. 우는 아이를 달래 아파트 바로 옆 유치원에 넣어주고 뛰어서 차를 타러 갔다. 주말에는 아이를 직장에 데리고 가서 일하기도 했다. 빈자리에 앉혀놓고 그림을 그리게 하고 어린이 프로도 보여줬다. 집에 오는 버스 안에서 아이가 잠들어버릴 때도 있었다. 서류 가방을 메고 아이를 안고 내렸다. 남편에게 아이들을 맡겨놓고 일하러 가기도 했다. 퇴근 후 저녁 차려 먹고 나면 피곤했다. 아이들은 놀아달라 조르고 집안일은 밀려 있었다. 아이들을 조금만 더 키워놓으면 수월하지 않을까 하는 기대로 버텼다.

근처 사시던 시어머니께서 퇴근할 때까지 아이들을 봐주시기로 했다. 양장점을 하셨던 어머니는 옷 만드는 일을 누구보다 좋아하셨는데 그만하시기로 했다. 고맙기도 하고 미안하기도 했다. 체력도 부족했다. 일주일에 한 번씩 운동했더라면 덜 지쳤을 텐데. 가족들에게 조금 더 다정하게 대할 수도 있었을 것이다. 그때는 하루 종일 떨어져 있던 아이들을 다시 떼어놓고 운동하러 나간다는 게 마음에 걸려 그렇게 하지 못했다. 발걸음이 떨어지지 않았다.

시댁에는 내가 유일한 며느리라 시부모님께 잘하고 싶었다. 친정 부모님은 농사일 하느라 나보다 더 바빴다. 친정엄마에게 아이를 맡기고 바람 쐬는 것도 바랄 수 없었다. 가끔 친정에 아이들을 데리고 갈 때면 밭에 가시고 안 계셨다. 밤이 되어서야 돌아오셨다. 내가 고등학생이었을 때 친정엄마가 잠시 공장에 다니신 적이 있다. 그때 퇴근 후 피곤하다며 마루에 한동안 누워 계셨다. 어린 마음에 엄마가 저러다가 병이라도 나면 어쩌나 걱정했다. 그 당시 엄마 모습과 내 모습이 겹쳐 보였다.

내겐 남동생이 있다. 다섯 살이 되던 해, 돌이 안 된 동생이 아팠다. 그 당시 부모님은 치료를 위해 병원에 계시느라 집을 자주 비우셨다. 큰 병원에 한동안 입원했다. 동생은 결국 지적장애인이 되었다. 퇴원해서도 갑자기 상태가 안 좋아질 때면 엄마 아빠는 놀라서 급하게 동생을 병원에 데려가시곤 했다. 사춘기가 시작될 무렵인 초등학교 5학년 때였다. 동생은 내가 다니는 학교에 1학년으로 입학했다. 시골이라 특수학교가 없었다. 부모님은 등하고 때 동생 데리고 다니는 일을 나에게 맡기셨다. 동생은 걷는 것도 자연스럽지 않고 겨우 걸었다. 그런 동생 손을 잡고 학교 다닐 생각을 하니 아찔했다. 학교까지 20분은 걸어야 도착했다. 등굣길에 학생들이 우리를 쳐다봤다. 일부러 학생들이 덜 다니는 길을 찾아가기도 했다. 동생이 넘어지기라도 하면 일으켜 세워야 했다. 토요일에는 동생이 먼저 마치고 우리 반 교실 뒤에 와서 나를 기다렸다. 마치고 동생 손을 잡고 계단을 내려왔다. 얼른 학교를 빠져나가고 싶었다. 그런 내 마음과 달리 동생은 계단 한 칸에 두 발을 디뎌가며 천천히 내려갔다. 우리 반 남학생들은 계단을 뒤뚱거리며 내려가는 동생 흉내를 내며 내 뒤를 따라왔다. 눈물이 날 것 같았지만 울지 않았다. 학교에서 멀어져서 학생들이 적게 다니는 길로 들어서면 마음이 편해졌다. 집에 가는 길 슈퍼에 들러 동생에게 과자를 사줬다. 남들 시선에서 벗어나고 나서야 동생이 안쓰러워 보이기 시작한 것이다. 부모님이 고생하는 걸 알기에 싫다는 내색을 하지 않았다. 어린 내 눈에도 부모님 삶이 고단해 보였다. 나라도 걱정 안 끼치고 말 잘 들으려고 했다.

어린 시절에는 착한 아이로 살았다. 어른이 되고 나서는 직장에서 일 잘하는 직원이 되려 했다. 가정에서는 아이 잘 키우는 엄마가 되려고 애쓰며 살았다. 그렇게 주어진 역할에 충실하기 위해 살다 보니 내가 사라진 것 같았다. 이제 와 생각해보니 그렇게까지 하지 않아도 괜찮았다. 어릴 때 한 번쯤, 왜 내가 아픈 동생을 데리고 다녀야 하냐고 부모님께 투정 부려도 되었다. 직장 다니며 애 키우며 사는 건 만만치 않았다. 뭔가 하나를 잘하려고 하면 다른 곳에서 문제가 생겼다. 회사 일 신경 쓰다 보면 애들 학교 준비물을 빠트리고, 먹는 걸 신경 쓰다 보면 애들 공부를 봐줄 여유가 없었다. 어릴 때 엄마가 좀 더 곁에 있었으면 좋겠다고 생각했었다. 내 아이들은 그 허전함을 느끼게 하고 싶지 않았다. 충분히 곁에 있어줬음에도 조금 더 잘해야 한다고 나를 몰아세웠다. 직장에서도 마음 졸였다. 업무를 문제없이 처리하면 되었는데도 말이다.

내 인생인데 내가 없었다. 나라는 사람은 한 명이고 혼자서 모든 걸 다 할 수 없음을 인정해야 했다. 그러다 보면 혼자 많이 희생해야 한다는 걸 알았어야 했다. 내가 하루에 쓸 수 있는 에너지도 정해져 있으니 억울해질 수도 있다고. 지치기 전에 남편에게도 아이들에게도 도움을 청하고 내 어깨에 놓인 짐을 조금 더 나누었으면 좋았을 터다. 왜 남들처럼 이뤄놓은 게 없냐고 자신을 다그치기만 했었다. 그 긴 시간 동안 버티느라 고생했다고 알아주지 못했다. 그때의 나로 돌아간다면 이만하면 잘하고 있다고 자신을 격려했을 텐데. 멈춰 서서 나 자신을 토닥여줄 것이다.

6.
50세 이후 자신의 재발견

이영숙

대학 진학을 해야 할지 취업해야 할지 결정해야 했다. 고민은 되었지만, 집안 형편상 대학 가기는 힘들었다. 상업고등학교로 진로를 결정하고 나서 마음은 편했다. 엄마가 고생하시는 걸 알기 때문에 대학 등록금을 달라고 하기 어려웠다. 엄마는 실험용 흰쥐들에게 먹이와 물을 주는 일을 하셨다. 아버지는 목회자로서 교회를 섬기셨으나 수입은 거의 없었다. 엄마가 일을 해서 부족한 생활비를 벌었다. 방학 때면 흰쥐에게 물을 주는 일을 나도 도왔다. 두 눈이 빨갛고 수염이 긴 흰쥐를 보기만 해도 난 무서웠다. 그런데 엄마는 흰쥐를 척척 만지기도 하였다. 난 멀찍이 떨어져서 흰쥐가 먹을 빈 물병에 물을 넣어서 엄마에게 주었다. 그러면 엄마는 쥐가 잘 먹을 수 있도록 걸어주었다. 물병 뚜껑이 너무 꽉 닫혀 있어 내 힘으로는 열기가 버거워 있는 힘껏 열어야 했다. 그렇게 1,000개가 넘는 물병을 여닫다 보면 손가락이 아팠다. 엄마는 매일 하시면서 손이 얼마나 아프실까. 가슴이 메어왔다.

내가 돕는 날이면 엄마는 웃으시며 우리 영숙이 덕분에 일이 일찍 끝났다고 좋아하셨다. 웃는 엄마 손을 잡고 집에 오는 날이면 함께 있어 행복했다. 엄마는 언제나 그 자리에 있을 줄 알았다. 하지만 세월이 흘러 나보다 작아진 엄마를 보면 눈물이 난다. 엄마를 안아주고 이제는 내가 엄마 손을 꼬옥 잡아준다.

상업고등학교에 진학하여 자격증을 취득하였고 학업에도 최선을 다하였다. 1학년부터 차근차근 실력을 쌓아 올린 결과, 성적은 상위권에 있었다. 그리고 3학년 9월에 취업하였다. 안산에 있는 무역회사이다. 회사 동료지만 모두 나보다 나이가 많은 사람들이라 어려웠다. 지금 생각하니 몇 살 차이 나지 않았는데, 그때는 왜 그랬는지 나도 모르겠다. 실험실에서 일하는 언니가 매일 점심마다 나에게 다가왔다. 친근하게 말을 건네고 함께 맛있는 음식을 먹었다. 현숙 언니 덕분에 회사 생활에 적응하면서 잘 지낼 수 있었다.

어느 날 언니가 진지하게 말했다. 언니가 평소 호감을 가진 오빠가 있는데 아직 고백을 못 했다고 했다. 함께 만나서 좋아하는 오빠와 시간을 보낼 수 있게 자리를 마련해달라고 나에게 부탁했다. 언니가 좋아하는 오빠 옆에서 항상 같이 다니는 오빠가 있었다. 그 오빠 때문에 말할 기회를 놓친다며 언니는 속상해했다. 난 알았다고 하고 만나는 장소로 갔다. 그때가 바로 지금의 남편을 만나게 된 순간이었다. 처음에는 서로에게 호감이 없던 상태였다.

만남을 이어가다 보니 마음에 들었다. 결국 4년간의 연애 끝에 결혼까지 했다. 현숙 언니는 좋아하는 오빠와 헤어졌다.

아이를 낳고 키우면서 무관심한 남편이 미웠다. 아이는 돌이 지났지만, 새벽에 2시간마다 한 번씩 깨어났다. 엄마는 남자들이 여자들보다 아이의 울음소리에 둔감하여 못 일어난다며 새벽에 잠을 못자서 힘들어하는 나를 위로했다. 남편이 늦게 귀가하는 날은 더 힘이 들어 점점 지쳐갔다. 회사에서는 해야 하는 업무가 산더미처럼 많았다. 야근하는 날이면 아이를 어린이집에서 회사로 데려와 잠깐 놀라고 하고 난 다시 일을 마무리한 후 아이를 데리고 집으로 왔다. 몸이 많이 지쳐 있었는지 난 아프기 시작했다. 둘째 아이 2살 때 자궁에 생긴 혹이 커져서 자궁을 들어내는 수술을 받게 되었다. 당시 남편은 애견 미용학원을 운영 중이었고 난 직장생활을 하고 있었다. 뜻하지 않게 찾아온 나의 건강 적신호에 우울했다. 자궁적출 수술을 받은 후, 몸에 통증과 뒤틀림이 느껴졌다. 출산보다 더 고통스러웠다. 여성의 몸에서 자궁은 아이를 잉태하고 출산하는 중요한 기관인데 이를 제거하니 한동안 무기력했다. 아무런 의욕도 없이 시간을 보냈다. 그런데 지금 당장 내 앞에 있는 아이들을 보는 순간 가만히 있을 수 없었다. 정신을 차리고 다시 일어서기 위해 독서와 운동으로 내면과 외면을 가꿨다.

몸이 회복된 줄 알았다. 그런데 회사 다니고 아이들을 돌보다 보니 다시 힘들어졌다. 건강이 좋지 않으니 아무리 애를 써도 아이들을 제대로 돌보기 힘들었다. 엄마는 큰오빠네 막내딸을 돌보고 계셔서 우리 집에 오기 힘들었지만, 조카를 데리고 오셨다. 엄마의 돌봄에 난 쉴 수 있어 좋았다. 어느 날 둘째 아이가 놀던 중에 TV 선반 모서리에 이마를 찧어 피가 나기 시작했다. 난 회사가 멀어 빨리 갈 수 있는 상황이 아니었다. 남편이 서둘러 집에 와 둘째를 데리고 응급실로 갔다. 성형외과 진료가 필요하다는 병원의 안내를 받고 곧바로 성형외과로 이동했다. 성형외과에서 둘째 아이를 그물로 고정해놓고 봉합 수술을 했다. 마취 없이 아이를 묶어놓은 상태로 다섯 바늘 꿰맸다. 힘든 시간을 잘 버텨준 둘째가 고마웠다. 미안한 마음에 나도 모르게 눈물이 나왔다. 엄마는 미안해하시며 어쩔 줄 몰라 하셨다. 엄마 잘못이 아니라고 몇 번 말했지만, 엄마는 본인 잘못이라며 자신을 책망하셨다. 예로부터 아이를 아무리 잘 봐줘도 공은 없다는 말이 있는데 맞는 말인가 보다. 엄마가 계속 사과하시니 나로서는 오히려 죄송했다. 일하는 엄마로서 가장 난처할 때는 아이가 아플 때다. 아이들이 아픈 게 꼭 나 때문인 것 같다.

다행히 둘째 아이의 상처는 엄마의 걱정과 함께 무사히 회복되었다. 아이를 키우면서 항상 튼튼하고 올바르게 성장하기를 기도하였다. 커가는 아이들은 나에게 큰 자랑거리였다. 두 아이를 키우다 보면 엄마들도 장군처럼 소리를 우렁차게 지르기도 한다. 나 역시 그랬다. 아이들이 잘못했을 때 큰 소리로 혼내면 남편은 방문을 닫고 들어가버리곤 했다. 남편이 밉기도 했지만, 아이들이 잘

되기를 바라는 마음으로 야단을 쳤다. 이제는 아이들 성장해서 모두 대학생이 되었다. 군 복무를 마치고 대학에 복학했을 때, 어느덧 내 나이는 오십이 넘었다.

이제부터는 나의 삶을 살아가려 한다. 아이들과 남편을 위해서가 아니라 나 자신을 위해 살기로 결심했다. 나 자신으로서 살아가기로 마음먹고 행복을 찾기 위해 독서하기 시작했다. 책을 읽으면서 나의 꿈과 목표를 발견하게 되었다. 바로 글쓰기다. 학창 시절에 글쓰기를 좋아했던 것이 생각났다. 고등학생 시절, 같은 반 친구들의 제안으로 글쓰기 대회와 백일장에도 참가했었다. 학급에서 한 명만 글짓기를 내야 하는 일이 생기면 도맡아 했던 기억이 났다.

하지만 지금은 오랫동안 글을 쓰지 않아서인지 글쓰기가 쉽지 않다. 책을 읽으면서 글쓰기를 즐겼던 학창 시절의 추억과 함께 문학적 감수성도 깨어났다. 맞아, 나는 책 읽기와 글쓰기를 즐기던 꿈 많은 소녀였어. 지금이라도 내 문학의 가치를 다시금 발견하게 되어 행복하다. 요즘은 전에 겪어보지 못한 일들을 글쓰기로 경험하고 있다. 공동 저자로 책을 출간할 만큼 자신감도 생겼다. 독서가 얼마나 중요한지 다른 이들에게도 알리고 있다. 독서는 삶을 살아가면서 필수적으로 가져야 할 습관 중 하나이다. 꾸준하게 실천하다 보니 독서는 내 삶에 큰 변화를 가져다준 원동력이 되었다.

오십 이후 나의 재발견! 독서와 글쓰기로 다시 일어섰다. 틈만 나면 도서관과 온라인, 오프라인에 들어가 책 구경한다. 책을 읽는 일은 즐겁다. 내가 힘들 때마다 용기를 준 것은 책이다. 책에 나온 사람들은 저마다 사연을 가지고 있었지만 버텨내어 성공했다. 읽을 때마다 나도 할 수 있다는 믿음을 갖게 해주었다. 세상 밖으로 뚝 떨어져 혼자라는 느낌이 들 때, 책 속 주인공이 나를 위로해주는 것 같았다. 책을 읽으며 상상 이상으로 기쁘고 행복했다.

책 속에서 얻은 답을 가지고 난 오뚝이처럼 벌떡 일어서는 힘을 가질 수 있었다. 힘들 때 독서와 글쓰기를 하면서 이겨냈다. 다른 사람에게 하소연해봐도 그때뿐이었다. 내 삶은 달라지지 않았다. 지금은 맑은 정신으로 독서하며 내 제2의 인생을 희망으로 만들어가고 있다.

7.
그 끝을 알 수 없었기에
막막하고 불안했던 나날들

이은미

아침에 일어나자마자 습관처럼 TV를 켠다. 이런저런 뉴스들이 화면 가득 채워졌다 사라지기를 반복한다. 시계를 보니 이제 뉴스 시간도 얼마 남지 않았다. 화면이 바뀌면서 기상 캐스터가 등장하고 일기예보가 시작된다. 오늘 전국적으로 돌풍을 동반한 소나기가 예상되니, 외출 시 우산을 준비하란다. 정오에 친구와 점심 약속이 있다. '이따 우산을 가지고 가야겠구나' 생각하며 TV 리모컨 전원 단추를 누른다. 순간 주위가 고요해진다.

일기예보처럼 우리네 삶에도 고난을 미리 알려주는 것이 있다면 얼마나 좋을까? 똑같은 어려움이 닥쳤을 때, 알고 겪는 것과 모르고 겪는 것은 그 강도에서 차이가 난다. 사전에 안다면 대비책을 마련하거나, 하다못해 마음을 다져 먹어 훨씬 수월하게 헤쳐나갈 수 있을 테니 말이다. 내 삶에도 일언반구 예고도 없이 찾아온 고난이 있었으니, 남편의 발병이다. 미리 알았다고 뭐 그리 크게 달라졌겠

냐만, 정신적 충격에 대비한 완충 역할은 하지 않았을까. 결단코 계획했거나 초대한 적 없었던 그것이 전혀 예상하지 못한 상황에서 맞닥뜨린 내 삶을 감당하기 힘든 무게로 송두리째 휘청이게 했다.

가을에 결혼하고 그다음 해 가을이니 꼭 1년 만에 남편 건강에 이상이 생겼다. 해마다 실시하는 직장 건강검진에서 만성골수백혈병 판정을 받았다. 젖먹이 딸아이와 나에게 이보다 더 큰 시련이 있을 수 있을까? 하늘이 무너진다는 표현은 이럴 때 쓰는 표현일 것이다. 각종 검사를 마치고 한 달 만에 퇴원한 남편은 하루한 번씩 스스로 주사를 놓으면서, 백혈구 수치를 조절해야 하는 일상을 시작했다. 이 주사에 내성이 생기면 죽음을 각오해야 했다. 그 당시 의술로는 골수이식이 유일한 치료법이었지만, 골수 공여자를 찾는다는 것은 쉽지 않았다. 설사 골수 은행에서 맞는 사람을 찾는다 해도 이식으로 이어지는 경우는 많지 않았다. 천만다행으로 치료를 시작한 지 얼마 지나지 않아 신약으로 글리벡이란 표적항암제가 시판되어 처방받을 수 있었다. 표적항암제는 말그대로 정상 세포는 공격하지 않고 암세포만 공격하는 것으로, 그당시 획기적인 치료제였다.

감당하기 힘든 시련이 닥쳤는데도 삶은 계속되었다. 나를 에워싼 불행 너머로 다른 사람들은 웃으며 행복한 일상을 살아갔다. TV는 웃음을 재촉하는 개그 프로그램, 흥거운 음악 프로그램들을 거실 가득 쏟아냈다. 그것들과 마주 앉은 나는 위로받기는커

녕 두려움과 막막함을 집안 가득 토해냈다. 나의 시련을 모르는 체하며 잘도 돌아가는 세상. 나와 세상은 별개인 것처럼 느껴졌고, 홀로 무인도에 버려진 것 같았다. 그 누구도 날 구하러 올 것 같지 않아 절망과 외로움을 안고.

아이가 세 돌을 맞을 무렵부터 무언가 미래에 대한 대책을 마련해야 한다는 조급함이 커졌다. 남편에게 무슨 일이 생기면, 생계 및 아이 키우기는 오롯이 내 몫이 된다. 돈벌이를 시작해야 했다. 전문 기술이 없는 나로서는 비교적 진입 장벽이 낮은 방문학습지 교사를 시작했다. 집마다 방문하여 아이들 진도에 맞추어 학습을 계획하고 가르치는 것이었다. 일을 시작할 무렵엔 남편이 아이를 돌봤지만, 아이가 어린이집에 가기 시작하면서 남편도 직장에 나가기 시작했다. 육아는 나의 몫이 되었고, 빨리 집으로 돌아오기 위해 발을 동동 굴러야 했다. 그 당시 학습지 교사 일이란 것이 채점, 교재 청구, 입금 처리 등 보이지 않는 일도 많아 주말에도 바빴다. 사는 게 사는 것이 아니었다. 일도 하고 아이도 키워야 하는 힘겨운 일상. 아이를 키워내기 위한 돈을 벌어야 한다는 마음으로 다른 것은 생각할 겨를도 없이 습관처럼 하루하루를 살아냈다.

딸아이 초등학교 저학년 때의 기억 하나는 나에게 후회와 아픔으로 남아 있다. 딸은 학교 갔다 오고 피아노 학원에 다녀오면, 엄마가 퇴근할 때까지 긴 기다림의 시간을 견뎌야 했다. 그날은 밤 10시쯤 퇴근한 날이었다. 하루를 살아내느라 피곤에 찌들어 귀가한 나에게 딸은 윷놀이하자고 했다. 윷놀이, 카드 게임, 체스 등은 주말에 아이와 종종 하는 놀이였다. 만사 귀찮아 쉬고 싶은 나에게 떼쓰는 딸이 미웠다. 엄마 힘들다고 말했지만, 딸은 막무가내였다. 할 수 없이 딱 세 판만 하자고 합의했다. 막상 세 판이 끝나니 딸은 한 판만 더 하자고 떼를 썼다. 아이에게 신경질을 내고 외출복도 벗지 못한 채 윷놀이 한 판을 더 해야 했다. 네 판이 끝나자마자 아이는 또 한 판만 더 하자고 매달렸다. 매몰차게 화를 내며 방으로 들어가 옷을 갈아입었다. 아이는 울고불고, 나는 화를 내는 상황이 되었다. 저 어린 것이 해 질 녘부터 혼자서 엄마 기다렸을 마음을 헤아렸다면 윷놀이 몇 판은 더 놀아주었어야 마땅했다. 그러나 그때의 나는 삶이 힘에 부쳐, 딸의 외로움을 어루만져줄 여유가 없었다. 아이가 자라면서 주는 행복을 누릴 틈도 없이 앞만 보고 내달린 시절이었다.

남편은 완치가 되지 않는 병을 3개월마다 정기검진 받고, 처방받은 약을 먹으며 다스렸다. 약에 내성이 생기면 큰일이 일어날 수도 있어 삶은 살얼음판을 걷는 심정의 연속이었다. 죽음이란 두려운 존재를 늘 생각하며 사는 삶은 현재를 막막하게 하고, 미래에 대한 불안으로 이어졌다. 현재를 살아내는 것도 버거운데 미래까지 당겨와 어깨에 짊어져야 하는 삶. 비틀거리는 다리에 힘을 주고 자격증 취득에 열을 올렸다. 언제, 어떻게 쓰일지도 모르면서 뭐라도 준비해놓지 않으면 불쑥불쑥 찾아오는 불안을 잠재울 수 없었다. 사회복지사 2급, 워드프로세서, 독서지도사, 직업상담사 2급, 직업큐레이터 등 여러 종류의 자격증 보유자가 되었다.

유수와 같은 세월 앞에, 남편의 발병과 함께 기세등등하게 찾아왔던 막막함과 불안은 힘을 잃었다. 아이를 잘 키워내야 한다는 부담감이 불러온 막막함은 성인이 된 딸 앞에서 끝을 보였다. 미래에 대한 불안은 삶의 연륜이 만들어낸 초연함으로 극복할 수 있는 존재로 추락해버렸다. 이제 나는 누구를 위해 살아내야 하는 삶을 끝냈다. 내가 만든 내 인생 일기예보에는 자욱하게 드리웠던 안개 걷히고, 때때로 비 오고 바람 부는 날 있으나 대체로 맑고 쾌청하다.

　살면서 고난과 맞닥뜨렸을 때 절망하는 것은 그 끝을 알 수 없기 때문이다. 끝을 알 수 없으니 막막하고 불안하다. 영원할 것 같으니 이번 생에서는 그 굴레에서 벗어날 수 없을 것 같아 절망하게 된다. 나의 경우 갑자기 찾아온 남편의 발병으로 힘겨워했던 것은, 그 힘듦의 끝이 없을 것 같아 두려웠기 때문이다. 그러나 세상의 모든 것이 변하듯 영원한 것은 없다. 힘겹지만 하루하루 살아내다 보면 고난을 관통하고 우뚝 서 있는 자신을 발견하게 된다.
　젊은 날, 끝자락을 숨기고 절망으로 다가온 고난도 세월의 흐름 앞에서, 맷집이 좋아진 나의 인생 앞에서 끝내 끝을 보이고 말았다. 몸에 난 상처는 딱지가 앉았다 떨어지기를 반복하며 새살이 돋는다. 나의 삶에 아픔의 딱지들을 붙였다 떼기를 되풀이하던 고난도 어느 순간부터 그 상처에 더는 딱지를 붙이지 않았다. 대신 또 다른 크고 작은 상처들이 나를 찾아왔지만 이젠 두려움의 대상이 아니다.

8.
길을 잃다

조미숙

어머니는 중학생이 된 나에게 여자도 배워야 한다고 말씀하셨다. 집에만 있는 사람이 되지 말고 사회생활을 할 수 있도록 열심히 공부하라고 하셨다. 그런데 그 끝에 초점 잃은 공허한 눈빛을 보았다.

어머니는 초등학교를 중퇴하셨다. 엄밀히 말하면 1학년 들어가서 문턱만 밟아본 셈이다. 외할아버지의 유교적 여성관이 어머니의 발목을 잡았다. 삼종지도(三從之道), 내조(內助) 이런 것을 강하게 주장하셨지만 발단은 외할머니의 잦은 부재 때문이다. 어릴 적 기억에도 외할머니께서 아프셨고 자주 절에 가셨다. 외할머니의 일탈은 장녀인 어머니에게 학교에 다니는 대신 요리와 바느질이며 살림을 하게 하셨다. 그래도 어머니는 독학으로 한글과 셈하는 것을 깨우쳐 자유롭게 쓸 줄 아셨고 배움의 열정이 많으셔서 무엇이든 빨리 배우셨다. 평소 조용하시고 과묵하시던 어머니가 우리집 차례에서 계 모임을 하셨다. 그렇게 환하고 크게 웃으시는 얼굴을 그동안 왜 못 보았을까. 큰 소리로 웃었고 활발하셨으며 모임을 당당히 이끄시는 모습은 아버지와 우리에게 하시던 조용조용한 모습과는 달랐다. 내 마음은 기쁘기 그지없었다. 가정주부로 사는 삶에 그치지 않았을 모습이었기 때문이다. 실제로 어머니 친구들은 자기 일을 가지고 경제생활을 주도하는 사회인으로의 삶을 살았다. 당당하신 어머니의 모습을 그 후 더 이상 볼 수 없었다. 어머니의 삶은 가족을 위해 헌신하며 최선을 다하지만, 남편에 의해 좌우되는 삶이었다. 고혈압으로 약을 드시는 어머니 생각으로 마음이 불안했다.

대입 학력고사가 코앞이었다. 학력고사를 본 후 그 점수 가지고 대학을 지원하기에 원하는 대학에 가려면 점수를 잘 받아야 했다. 그동안 공부했던 것을 정리하고 마무리하면서 총력을 기울여야 하는 시기인데, 공부에 집중이 안 되고 마음과 행동이 따로 움직였다. 우리 학교 반 대항 대표 선수들이 피구 대회를 하고 친구들이 여느 때처럼 힘차게 응원하는 소리가 들렸다. 응원 소리가 점점 커질수록 내 마음은 더 무겁게 내려앉았다.

마음에 무거운 추를 달았는지 땅에 주저앉아 흙바닥을 맥없이 긁어댔다. 이러면 안 되는데 왜 이러고 있지. 마음을 추스르지 못하고 땅에 그림만 그리고 있었다. 그림이 뒤틀리고 있다. 우리 집은 부도가 났고 나의 미래는 예측할 수 없게 되었다. 길고 긴 인생을 걸어가야 하는데 길이 없어졌다.

우리 집 부도는 두 번째이다. 첫 번째는 내가 초등학교 1학년 때였다. 학교에서 돌아와 보니 빨간 딱지가 다닥다닥 붙어 있었다. 나의 물음에 대답 대신 아버지는 내 손을 붙잡고 큰댁에 간다고 하셨다. 외삼촌이 와 계셨다. 무거워진 분위기에 순순히 아버지를 따라나섰다. 긴 시간 버스를 타고 오는데 멀미를 많이 했다. 태어나서 처음으로 어찌할 수 없는 고통에 시달렸다. 큰댁에 도착하자마자 쓰러졌고 기억이 없다. 다음 날 낯선 방에 누워 있었다. 열린 방문으로 복숭아나무가 보였다. 복숭아가 어제 본 빨간 딱지처럼 다닥다닥 열려 있었다. 신기하게 쳐다보다 방을 나가서 복숭아를 만졌다. 털이 많이 붙어 있었다. 온몸이 따갑고 가려웠다. 아버지를 찾았으나 가셨다는 큰아버지의 말을 듣고 가려운 몸이 더 견딜 수 없었다. 목소리가 나오지 않을 때까지 울었다. 버림받았다는 생각이 들어 화가 나고 무서웠다. 어머니가 없는 나는 누구의 위로와 도움도 받지 못하는 존재가 될 수 있다는 것을 알게 되었다. 어린 나는 모질게 마음먹었다. 나를 달래다 단번에 그만두신 큰아버지와 말없이 도망치듯 사라지신 아버지를 미워하기로 마음먹으니, 울음이 그쳐졌다.

큰댁에서의 생활은 모든 것이 신기하고 재미있었다. 큰어머니는 머리에 수건을 두르고 아궁이에 불을 때서 아침을 준비하셨다. 남자들과 여자들은 따로 아침을 먹었다. 친구들이 책보를 매고 걸어서 논길을 지나 학교에 갔다. 공동 우물가에서 물을 길었다. 학교에서 돌아오는 길에 태풍을 맞아 논으로 굴러떨어졌다. 친구들과 바깥에서 매일 신나게 놀았다. 밤이면 TV를 본다고 이웃집으로 몰려다녔다. 겨울에는 동치미에 군고구마 구워 먹고 밤에 항아리에서 꺼내 온 차가운 홍시를 뜨거운 아랫목에서 먹었다. 시골에서의 생활이 이렇게 신기하고 재미있을 줄이야. 시골에서의 기간은 딱 1년 정도였다. 우리 가족은 다시 함께할 수 있었다. 1년 정도의 시간이었지만 시골에서의 추억이 지금도 소중하게 자리하고 있다. 나를 큰댁에 떼어놓으시며 1년이 걸릴지 2년이 걸릴지 기약할 수 없었던 아버지의 마음을 그땐 몰랐다. 아버지 따라서 같이 간다고 떼를 부릴까봐, 곧 오겠다고 거짓말할 수 없어 소리 없이 떠나셨으리라. 점차 아버지의 마음이 이해되면서 미움은 사라졌다.

고등학교 3학년, 대입을 앞두고 닥친 두 번째 부도에 눈물이 나왔다. 사라졌던 감정이 되살아났다. 중요한 시기에 다시 가정을 힘들게 만들어버린 아버지가 원망스러웠다. 학력고사 점수가 나왔지만, 대학을 포기하거나 미룰 수도 있다는 각오를 했다. 선생님의 조언을 들으신 어머니의 주장대로 아버지는 교육대학에 가라고 하셨다. 빨간 딱지의 유효기간이 끝나고 집을 떠나 이사했다. 교육대학이 4년제가 된 지 두 해째이다. 4년제는 심화 과정으로 학과가 생겼다. 초등교육이 주요 교육과정이지만 학과로 분류되니 수학과에 가고 싶었다. 1지망에 수학과를 순식간에 써버리고 2지망을 고민하다 보니 무용이라는 글자가 눈에 확 들어왔다. 초등학교 3학년 때와 5학년 때 무용을 했었기에 옛 추억이 소환되었다.

1지망이 되리라 확신했는데 2지망인 체육 무용과라니, 좌절감을 느꼈다. 무용이라는 글자에 꽂혀서 2지망에 체육 무용과를 썼지만, 체육이라는 두 글자는 내가 원하는 것이 아니었다. 1지망은 지원이 많은데 2지망이 부족하면 당연히 2지망이 선정된다는 사실을 몰랐다. 갈피를 잡지 못하고 이리저리 헤맸다. 공고문이 내 눈에 들어왔다. 길을 찾기 위해 학교 신문사에 들어갔다. 사회부 기자로서 취재 활동을 하고 기사 쓰며 신문을 발간하는 데 전념했다. 시간 가는 줄 모르게 대학 생활을 보냈다. 교육대학 학비는 저렴했고 학교 신문사 장학금과 아르바이트를 적절히 활용하여 학교를 마칠 수 있었다. 내가 졸업하던 해는 발령이 밀려서 선배들도 1년을 기다리고 있었다. 발령을 기다리는 2월 내내 겨울바람이 매섭고 추웠다. 아르바이트를 구해야 하나 생각하는데, 교육청에서 발령이 났으니 들르라는 연락이 왔다. 한걸음에 달려가 장학사를 만났다. 근무하는 중 의자를 내게 돌리며 축하 인사를 건넸다. 졸업하자마자 3월에 발령 나게 된 점을 축하한다며 잠시 머뭇거렸다. 첫 발령지가 벽지라고 불리는 곳이라 출퇴근이 어려운 거리이고 다행히 사택이 있으니 짐을 미리 챙겨두라 했다. 어릴 적에 느꼈던 익숙한 생각과 반가운 느낌이 훅 들어왔다.

　'왜 나에게는 원하지 않는 일이 반복되어 찾아오는가, 왜 길을 잃고 헤매게 하는가?' 익숙한 생각이다. 그러나 가슴이 뛰었다. 처음엔 버려졌다고 생각했지만, 시골 생활은 환상적이었다. 모든 게 낯설고 처음 경험하는 것이었지만 즐겁고 멋있었다. 큰댁 식구들, 동네 어르신들, 친구들, 동네 언니와 오빠들은 낯선 나를 다정하게 대해주었다. 시골에서 지낸 1년, 사계절의 변화와 시골 풍습을 온몸에 느꼈다. 날마다 땅따먹기, 줄넘기, 딱지치기, 제기차기, 연날리기, 말타기 등 밖에서 신나게 뛰어놀았다. 맛있는 과일들을 직접 따서 먹어보고 모내기하면서 즐겁게 노래하는 모습, 새까만 그믐에도 사촌 언니 따라 큰어머니 따라, 동네 친구들 따라 이야기하며 이 집 저 집 마실을 다녔다. 잔칫날엔 아이들과 맛있게 먹고 더 신나게 놀았던 재미난 기억들만 남아 있다. 모두 소중한 추억이 되었다.

교육대학 체육 무용학과 친구들과 과제도 해결하고 여행도 하며 잘 적응했다. 대학 신문사 기자로서 보람되게 보냈다. 아이들은 어른의 무심한 행동으로 마음에 상처를 입지만, 작은 배려로 힘을 내고 예기치 않은 불행에도 길을 잃거나 포기하지 않는 강인함이 있다. 시골에서의 생활은 자연과 친구들로부터 자유롭게 존중받았다. 대학 친구들과도 같은 곳을 바라보고 노력하며 도전하는 힘을 길렀다. 가슴 뛰는 설렘이 반갑다. 며칠 지나면 생애 처음으로 교사로서 첫 아이들을 만나게 된다고 생각하니 벅차올랐다. 교사로서의 내 길을 당당히 걸어가리라 다짐하게 하였다. 겨울철 나뭇잎을 벗어버리고 모진 칼바람과 눈보라를 견뎌내야만 비로소 봄에 새잎을 돋우고 여름에 잎이 무성해지며 가을에 열매를 맺는 것처럼, 나는 내 인생을 그렇게 살아가고 있지 않은가.

9.
다시 태어나다

정민경

'쏴아아.'

샤워기에서 쏟아지는 물이 정수리를 때렸다. 눈물이 섞여 내렸
다. 어느새 결혼 십 년 차, 두 아이의 엄마로, 직장인으로 정신없
이 쫓기다 보면 아이들을 재울 시간이 찾아왔다. 즐겁거나 힘든
일 없는 평범한 하루였지만 샤워할 때면 어김없이 눈물이 났다.
이유를 몰랐다. 머릿속에는 온갖 생각들이 뒤엉켜 있었고 그 끝
은 날카로웠다. 화가 덩어리져 무언가를 짓누르고 있는 듯 답답했
다. 어디에도 드러낸 적 없었다. 흐르는 눈물은, 풀지 못한 응어리
가 쌓이고 터져 나오는 것임을 한참이 지나고서야 알았다.

내 이름은 없었다. 엄마, 며느리, 아내, 교사로 일인 다역을 하면
서도 내 자리는 없었다. 마땅히 그래야만 한다는 강박들이 나를
에워쌌고, 의무와 책임만이 남았다. 어른이 되었고, 부모가 되었
으니 해내야만 한다는 목소리 속에서 나는 작아지고 있었다. 마
음을 들여다볼 여유나 엄두를 내지 못한 채 스스로를 채찍질할

뿐이었다.

K 장녀, 코리아의 'K'와 맏딸을 뜻하는 '장녀'의 합성어. 나는 장
녀로서 한국에서 맏딸이라면 응당 그래야 한다는 사회적 기대에
어긋나지 않기 위해 노력하며 살았다. 나도 모르게 스며든 규범적
인 모습대로 커야 한다고 생각했다. 기준틀 밖으로 벗어나지 않도
록 스스로 컨트롤했다.

어른들 말씀은 놓치지 않으려 했고, 시키는 일은 군말 없이 해
냈으니 칭찬을 자주 받았다. 나의 감정이나 생각은 드러내지 않았
다. 모범생의 프레임에 맞는 학생이었다. 시험공부를 하고 있으면
엄마가 개그 프로그램을 틀어주시며 머리 좀 식히면서 하라고 하
셨던 기억이 난다. 어찌 보면 자발적으로 높은 기준과 완벽한 틀
에 맞추기 위해 부단히 노력했던 것이다. 그러다 보니 나를 드러
내는 일이 어려워졌다.

어른이 되어도 마찬가지였다. 정돈되고 빈틈없는 모습을 보여줘
야 한다고 생각했다. 솔직한 감정이나 의견을 드러내는 건 그다지
도움이 되지 않는다고 여겼다. 주변에서 원하는 사람이 되기 위해
최선을 다했고, 그것이 미덕이라 믿었다. 더 큰 어른이 되는 과정
이라 생각했다. 남들보다 조금 일찍 결혼하고 엄마가 되었기에, 빨
리 어른스러워지기 위해 노력했다. 내면의 목소리는 안으로 삭이
면서 주어진 역할은 잘해내기 위해 발버둥 쳤다. 그렇게 나는 내
가 정한 프레임에 스스로 갇히고 있었다.

나는 K 장녀지만, MZ세대이기도 하다. 그러니 사고방식이 부모님 세대와는 다를 수밖에 없다. 위 세대와 지낼 때는 감정 표현을 하지 않고 묻어가는 편이지만, 개인의 삶과 행복을 중요하게 생각한다. 알게 모르게 느껴지던 사고방식의 차이가 결혼 전에는 큰 문제가 되지 않았다. 내 이름 석 자로 살 수 있었으니까. 그러나 결혼 후에는 상황이 달라졌다. 그럭저럭 잘 버텨왔던 내면의 갈등이 여러 문제와 부딪히기 시작했다. 아내로서, 며느리로서 마땅히 그래야만 한다는 책임은 감당하기 힘들었다. 의지와 상관없이 씌워지는 맏며느리의 프레임은 맞지 않는 옷을 억지로 껴입는 듯했다. 숨쉬기 힘들었다. 소심하게 반항하는 마음이 생겨났지만, 생각을 드러내는 일은 내게 어려운 일이었다. 밖으로 꺼내지 못했다. 웃어넘기고 집에 돌아와 눈물을 흘렸다. 없던 두통과 소화불량이 생기기 시작했다. 억울한 마음이 솟구칠 때면 좋게 생각하자며 이성으로 감정을 잠재워보기도 했다. 모든 것은 생각하기 나름이니 훌훌 털어내면 아무런 문제가 될 게 없다고 생각했다. 그러려고 부단히 노력했다. 그런데 아무리 마음을 토닥여도 불쑥 튀어나오는 화는 쉽게 가라앉지 않았다. 새로운 역할도 멀게만 느껴지고, 익숙해지지 않았다.

뱉고 싶은 말은 산더미인데 입 밖으로 나오는 말은 없었다. 삼켰다. 그러는 게 당연하다 생각했다. 여태껏 표현하지 못하고 살아온 나를 한순간에 바꾸는 건 어려웠다. 그렇게 하고 싶은 말을 안으로 삭이다 보니 응어리가 한 덩이씩 계속 쌓이게 되었다. 점차 존재는 희미해져가고 몰려오는 우울감은 나를 힘들게 했다. 드러내고 싶어도 방법을 몰랐다. 여태 이렇게 살아왔고, 혼자 잘 이겨내는 것이 모범적인 틀에 맞는 모습이라 생각했다. 그러나 어느 순간 이겨낼 수가 없었다. 자주 무너졌다. 해결되지 않은 문제를 끌어안고 버티는 기분이었다.

언제 터질지 모르는 시한폭탄이 된 걸까. 별것 아닌 일에 감정이 뚫고 나오기 시작했다. 하루는 밥때가 되어 남편이 뭐 먹을지 물어보기에 집 앞 가게 김밥을 먹고 싶다고 했다. 평소에는 뭐 먹고 싶은지 물어보면 오빠는 뭐 먹고 싶냐 하며 되물었다. 그게 익숙했다. 이래도 좋고, 저래도 크게 개의치 않았다. 이왕이면 남편이, 아이들이 먹고 싶은 걸 먹으면 좋겠다고 생각했다. 그러다 보니 자연스레 내가 원하는 메뉴라는 건 없어진 걸까. 모처럼 의견을 냈는데, 남편이 다른 데가 더 맛있다며 내 의견은 묻지도 않고 홀랑 주문해버리는 게 아닌가? 그 순간, 김밥 옆구리 터지듯 화가 터져 나왔다. 존재를 인정받고 싶었던 걸까. 예전과 다르게 이런 작은 일에도 발끈하는 일이 많아졌다. 그리고는 우울해졌다. 더 이상 중요한 존재가 아니라는 기분이 들어 서러웠다.

남편은 출근하고 아이들도 등교한 후 적막한 집. 청소하려 둘러보는데 시선이 닿는 곳마다 마음에 들지 않았다. 널브러진 잠옷과 먹다 흘린 초코우유 자국, 엉망인 이불도 거슬렸지만 TV 장식장, 식탁, 화장대까지 모두 마음에 들지 않았다. 사회생활을 시작한

지 얼마 안 되어서 결혼하게 되어 모아둔 돈이 별로 없었다. 가성비를 따지고, 상황에 맞춰 고른 가구들이 나인 것 같았다. 물에 물 탄 듯 술에 술 탄 듯, 색깔 없는 나처럼 집도 구색을 갖췄을 뿐이었다. 십 년째 쓰고 있는 그릇, 수저. 어느 것 하나도 내 선택으로 산 것이 없다는 걸 인지하고 나니 힘이 빠졌다. '기능만 좋으면 됐지, 멀쩡하면 됐지'라는 생각도 위안이 되지 않았다. 뒤늦게 사춘기가 온 아이처럼 비뚤게만 보였다. 집 안의 물건들을 내 마음에 드는 것으로 채우고 싶었다.

좋은 사람이어야 했다. 착한 사람 콤플렉스가 따로 없었다. 누가 시킨 것도 아닌데 자꾸만 틀에 욱여넣고 있었다. 아들 둘을 키우면서도 화 한 번 내지 않을 것 같은 다정한 엄마, 학생들에게는 친절한 교사라고 나를 보는 사람들이 한마디씩 했다. 그 말들은 프레임을 더 단단하게 만들었고, 시선에서 어긋나지 않는 사람이 되도록 떠밀고 있었다. 프레임은 생각보다 힘이 셌다. 벗어나고 싶었지만, 부서지지 않는 틀 안에 어느새 갇혀버렸다.

더 이상 옴짝달싹하지 못하게 되자 터졌나 보다. 의지와 상관없이 터져 나온 눈물이 물과 함께 씻겨가며 조금씩 나를 치유해주었나 보다. 응어리를 풀어내며 녹였나 보다. 흘러가는 물에 부정적인 감정도 씻어 보냈다. 숨기고만 있던 말들을 하나씩 꺼내보았다. 남편에게도 손을 내밀었다. 물론 고민 끝에 꺼낸 말이 말싸움이 되고 오해가 쌓이기도 했다. 그러나 한번 물꼬가 터지니 삐거

덕대면서도 서로 이해하는 부분이 많아졌다. 조금씩 안정되어갔다. 곪아가던 상처에 새살이 돋아나기 시작했다.

십 년을 잃어버린 세월이라고만 생각했다. 내 이름 석 자는 사라지고 빛을 잃은 느낌이었다. 엄마, 아내, 가족 구성원으로 응당 해야 할 의무만이 나를 겨우 지탱하고 있는 듯했다. 묵은 감정들이 꾹꾹 눌린 채 뭉쳐 묵직한 짐이 되었다. 마음속 덩어리를 눈물로 서서히 녹여내고 나니 조금 알 것 같다. 지난 십 년은 잃어버린 시간이 아니라 나를 한 단계 성숙한 사람으로 깊어지게 만들어준 시간이었다는 것을. 앞으로의 내 삶을 현명하게 꾸려가기 위한 변화의 시간이었다는 것을. 아픔은 마음 그릇이 넓어지는 진통이었다. 번데기가 온 에너지를 쏟아붓고 나서야 탈피에 성공해 아름다운 나비가 되듯, 지독하게 힘들다고 느꼈던 것은 틀을 깨고 더 넓은 세상으로 날아가기 위한 통증이었다. 더 단단한 나로 태어나는 시간이었다.

10.
엄마가 되었습니다

한은서

"언니, 이거 봐라."

방학을 핑계로 여섯 살 어린 사촌 동생이 놀러 온 날, 내 속이 뒤집혔다. 미미 인형과 인형의 집을 통째로 싸 들고 온 성희는 내 앞에서 조잘대며 삼촌으로부터 받은 선물을 자랑하기 시작했다. 누가 궁금하다 물어본 것도 아닌데, 거실에 인형을 펼쳐 실컷 자랑만 늘어놓고는 만지지도 못하게 했다. TV에서만 보던 큰 눈에 긴 팔과 다리, 예쁜 드레스를 입은 인형을 보니 만지며 놀고 싶은 마음이 들었다. 성희가 가져온 인형의 집은 더 가관이었다. 이층집에 욕조 딸린 화장실까지 갖춘 미미의 방은 만화 속 모습 그대로였다. 내 방 하나 갖는 게 소원이던 때라 할머니와 같이 쓰고 있던 방이 초라하게 느껴졌다.

금발 머리라도 빗겨주고 싶어 살짝 만지려던 손을 탁 하고 뿌리친 동생이 얄미웠지만, 한마디 대꾸도 못 했다. 속상하고 분한 마음에 얼굴만 붉어졌다. 저런 인형 사달라고 떼쓰고 싶었지만, 입밖으로 말을 꺼내지 않았다. 자라면서 투정 한번 부려본 적 없이 순하게 커 온 성향도 한몫했다. 더군다나 회사를 그만두고 사업을 시작한 아버지가 보증까지 서는 바람에 집안 사정이 기울면서 부모님께 떼를 부릴 여유조차 없었다.

집안에서도 학교에서도 존재감 없이 그런대로 살던 내가 어른이 되었다고 달라졌을 리 만무하다. 직장에서조차 일에 끌려가며 살면서도 싫다는 거절 한번 하지 못했다. 내 주장을 펼쳐 인간관계나 조직 생활에 소음이 생기면 안 된다고 생각했다. 가만히 있으면 중간이라도 간다는 말처럼, 내 생각을 드러내지 않으려 노력했다. 희생하며 살고 싶지 않았으나, 나를 온전히 내보일 용기도 없었던 셈이다. 사춘기 질량 보존의 법칙이 성립하던가. 서른, 뒤늦은 사춘기로 열병을 앓던 그때, 나의 속내를 다 털어놨던 친한 친구가 갑자기 암으로 내 곁을 떠났다.

누구보다 성실하고 착했다. 처음엔 믿을 수 없었다. 사랑하는 사람이 한순간에 내 곁을 떠날 거라 상상하지 못했다. 착한 사람은 복을 받고 나쁜 사람은 벌 받는 게 세상 이치가 아닌가? 누구보다 복 많이 받고, 오래오래 행복하게 내 곁을 지켜주리라 믿었던 친구를 보낸 그해는 세상을 잃은 기분이었다. 가족을 떠나보낸 듯한 상실감에 가슴 한구석이 떨어져 나간 것 같았다. 속상하고, 미안한 마음에 밥을 먹는 것조차도 어려웠다. 남자 친구보다 더 잦은 통화로 익숙한 컬러링이 계속 맴돌았다. 멜로디가 떠오르면 가만히 앉아만 있어도 눈물이 주르륵 흘렀다. 자려고 누우면 재잘대던 친구 목소리가 귓가에 들려 밤을 새우기 일쑤였다. 자매처럼 지냈던 친구였기에 재밌는 일이 있어도 좋은 풍경을 봐도 즐겁지 않았다. 웃는 세상 사람들이 싫고, 착하게만 사는 것 따위는 호구이자 손해라고만 생각했다. 세상과 신에게 원망을 던지며 방황하던 그때, 묵묵히 내 곁을 지켜줬던 남자 친구가 큰 힘이 되어주었다. 삶의 방향을 잃고 허우적거리는 나에게 친구의 빈자리를 채워준 사람이라면 인생을 함께해도 괜찮겠다 싶었다. 텅 빈 마음이 조금씩 채워질 무렵, 그렇게 그와 나는 한 식구가 되었다.

"이거 잘 보관하고, 달력에 표시해둬라. 이제 네 책임이야!"
신혼여행에서 돌아온 첫날, 시어머니가 종이 한 장을 내 손에 쥐여주셨다. 금은보화를 숨겨둔 보물 지도처럼 보였던 메모지를 펼치니, 낯선 이름들 옆에 날짜와 제목이 빼곡하게 적혀 있었다. 그리고 회사에 입사해 업무를 받는 것처럼 앞으로 며느리로 해야할 일을 설명하셨다. 머리를 얻어맞은 듯 어리둥절했지만, 아무말 없이 들었다. 사실 그때는 뜻을 이해하지 못했다. 갓 결혼한 새댁이 그것이 무엇을 의미하는지 얼마나 알겠는가.
남편과 나 모두 서울 한복판에 회사가 있었음에도 어머님이 사시는 곳과 십 분 거리에서 신혼살림을 시작했다. 둘만의 힘으로만 결혼을 준비했지만, 혼수 예단을 비롯해 시어머니와 따로 살 집을 구해 분가한 일까지 모두 며느리인 나의 탓이었다. 그러니 아들이 결혼한다고 어머니도 경제적 독립을 한다는 것은 생각할 수 없는 일이었다. 아들에게 의지하며 살아왔던 시어머니 처지에선 모든 것이 당연한 요구에 불과했다. 반대로 나로서는 결혼하는 데 전혀 염두에 두지 않은 문제였다. 그동안 시댁 식구들 누군가가 해왔을 제사 음식 준비도 결혼과 동시에 내 차지가 되었다. 어렵게 첫째를 임신하고, 입덧으로 토할 듯 울렁이는 속을 달래면서도 출산하는 막달까지 제사 음식을 준비했다. 출산 후 조리원에 있을 때도 집에서 몸조리하면 되는 것을 남편 등골 빼서 비싼 조리원에 예약해 화가 났다고 전해 들었다. 남편이 지방 근무를 하게 되면서 그나마 있던 울타리도 사라졌다. 남편의 부재는 더욱 나를 구석으로 내몰았다. 남편의 부재만으로도 일하며 아들 둘을 돌보는 일은 체력적으로 버거웠다. 출근해서도 제삿날만 되면 퇴근 후 부리나케 준비한 음식을 싸 들고, 아이 둘과 함께 시댁으로 가기에 바빴다. 친척들은 남편이 없는 틈을 타 조언처럼 위장된 말들을 나에게 쏟아냈다. 마음에 비수처럼 꽂히고 속상했지만, 말 한마디 대꾸하지 못했다.

뜻에 따라 열심히 하면 알아주고 모든 상황이 달라질 줄 알았다. 아이가 태어나면 변할 줄 알았다. 시간을 쏟고 열정을 다해도 며느리에 엄마 역할까지 더해지니 몸과 마음만 부서질 듯 아팠다. 아무렇지 않은 척 집에 돌아와 동동거리며 움직이던 거울 속의 나를 본 순간, 그 언젠가 보았던 엄마의 뒷모습이 나처럼 보여 눈물이 앞을 가렸다.

여전히 시어머니를 돌봐야 했고, 열심히 맞벌이해도 경제적으로 나아지는 모습은 온데간데 없었다. 내 시간을 모두 투자해도 아이들이 자랄수록 두려움은 커졌고, 직장 내에서도 내 자리는 한없이 작고 초라하게 느껴졌다. 회사와 협의해 근무 시간을 조정했지만, 같이 일하는 직원들의 불만이 새어 나오는 것을 모르는 바도 아니었다. 집에서도, 회사에서도 계속 나는 누군가의 눈치를 보며 살아내기에 바빴다. 벗어나고 싶었지만, 할 수가 없었다. 그저 흘러가는 바람에 몸을 맡기듯 순응만 하며 살아왔던 삶이 다가 아님을 알지만, 무엇을 어떻게 해야 하는지 몰랐다. 순풍에 몸을 맡겨 나가기만 했지, 역풍을 거슬러 가본 적이 없던 나이기에.

어른이 되면 달라질 줄 알았다. 바다를 유유하게 떠다니는 고래처럼 두려움 없이 평안한 모습으로 나아갈 줄 알았다. 엄마가 되고 누구보다 당당하게 살고 있다고 생각했지만, 현실 속의 나는 여전히 눈치 보기에만 급급했다. 내 안에서 더는 그렇게 살고 싶지 않다며 소리쳐도 그런 나를 애써 외면한 채 살았다.

달라져야 했다. 누구에게나 좋은 게 나에게도 좋은 건 아니었다. 엄마처럼 희생만 하며 살고 싶지 않다고 생각했지만, 어느 순간 닮아가고 있었다. 나이를 먹었다고, 엄마가 되었다고 저절로 달라지는 게 아니었다. 참고 견딘다고 내 마음을 알아주는 것도 아니더라. 세상에 당연한 것은 없다. 무조건 '예'가 아니라 '아니오'라고도 말할 줄 알아야 했다. 이제는 그러지 않으리라. 내 소리에 내가 먼저 귀 기울여 조금씩이라도 나가려 한다. 이제야 희미하게 들린다. 엄마인 나를 누구보다 먼저 챙겨도 괜찮다는 나의 목소리가.

제2장

나를 위하며 살기로 하다

1.
불행 뒤에 크게 숨어 있는
행복을 본다

김은숙

"혈액암이고 다발성골수종입니다."

대학병원에서 의사가 남편 앞에 내뱉는 말이었다. 생각해본 적이 없는 말이다. 결과를 들으러 갔던 날, 그 허망함은 이루 말할 수 없었다. 살면서 남에게 마음 아프게 한 적도 없고, 착하게만 살아온 남편인데 기껏 열심히 살아온 끝이 혈액암이라니. 남편이 10여 년을 넘게 다니던 직장을 그만두게 되던 날, 남편과 함께 회사를 찾아갔다. 사장과 대화를 나누던 남편의 마음을 조심스럽게 살폈다. 겉으로 내색은 안 했지만, 꾹 닫힌 입 모양으로 남편의 마음을 짐작할 수 있었다. 서울에서 직장생활 하던 딸은 아빠가 아프다는 말을 듣더니 내려와 한시도 떨어지지 않고 아빠 곁을 지켰다. 나는 일 때문에 자리를 비울 수가 없고 누군가는 해야 할 남편의 간호를 딸은 자처하고 나섰다. 딸은 아빠 곁을 지킬 테니 나보고 염려 말라고 했다. 딸에게 한없이 고맙고 미안했다.

가족들은 아픈 남편의 감정을 조금이라도 건드릴까 봐 남편의 말 한마디, 행동 하나에도 신경을 쓰기 시작했다. 항암치료와 입원, 조혈모세포이식을 하고 무균실에서 지내야 했던 남편에게 우리 가족은 그야말로 전부였다. 남편을 보러 가족들은 부지런히 다녔다. 남편이 필요한 게 있어도 담당 간호사의 허락이 있어야 했다. 무조건 한 번도 쓰지 않았던 새 물건을 사서 소독 후에 넣어주었다. 구미에서 대구 경대병원까지 왔다 갔다 반복했다. 아빠가 잠시라도 약한 말을 하거나, 근거 없이 떠도는 말에 마음 약해질까 봐 딸은 관련 자료를 찾아보고 아빠에게 병에 대한 진실을 정확하게 알려줬다. 스스로 대비할 수 있게 정보를 주었다. 재발하면 또 치료하면서 살아가면 된다고, 그걸 받아들이라는 말도 했다. 아빠를 먼저 생각하고 한발 앞서서 돌봤다. 코로나 시국이라 병원을 가도 그냥 들여보내주지 않았다. 코로나 검사를 해서 음성이 나와야 진료나 치료를 받을 수 있었다. 항암으로 머리가 빠지고 살이 빠진 남편과 함께 대학병원에 진료받으러 갔다. 추운 병원 주차장에서 코로나 검사를 하는데 서툰 의료진이 남편의 코를 면봉으로 찔렀는데 투명 케이스를 벗기지 않고 찔러서 피가 났다. 몇 시간씩 환자를 밖에서 떨게 하고 겨우 와서 한다는 게 그런 건가 싶어서 딸이 화를 내며 따지자, 의료진은 사과했다. 딸이 남편 곁을 지켜주었기에 내가 정신을 차리고 어떻게 살까 생각할 수 있었다. 가족을 책임져야 하는데 내가 뭘 해서 돈을 더 벌 수 있을까 생각하니 답답해졌다. 이제껏 경제가 뭔지, 돈이 뭔지도 모르고 살아온 내가 미련하고 바보 같았다.

남편은 새벽에 일하는 환경미화원을 십여 년 했다. 밤에 몸을 쓰는 일이다 보니 낮에 자야 하는데 잠이 오지 않는다며 소주를 마셨다. 처음에는 한 병쯤 마시더니 더 마셔야 잠을 잘 수 있다며 하루 두 병 마시는 날도 많아졌다. 술기운으로 곯아떨어진 남편을 보면 측은하기만 했었다.

지금의 나에게 부족한 게 뭔가를 생각하니 돈이 많아야겠다고, 부자가 되어야겠다고 생각했다. 내 주위에 부자가 누가 있나 살펴봤다. 인색한 부자로 사는 사람이 있긴 하다. 자신을 위해서도 남을 위해서도 쓰지 않는 부자가 있다. 내가 그리는 부자와는 거리가 멀었다. 나는 지금도 베풀고 나누며 사는 걸 좋아하는데, 부자가 된다고 해서 그분들처럼 인색하게 살고 싶지는 않았다. 다른 대상이 필요했다. 부자, 돈 버는 방법, 성공, 종잣돈 모으기라는 단어를 검색해봤다. 어떻게 하면 부자가 될 수 있는지 궁금했다. 부동산 투자로 큰돈을 벌었다는 송 사무장이 검색되었다. 바로 행복 재테크에 가입해서 재테크부터 부동산 강의를 쉬지 않고 들었다. 강의 듣고 과제하고 끊임없이 배웠지만 투자를 할 수 없었다. 가진 종잣돈도 투자할 수 있을 만큼 있었지만, 그 돈을 잃으면 어떡하나 하는 생각에 선뜻 투자하지 못했다.

지금 생각해보면 나에 대한 확신이 없었다. 같이 공부하던 사람들은 날마다 여기에 투자했네, 저기에 투자했네 하는 소식이 게시

판 가득 올라오는데 구경만 하는 내가 한심해졌다. 왜 투자를 못하는지 생각해보니 공부에 대한 확신이 없었기 때문이다. 투자했다가 손해라도 보면 어쩌나 싶어 겁이 났다. 경매법정에서 입찰도 여러 번 했지만, 반면에 낙찰될까 두려운 생각도 들었다. 부동산 공부를 하고 투자를 할 기회가 생기면 뒷걸음질을 쳤다.

육십이 넘은 남편과 오십 대 후반인 나는 노후 생활을 위해 풍족한 돈이 필요했다. 더 적극적으로 내 사업을 하면서 구미에서 서울로 배우러 다니는 일도 마다하지 않았고 배움에 목말라 있었다. 이거다 싶으면 나는 거기에 매달렸다. 그런데 결과는 예상했던 대로 나오지 않았다. 생각해보니 나는 내 것으로 만드는 작업을 꾸준히 끝까지 한 적이 없었다. 이곳저곳을 기웃거렸을 뿐, 뭔가가 나올 때까지 깊이 파지도 않았다. 그저 부자는 운이 좋아서 부자가 됐다고 생각하고 말았다. 깨달은 건, 단박에 부자가 된 사람은 없다는 것이다.

부자들은 독서는 기본이라고 했다. 난 책은 책장에 꽂아두고 보는 걸 흐뭇해하는 사람이었다. 성공하려면 읽어야 한다는데 난감했다. 어떻게 하면 독서를 잘하는지 검색해봤다. 고르고 골라 본질 독서라는 그룹을 발견했다. 읽은 부분에 내 생각을 더 해서 글로 써야 한다고 했다. 읽기도 싫은데 내 생각을 글로 정리해야 한다며 노트가 배달됐다. 그것도 모자라 남들이 다 보는 단체 대화방에 하루에 한 번 인증을 하라는 것이다. 책 한 권 읽겠다고 마음먹었는데 뭐가 줄줄이 사탕처럼 연결되어 있었다. 하지 말까 하는 마음이 책을 펼칠 때마다 들기도 했다. '그래도 해보자, 부자가 된다는데 책 읽고 쓰는 것쯤이야' 하고 책 다섯 권을 한꺼번에 사서 진도대로 읽어나갔다. 책을 읽는데 불쑥 혼잣말이 나온다. 어디서 나왔는지 모를 내가 나에게 말을 건다. 너는 이 문장을 어떻게 생각하냐고 묻기도 한다. 책을 읽으며 이런 상황에서는 어떻게 했을까 생각하기 시작하자 책 읽는 시간이 차츰 괜찮아졌다. 그렇게도 읽기 싫었던 책이 내 업무 책상에 놓이게 되고 나는 그렇게 독서하게 되었다. 비단 책을 읽기 싫어하는 사람이 나뿐이랴 생각하니 마음이 편해졌다. 내가 어떻게 부자가 될 것인가에 대해 진지한 고민을 시작하자 무엇부터 해야 할지 보였다. 손에 책을 든 것만으로도 나의 꿈은 시작되고 있었다. 불행과 행운은 함께 온다고 한다. 남편에게 암이 발견되었다는 것만 크게 보고 실망했다면 내가 부자가 되어야겠다는 큰 행운을 보지 못했을 것이다.

결혼 후 30년 살다가 남편으로 인해 나에게도 변화가 찾아왔다. 지금까지 밥만 먹고 살았지만, 이제는 부자가 되어야 할 명확한 이유가 생겼다. 남편이 일하러 가는 게 당연했던 그 삶이 한순간에 없어졌고 나는 정신을 차려야만 했다. 지금껏 가져왔던 태도를 버려야 했다. 늦게 일어나고 시간개념 없이 하루를 뭉개서 썼던 내가, 독서하게 되면서 시간의 중요성을 알게 되었다. 부자가 되어야겠다는 생각이 들자 나는 뭐라도 해야 했고 첫 번째가 독서였다.

책을 펼치며 내 부자의 꿈도 펼쳐졌다. 지금 처한 나의 상황이 원망스럽지도, 슬프지도 않은 까닭은 목표를 세웠기 때문이다. 내가 없던 삶에서 중심을 찾아가자, 내가 보였다. 책과 마주하는 시간에는 온전히 나와 만나고, 그 속에서 나를 향한 수없는 자책과 분노가 힘을 잃어가고 있다. 남편의 병은 그저 그렇게 살다 갈 수도 있었던 내 인생에 목표를 갖게 하는 계기가 되었다.

2.
다르게 살고 싶어졌다

박은정

"어머님 삶의 중심에는 자신이 있어야 해요."

낯선 상담사의 한마디에 눈물이 왈칵 쏟아졌다. 숨기려 할수록 멈추기 힘들었다. 상담을 마치고 나오며 이번에는 나부터 챙겨보겠노라 씩씩하게 답하고 나왔다. 막상 문을 닫는 순간 두려움이 밀려왔다. 그동안 가족을 위한 삶을 사는 게 최선이라 생각하고 살았다. 그것만이 내 삶의 유일한 행복이라 믿고 있었다. 막상 나부터 챙겨야겠다고 생각하니, 그것만으로도 죄책감이 밀려왔다. 마음 놓고 자신을 돌본다는 건 아무래도 내게 멀게만 느껴졌다.

그날 저녁 남편의 퇴근이 늦었다. 점심도 못 먹었다는 말에 상담받은 이야기는 입 밖으로 꺼내지도 못했다. 한 푼이라도 더 벌겠다며 고생하는 남편도 있는데 돈 들여가며 상담받는 내가 사치스럽게 느껴졌다. 남편의 축 처진 어깨를 보는 내 마음도 점점 가라앉았다. 한 번 더 상담받고 싶었던 마음이 이기적이라 생각됐다. '그래, 그냥 예전처럼 가족을 위해 사는 게 맞지.' 그렇게 생각하며 스스로를 다독였다. 잠자리에 누웠지만 잠이 오지 않았다. 습관처럼 핸드폰을 손에 집어 들었다. 알림 창을 열었다 닫기를 반복했다. 정작 무엇을 찾고 있는지조차 알 수 없었다. 내일 출근도 해야 하는데, 늦게까지 잠을 이루지 못했다.

아무리 치열하게 살아도 채워지지 않는 무언가가 그림자처럼 따라다녔다. 다른 사람들은 척척 잘해내는 것 같은데 왜 나는 모든 일이 이렇게 힘겹고 버거울까 싶었다. 무력감에 빠져 아무것도 하기 싫을 때가 많았다. 마음이 한번 가라앉으면 쉽게 회복되지 않았다. 힘을 내보려 해도 잘되지 않았다. 어떨 땐 밥 먹은 그릇 하나 치우는 일도 쉽지 않았다. 저녁 먹은 설거지를 치우지 못한 채 그다음 날 저녁이 되어서야 치우는 날도 많았다. 그런 나를 걱정스럽게 바라보는 남편에게, 오히려 그 마음도 몰라준다며 화를 내기도 했다. 아이를 위해 최선을 다했다고 했지만 정작 행동으로 보여준 건 별로 없었다. 불안해하는 엄마의 모습만 많이 보여줬다.

매일 반복되는 일상에 지쳐갔다. 아침에 일어나는 것조차 점점 버거워졌다. 알람을 맞춰 놓아도 제시간에 일어나지 못할 때가 많았다. 멍한 상태로 하루를 시작하다 보니, 시간에 쫓기듯 정신없이 살게 되었다. 의미 없이 흘러가는 시간이 길어질수록 스스로에 대한 실망과 자책은 깊어졌다. '내가 원래 그렇지, 나는 이것밖에 안 되는 사람이지'라며 스스로를 향해 온갖 비난의 말을 쏟아냈다. 아이가 힘들어하는 것도, 남편의 축 처진 어깨도, 모두 내 탓인 것만 같았다. 감정이 휘몰아치기 시작하면 감당하기 어려웠다. 가슴이 답답할 때면 습관처럼 핸드폰을 찾았다. 웃을 수 있는 영상을 보며 잠시나마 기분을 전환해보지만, 웃다 보면 시간이 어떻게 지나갔는지도 몰랐다. 그렇게 시간을 보내다 아이와 남편이 돌아올 때면 급하게 집 안을 정리하고 밥을 차리기 바빴다. 저녁 먹고 치우지도 못한 채 다시 소파에 누웠다. 아이는 옆에서 핸드폰을 만지작거리고, 남편은 하루의 피로를 풀기 위해 안방으로 들어간다. 각자 핸드폰을 들여다보며 시간을 보내다 잠에 든다. 우리는 이렇게 살아도 괜찮은 걸까.

그날도 어김없이 핸드폰을 손에 들었다. 영상 하나가 눈에 띄었다. 새벽 5시에 일어나 하루를 부지런히 시작하는 주부의 영상이었다. 평소 같으면 뻔한 이야기 같아 그냥 지나쳤을 텐데 그날은 다르게 다가왔다. 영상 속 주인공이 너무도 여유롭고 평온해 보였다. 보는 내내 뭔가 따뜻하게 채워지는 느낌이었다. 지친 마음을 달래고 싶어 20분이 넘는 긴 영상을 끝까지 다 봤다. 지루하지 않았다. 처음에는 단지 나무 가구들과 잔잔한 클래식 음악이 주는 평온함에 끌렸나 싶었다. 그게 전부가 아니었다. 가족을 챙기는 일상에서도 자기만의 시간도 귀하게 여길 줄 아는 사람이었다. 혼자 점심 한 끼를 먹더라도 마치 손님을 초대한 듯 정성스럽고 예쁘게 차려 먹는 모습이 인상 깊었다. 보통의 주부들이라면 가족에게 모든 에너지를 쏟느라 자신에게 소홀하기 마련인데, 그 사람은 모든 순간을 굉장히 소중히 다루는 느낌이었다. 하루하루를 그저 살아가는 나와는 너무도 다른 모습이었다. 자신의 하루를 행복으로 채워가는 모습이 보기 좋았다. 나도 그런 삶을 살 수 있을까 하고 생각해봤다. 그런 생각들을 떠올리다 보니 지금의 나는 내게 주어진 시간을 어떻게 사용하고 있는지, 그동안 스스로 얼마나 무심했는지 새삼 깨달을 수 있었다. 영상 속 주인공의 삶이 행복해 보였던 가장 큰 이유는 거창한 게 아니었다. 내게 주어진 시간을 감사히 여기는 자세가 돋보였다. 화면에 비치는 모습이긴 했지만, 그 모습에서 진심이 느껴졌다. 같은 상황을 어떻게 바라보는지에 따라 다르게 보였으리라. 이른 새벽 시간 남편의 도시락을 챙겨야 하는 것이 뭐가 그리 즐거운 일이었을까. 화면 속 그녀는 그 모든 걸 즐기고 있는 모습이었다. 살아지는 대로 겨우 버텨내듯 살아가는 내 삶의 태도와 너무도 달랐다. 나도 그 모습을 닮고 싶었다. 이제 좀 달라져보고 싶다는 생각도 들었다. 나의 하루를 소중히 여기며 진심으로 대하기로 마음먹었다.

　그날부터 나의 일상에 작은 변화가 일어나기 시작했다. 새벽 5시에 일어나긴 힘들어도 전보다 조금 일찍 일어나기로 했다. 아침에 일어나서 가장 먼저 거실 창을 열어 환기부터 했다. 그런 다음 창밖 풍경을 두 눈에 고스란히 담았다. 푸르른 색감이 내 마음을 편하게 해줬다. 이제 내가 좋아하는 음악도 틀 차례다. 식구들이 깨지 않도록 소리를 줄여본다. 조용한 새벽 시간, 그 누구의 방해도 받지 않는 나만의 시간이다. 그 기분을 만끽하고 싶어서 일기장도 꺼냈다. 그날의 감정을 기록으로 남긴다. 오늘 해야 할 일을 기록하며 일과를 하나씩 체크하기 시작했다. 달성한 것은 줄을 그어가며 작은 성취감을 맛보기 시작했다. 며칠 되지 않았는데 왠지 새로운 삶을 살게 된 것 같았다. 며칠을 반복했더니 뭔가 뿌듯한 느낌이 들었다. 버겁게만 느껴졌던 일상이 조금씩 수월해졌다. 기분이 좋아지니 마음도 편안해졌다. 하루 이틀 작은 성취가 쌓이면서 자연스레 새로운 목표에 도전할 용기도 생겼다.

창문을 열어 신선한 공기를 마시며 나만의 아침 시간을 가지기 시작했다. 처음에는 단순히 새벽 공기를 즐기는 데 의미를 두었다. 그런 시간이 쌓일수록 마음이 조금씩 편안해지기 시작했다. 내 삶에 작은 빛이 들어오는 걸 느꼈다.

무겁던 일상에서 벗어나보니 나도 모르게 여유가 생겼다. 잊고 있던 웃음도 되찾을 수 있었다. 그렇게 한 발 한 발 내딛다 보니 더 많은 변화가 필요하다는 걸 느꼈다. 나를 위한 시간은 내가 만들어야 한다는 것을 알았다. 그러기 위해서는 조금 더 적극적으로 변화에 뛰어들어야 한다고 생각했다. 그렇게 시작된 작은 습관들이 쌓이면서 삶의 의미를 되찾기 시작했다.

3.
사라진 시간을
되찾았습니다

김은희

운동하는 모습을 보고 체육 선생님은 고개를 갸우뚱하십니다. 열심히 뛰었건만 100미터 기록은 22초, 버틴다고 버텼는데 오래 매달리기는 0초입니다. 이런 기록은 일부러 만들기도 힘들겠다고 합니다. 천성적으로 운동이 안 맞는걸요. 그나마 유연성 기록은 좋아서 체육으로 처음 칭찬받았습니다. 그때의 자신감으로 직장 다닐 때 요가를 등록했습니다. 첫째 아이를 가지고 만삭인 상태에서도 30분 이상 걸어가 배웠었죠. 3년을 다닐 정도로 좋아했지만 출산하고 난 뒤 직장 다니고 아이 키우기 바빠 그만뒀습니다.

40대가 되니 몸에 변화가 생깁니다. 내 몸이 기상청인 양 비가 내릴 때를 예감할 수 있게 되고 매달 찾아오는 그날이 되면 몸이 부어 반지를 억지로 끼웁니다. 선배들은 나이 들면 살기 위해서라도 운동해야 한다고 합니다. 시간 없다며 운동 다니는 건 못 한다고 말해놓고 휴대전화와 텔레비전으로 하루를 마무리합니다. 우연히 유튜브에서 요가 강의를 봤어요. 매트가 없어 거실 바닥에 이불을 깔고 따라 해봤죠. 오랫동안 쉬었던 몸을 천천히 움직여봅니다. 나무토막처럼 뻣뻣해진 몸 예전의 유연함은 없어졌지만, 꾸준히 해보겠다는 단단한 마음이 생겼습니다.

도련님의 권유로 2024년 6월부터 달리기를 시작했어요. 시댁 식구랑 영상통화를 하는데 도련님 얼굴이 좋아 보입니다. 불규칙한 생활 때문에 몸이 힘들었는데, 운동하고 나서 살도 빠지고 체력이 좋아졌대요. 서로 자기 몸이 예전 같지 않다고 합니다. 저만 그런 줄 알았어요. 8시간을 자고 일어났는데도 피곤하고 깨어나면 몸이 무거웠거든요. 체력이 받쳐주지 않으니 일할 때 짜증스러운 말투가 나오더라고요. 평소 같았으면 "나중에 시간 될 때"라고 얘기하고 말았을 텐데, 뭐에 홀린 듯 그날 밤 바로 뛰러 나갔습니다.

소설가 무라카미 하루키는 야구 경기 관람 중에 선수가 2루타를 치는 순간 소설을 써야겠다고 결심했대요. 하루키가 갑자기 그 생각을 했던 건 작가가 되고 싶다는 마음을 품고 있었기 때문이었을 거예요. 운동을 잘하지 못하고 하기 싫은 마음이 있었지만, 건강에 꼭 필요하고 해야 한다는 걸 알고 있었어요. 그랬기에 밤중에 바로 뛰러 나갈 수 있었던 거고요. 뛰고 온 그날부터 달려야겠다고 다짐했어요. 평소에 하는 생각들이 중요하다는 걸 알게 됩니다. 달리기는 운동화만 있으면 언제 어디서든 할 수 있어요. 일부러 시간 내서 배우러 다닐 필요 없지요. 시간과 돈 적게 들고 건강까지 챙길 수 있는 가성비 좋은 운동입니다. 200미터도 겨우 뛰었던 제가 지금은 10킬로미터를 달리고 있어요. 2025년 2월에 열리는 대구 마라톤도 시댁 식구와 신청했습니다.

23년째 같은 병원에서 일하고 있습니다. 매일 많은 환자와 직장 동료들을 마주합니다. 사람마다 뿜어내는 분위기가 있죠. 성격도 제각각이고요. 긍정적이거나 부정적, 내향적이거나 외향적, 버럭하거나 소심함, 여러 스타일의 사람이 있어요. 평범하지 않은 사람들도 많다는 걸 알게 되었죠. 모든 성격은 장단점이 있을 뿐 어떤 특정한 성격이 좋거나 나쁘다고 할 수는 없대요. 부족한 부분을 알고 고쳐나가는 것이 내게 더 나은 길이라고 생각했어요.

그날의 기분에 따라 변하는 목소리는 같이 일하는 동료의 평온한 목소리를 따라 하고요. 일거리가 더 많아질지 걱정돼 소극적인 자세로 일할 때는 적극적으로 일하는 동료를 보고 배워요. 계속되는 상담에 지쳐서 형식적인 인사를 건넬 때 진심으로 인사해 주시는 환자분들께 감사함을 느끼고 다시 힘을 얻습니다. 매일 똑같아 보이는 일상이었어요. 변화는 없다고 생각했죠. 내가 속해 있는 시간과 공간 속에서 배울 점을 찾습니다. 시간을 허투루 보내지 않은 나를 칭찬합니다.

신혼집을 직장 근처에 얻었어요. 버스로 네 정거장만 이동하면 되는 거리였죠. 가까웠지만 퇴근 후 집에 가서 집안일을 끝내고 나면 혼자만의 시간은 없었어요. 큰아이가 초등학교 3학년이 되면서 다른 곳으로 이사했습니다. 직장과 많이 떨어졌지요. 차를 몰고 출퇴근했었는데 피곤하더라고요. 먼 거리를 신경 바짝 쓰고 운전해야 하니 집에 오면 긴장이 풀리면서 만사가 귀찮습니다.

다행히 집 앞에 직장까지 한 번에 가는 버스가 있습니다. 요즘 버스에는 와이파이도 되네요. 이어폰을 하나 삽니다. 귀에 꽂고 좋아하는 자기 계발이나 동기부여 영상을 봅니다. 아침밥은 안 먹지만 하루를 살아갈 긍정의 힘, 용기와 동기부여를 가득 채워줍니다. 먼 곳으로 이사 와서 이동하는데 힘들까 봐 걱정했었죠. 그런데 버스 타고 오면서 직장에서의 피로가 해결됩니다. 잠을 자기도 하고 좋은 영상을 봐서 그런가 봐요. 제가 좋아하는 자리에 앉아 창밖을 봅니다. 이어폰에서 흘러나오는 말들이 나를 위로해줍니다. 오늘도 잘 살았다고.

부자이건 가난한 사람이건, 남녀노소 상관없이 누구나 공평하게 가질 수 있는 것은 시간입니다. 예전에는 그 시간이 어디에 있었는지 제 눈에 보이지 않았습니다. '나는 워킹맘이라 바쁘고 시간 없는 사람이야'라고 생각하며 살았었지요. 시간을 허투루 보내고 있는지도 모른 채 말이에요. 내 시간을 갉아먹었던 것은 텔레비전과 휴대전화였습니다. 리모컨과 휴대전화는 손만 뻗으면 닿는 곳에 놓여 있었어요.

저녁 식사 뒤 소파에 앉아 리모컨을 집어 듭니다. TV에 연애 프로그램이 나오네요. 내가 연애하는 것도 아닌데 괜히 남의 연애사를 보며 심장이 두근두근합니다. 잠자려고 침대에 누웠습니다. 습관적으로 휴대전화를 집어 듭니다. 아이쇼핑만 하겠다고 다짐하며 유행하는 옷들을 둘러보지요. 견물생심이라는 단어가 저를 위해 만들어진 걸까요. 분명 눈으로만 보려고 했는데 어느새 결제 버튼을 누르고 있습니다. 시간도, 돈도 점점 없어지고 있었지요.

요즘은 스트레칭이나 자기 계발 영상을 검색합니다. 목과 어깨를 돌려가며 여러 동작을 따라 해봐요. 몸을 움직였더니 정신도 맑아지는 느낌입니다. 드라마나 연애 프로에 감정이입을 잘했듯이 동기부여 영상도 마찬가지네요. 유튜브에 댓글도 남기며 하루를 잘 지내보자고 나에게 약속합니다. 일하면서도 시간을 알차게 보내고 싶어졌어요. 만나는 사람들에게 배울 점을 찾으려고 합니다. 관찰자 시점으로 눈을 이리저리 굴리고 있지요. 절약하면 돈을 모을 수 있듯 시간도 아껴 쓰니 모여지네요. 예전과 같은 상황인데 신기합니다. 사라졌던 시간이 생기고 이 순간들을 차곡차곡 쌓아가고 있습니다. 이 시간은 내가 만든 '리미티드 에디션'입니다.

4.
이제는 내 삶에
치열함을 더할 때다

박미라

숫자의 마법에라도 걸린 것일까. 희한하게도 전혀 동요되지 않았던 마음에 딱 50이 되자 뒤숭숭한 바람이 불기 시작했다. 49살까지만 해도 사는 게 바빠 미래를 바라볼 여유조차 느끼지 못했다. 아침부터 밤까지 일에 치였다. 그 속에서도 아이들이 무사히 잘 자라준 것은 감사했지만 그다음이 없었다. 내가 바라는 삶을 위해서가 아니라 그저 주어진 일을 해내느라 치열했다. 나이 50이라는 출발선에 섰으나 무엇을 해야 할지 몰라서 떠나지 못하고 멈춰 서 있는 나였다. 발을 옮겨서 한 발 내디뎌야 한다는 사실을 알고 있음에도 통 발이 떨어지지 않는다. 그게 뭐 그리 어려운 일이라고.

인터넷을 열어본다. 어떻게 살아야 잘 사는 것인지 궁금해서 '잘 사는 법'이라고 검색하며 이곳저곳 온라인 세상을 들춰보기 시작했다. 인터넷에서는 잘 사는 법에 대한 수많은 블로그와 카페

글을 만나볼 수 있었다. 눈이 번쩍 뜨였다. 나와 같은 고민을 하는 사람들이 이다지도 많던가. 우연히 찾은 자기 계발 커뮤니티에서는 새벽 기상과 더불어 글쓰기, 감사 일기, 독서 등 여러 가지 루틴을 강조했다. 더 복잡한 일을 밤새워가며 해왔던 터라 새벽 루틴이야 얼마든지 할 수 있을 것 같았다. 글을 쓰라고 해서 블로그를 쓰기로 했다. 고민 끝에 찾은 해답이다.

열심히 산다고 사는 것 같은데 정작 잘하는 것인지 스스로 의심스럽기만 했다. 조각나 있는 해답들을 하나로 이어줄 무언가에 목말랐다. 이렇게 해서 내 나이 50살 이후의 삶이 만족스러울 것인가. 사실 물음표 가득했다. 퇴직을 준비하는 나이다. 직장이라는 틀은 안전하긴 했으나 이후의 삶을 책임져주지는 않으니 서둘러야 했다. 생각이 이어지자 불안해졌다. 어떻게 어디서부터 준비해야 할지 도통 감을 못 잡고 있으니 말이다. 이대로 흘러가다가 정작 퇴직과 마주하게 되는 순간이 오면 또 허우적거릴 게 뻔하다. 마치 나이아가라 폭포 한가운데로 떨어져 손과 발을 마구 움직여보지만 점점 물속 깊이 빠져들게 되는 형국이랄까. 큰 계기가 필요했다. 삶을 도끼로 내려칠 만한 혁명적인 이벤트가 절실했다.

절박한 만큼 나를 바꿔야 할 이유는 분명했다. 나 자신을 먼저 바꿔야 이후의 삶도 변하겠다 싶었다. 멘토를 찾았고, 스승의 수업을 들었다. 예전 같으면 자기 계발이라는 프로그램에 돈을 들인다는 것은 있을 수 없는 노릇이었다. 목마른 사슴이 우물을 판다고 했던가.

　상상조차 하지 못하던 일을, 퇴직을 앞두고 행하는 내가 어찌 보면 대견하기도 했다. 3년 전에 사서 한번 읽고 고이 모셔두기만 한 『나는 오늘도 경제적 자유를 꿈꾼다』라는 책을 다시 펼친 것도 절실함에 이끌린 덕분이리라. 스승의 수업은 내가 찾던 도끼 그 자체였다. 스승의 말 한마디 한마디는 내 안의 거인을 깨우기에 충분했다. 스승을 찾아온 엄마들은 나처럼 아이들을 얼추 키워놓고 퇴직 이후의 삶을 찾아왔으리라 생각했으나 오산이었다. 이제 막 돌쟁이 어린 아기를 맡겨놓고 온 아기 엄마까지 있었다. 삶에 대해 고민하는 이들의 나이가 꽤 젊다는 사실 자체만으로 그동안의 생각에 또 한 번 균열을 일으켰다.

　30년간 야근을 밥 먹듯이 달려왔다. 비로소 나를 위해 살아야 할 충분한 명분이 생겼다. 그동안 끄적끄적 건드리기만 했던 새벽 기상과 독서, 글쓰기를 그 어느 때보다 치열하게 해냈다. 꿈을 종이에 기록하고, 운동으로 근육도 함께 키워나가기 시작했다. 내가 가진 모든 것들을 활용해 타인의 잠재력을 발견하는 일을 돕고 싶어졌다. 원하는 삶을 위해 인생에 한계를 깨는 것이 먼저였다. 더욱더 치열하게 이전까지 삶의 사슬을 끊어내고 나라는 사람을 계발하며 달려갔다.

　퇴직 이후의 삶이 두려워 찾기 시작했다. 이제는 내가 나를 택하여 살아가는 방법을 조금은 터득한 듯하다. 더 이상 두렵거나 불안하지 않았다. 이윽고 결심한 퇴사, 이전 같았으면 과연 잘한 일인가 싶었을 테지만 이제는 안다. 그동안 내가 타인과 조직을 대하던 것처럼, 앞으로의 시간에 놓인 내 삶을 대하는 태도 또한 치열할 테니까. 몸을 사린다는 50대, 이전까지 하지 않았던 여러 가지 도전을 시작하는 또 하나의 이유이기도 하다.

　나의 새로운 출발을 위해 방해될 만한 것들을 날려버리려 애썼다. 꿈꾸지 않는다는 것은 인생을 살아가는 데 있어서 실패자나 별반 다를 바 없었다. 좋아하는 것들, 하고 싶은 것들을 노트에 쭉 적어나갔다. 그것들 중에 하나씩 꺼내 공부하기 시작했다. 즐겁게 배우고 열중할 수 있는 나만의 주제를 정했다. 바쁘게 살아온 과거를 뒤로하고 나를 위해 사는 삶을 손에 꼭 쥐기로 했다. 익숙한 사람들과 익숙한 장소를 떠나 혼자만의 외톨이가 되기로 했다. 편안함과 나태함을 멀리하기로 했다. 같은 꿈을 꾸는 사람들, 나보다 한 발짝 앞서 있는 사람을 찾아다녔다. 책 속도 좋고 카페도 좋았다. 목표가 같은 사람들이 모인 클럽에 가입도 했다. 빨리 가기보다 멀리 가는 방법을 찾으려 애썼다. 삶을 가치 있게 만드는 것은 나에 대한 의무이자 예의라 생각했다.

　누구에게나 공평한 것은 시간이다. 이 시간을 잘 쪼개어 활용하는 사람만이 승자다. 분명한 것은 이 야근 많은 직장을 빠져나간다면 훨씬 더 풍요로운 삶을 이어나갈 것이라는 점이다. 그저 눈앞에 보이는 돈에 급급하여 모든 기회를 놓치고 있던 나를 발견하니 참으로 안타깝기만 했다.

　의미 없이 멍하게 보내는 시간을 긁어모았다. 모래 위의 성이 되지 않기 위해 꾸준하게 열성적으로 독서를 했다. 내 마음의 기초 공사를 위함이었다.

5.
나로 살아가기로 했다

박선희

늦은 밤 애들에게 빨리 안 잔다며 화를 내다 둘째를 울렸다. 아이 잘못이 아니었다. 과도한 내 기대와 욕심, 저질 체력, 개인 시간 부족 이 모든 게 어우러져 나온 결과였다. 그때 초등학교 1학년이었던 딸아이는 다음 날 내 지갑에 쪽지를 넣어놓았다. 엄마 미안하다고, 내일부터는 일찍 자려고 노력하겠다고, 사랑한다는 내용이었다. 미안해해야 하는 건 아이가 아니라 엄마인 나였다.

이렇게 화내려고 낳은 건 아니었다. 인생에서 중요한 게 뭘까? 그동안은 아이들이었다. 아이들 잘 키우겠다는 생각에 경력도 포기하고 휴직도 오래 했다. 이럴 거면 그 모든 시간이 의미 없는 게 아니겠는가. 나를 위한 시간이 없었다. 내 인생은 결국 이게 다일까 생각했다. 직장에서 업무에 치이고 아이들에게 화내고 월급 받기 위해 돈만 벌다가 죽기 싫었다. 그게 전부라면 억울했다. 정신 없이 살다 보니 40대 후반이 되었다. 내가 뭘 좋아했는지, 앞으로 내가 어떻게 살고 싶은지 생각했다. 그동안 나 자신을 알아볼 생각도 하지 않고 살았다. 그저 흘러가는 대로 살았다.

더 이상 이렇게 살 수 없다는 생각에 방법을 찾았다. 어떻게 해야 할지 방향을 못 잡았다. 책장을 정리하기 시작했다. 예전에 사다놓기만 하고 읽지 않던 책들을 팔거나 버리려고 꺼냈다. 그중에 자기 계발서 한 권을 집어 들었다. 버리기는 아까워 읽기 시작했다. 직장까지 정해졌으니 내 인생은 더 이상 변화나 발전이 없을 거라고 단정 짓고 살았다. 이미 과부하라서 더 이상 뭔가 한다는 건 불가능하다고 생각했다. 책을 읽어보니 그게 아니었다. 직장을 다니더라도, 나이가 많더라도 실패와 시련을 겪은 사람들도 노력해서 자신이 원하는 인생을 살고 있는 사람들이 있었다. 나도 달라지기로 했다. 틈틈이 내가 하고 싶은 것들을 찾기 시작했다.

처음에는 내가 뭘 잘하는지, 뭘 좋아하는지 막막하기만 했다. 20년 전에 적어놓았던 일기들을 보았다. 예전에 꿈꾸다 만, 글쓰기에 관한 얘기가 있었다. 그때도 글을 쓰고 싶어 했다. 오랫동안 미루기만 했다. 아이들이 자라면, 자유시간이 주어지면, 사는 게 편해지면 그때는 쓰겠다고 생각했다. 그런 때는 오지 않았다. 시간이 흐른 뒤 쓰는 글은 지금 쓰는 글과 다를 것이다. 상황도 생각도 모든 게 달라질 것이다. 긴 시간이 흘렀지만, 여전히 글을 써보고 싶다는 희망만 품고 있었다. 비록 잘 쓰지 못하더라도 그때부터 꾸준히 연습했더라면 긴 시간을 등에 업고 지금보다 훨씬 더 좋아져 있지 않았을까. 앞으로 20년간 지금처럼 아무것도 하지 않고 꿈만 꾸고 있다면, 20년 후도 후회만 하게 되겠지. 잘 쓰든 못 쓰든 일단 시작하고 틈틈이 쓰기로 했다. 더 이상 미루면 안 되겠다고 생각했다. 20년 후에 후회하지 않을 나를 위해.

다른 사람들에게 위안을 줄 수 있는 글을 쓰고 싶다. 감당하기 어려운 감정의 소용돌이가 몰아칠 때 책에서 위안을 얻고 버틸 힘을 얻었듯이 말이다. 요즘은 틈틈이 쓴다. 글쓰기 모임에 다닌 지 1년 정도 되었다. 온라인으로 2주일에 한 번 글을 써서 올리고 서로 댓글을 달아준다. 한 달에 한 번은 오프라인으로 모인다. 한 번 쓸 때 2장 분량을 쓴다. 서로의 글에서 배워가고 있다. '평생글벗'이라는 온라인 글쓰기 수업도 1년 넘게 수강 중이다. 꾸준히 배우며 쓰다 보면 조금씩 실력이 나아질 것이다.

나를 찾는 방법 중 다른 하나는 일기를 쓰는 거다. 독자는 나 자신이다. 일기장은 나에 대해 잘 아는, 오래된 친구 같은 고마운 존재다. 화나서 거칠게 쏟아내는 얘기들을 아무 비판 없이 묵묵히 들어줬다. 슬펐던 일에 대해 적을 땐 조용히 내 말을 들어주었다. 한참이 지나 다시 보면 잊었던 기억도 되살려주었다. 그냥 지나치면 아무 의미 없는 하루지만 기록을 남겨놓으면 그 당시에 어떤 생각을 했는지 돌아볼 수 있었다. 예전에는 온라인에 비밀글로 썼지만 이제 노트에 쓴다. 만년필로 자기 전에 한 페이지씩 손으로 적는다. 만년필의 사각거리는 느낌도 좋다. 아무 생각 없이 떠오르는 대로 쓰다 보면 요즘 내가 어떤 상황인지, 내 감정은 어떤지 알 수 있다. 내가 앞으로 나아가야 할 방향들도 볼 수 있다.

하다 말다 했던 경제 공부를 다시 하고 있다. 가계부를 쓰고 돈을 모으기 시작했다. 우연히 했던 부동산 투자로 돈을 조금 벌었다. 실력이라고 자만했다. 상승장이어서 운이 좋았을 뿐이었다. 코로나 시기 이후 부동산이 불타오를 때 다시 아파트 투자를 했다. 그게 잘못되었다. 사고 난 다음 해에 가격이 내려갔다. 전세를 끼고 투자했는데 전세가마저 떨어졌다. 역전세가 되어 세입자에게 전세금 중 일부를 돌려주었다.

'우리에게 집을 팔았던 집주인은 어떻게 집값이 꼭지인 걸 알았을까?' 그는 은행에서 퇴직한 사람이었다. 둘 다 자본주의 사회에 살면서 경제 지식 차이로 같은 상황에서 결과가 달랐다. 매도자는 돈을 벌고 나는 손해를 봤다. 다른 투자로 번 돈마저 모두 반납하고 원래대로 돌아갔다. 공부가 덜 된 상태에서 욕심부렸던 탓이다. 이제 빨리 부자가 되기 위해서가 아니라 노후를 위해 공부한다. 조급함 대신 천천히 시간의 힘을 빌려 쌓기로 한다. 지금처럼 돈을 모으고 꾸준히 공부한다면 은퇴 후 내 삶은 좀 더 여유로울 것이다.

내 인생에서 아이들을 빼놓고는 설명할 수 없을 정도로 아이들은 삶 자체다. 아이들에게 본이 되는 엄마가 되기 위해서라도 달라져야 했다. 책을 읽으며 조금씩 변화하겠다고 결심했다. 내 삶을 돌아봤을 때 혼자만의 시간 동안 에너지를 채웠고, 무언가를 배우면서 나 자신을 채웠다. 배우고 새로운 것을 시도하는 책 속 인물들을 보며 나도 그리 살고 싶었다. 나보다 먼저 꿈을 이룬 사람들이 걸어가는 삶의 길을 보며 나도 그렇게 해야겠다고 생각했다.

처음에는 동경 그 자체였겠으나, 이제는 내가 어떻게 살아야 조금은 나를 위하며 살아갈 수 있는지 안다. 여러 가지 시도를 통해 이제는 나를 조금 더 챙겨가며 살아가는 방법을 찾은 것이다. 내가 나로서 살아가게 된다면 내 삶의 중심도 단단히 세워질 터, 더 이상 흔들리지 않고 아이들에게 미안해하지 않고 삶의 숨통을 트여가며 그렇게 하루를 쌓아갈 수 있게 됐다. 거창한 방법이 필요한 것은 아니다. 일기도 좋고 때론 글쓰기도 괜찮다. 하고 싶었던 공부를 시작하는 것도 좋다. 그저 내 마음에 울림을 주는 작은 루틴들 하나만 있어도 삶을 바로 세우는 데에는 충분한 것 아니겠는가.

6.
생각하는 대로 현실이 된다

이영숙

새벽 5시, 시끄럽게 울리는 알람을 끈다. 눈이 떠지지 않는다. 더 잘까 싶다가도 건대입구까지 가야 하기에 침대에서 몸을 일으킨다. 다시 누우면 하루가 망한다. 가족들이 먹을 빵과 샐러드 한 접시 후딱 차려놓고 곧장 채비한다. 부지런히 옷을 갈아입고 구두를 신을 찰나 남편이 신문을 가지러 나온다. 간단히 손 인사만 휘젓고 현관문을 나선다. 아직 시계는 6시를 가리키고 있다. 서둘러 집을 나서는 이유다. 7시에 회사에 도착하면 바로 사무실로 올라가지 않고 헬스장으로 향한다. 가볍게 운동하고 집에서 싸 온 사과와 고구마로 빈속을 달랜다. 출근 시간만 1시간, 그럼에도 일찍 도착해 운동하는 맛에 기분 좋게 다녔던 회사였다. 꿀맛 같던 아침 운동이었지만, 첫째 아이가 재수하면서 다니던 헬스장을 그만뒀다. 아이의 학원비 때문에 내가 좋아하는 것을 포기했을 때 씁쓸했다. 어쩔 수 없었노라 스스로 다독여줬다.

헬스장을 그만뒀다고 해서 달라질 건 없었다. 새벽에 일찍 일어나던 것은 출근하기 위해서도, 이른 시간에 헬스장에 가기 위해서도 아니었기 때문이다. 나로 살기 위해 새벽 기상을 택했던 거다. 눈을 뜨자마자 창문을 열어 환기한다. 밤새 가라앉은 공기가 되살아나면서 내 기분까지도 살아 움직이는 듯하다. 열린 창문을 타고 아침 공기가 방 안 가득 퍼진다. 상쾌한 공기 덕분인지 머리까지 맑아졌다. 명상하면서 하루를 시작하는 이 새벽이 좋았다.

요즘에는 온라인 줌으로 모여 함께 책을 읽고 자신이 읽은 책 이야기 나누는 시간도 가지고 있다. 새벽에 무슨 독서 모임인가 싶을 수도 있겠으나, 하루의 시작에 나와 비슷한 독서가들과 만나 이야기를 나누는 이 시간이 좋다. 마냥 설레고 기다려진다. 읽기만 했을 때는 긴가민가하던 것도 다시 요약해서 말하다 보면 온전히 내 것이 되어 실행할 수 있도록 기억에 남는다.

출근하기 위해 억지로 일어나는 것이 아닌, 내가 원하는 활동을 위해 일어나다 보니 알람 소리 하나에도 눈을 번쩍 뜬다. 처음에는 억지로 눈을 뜬 날도 있었다. 이제는 어느새 습관이 되어 일상의 한 조각으로 자리했다. 하루라도 새벽을 그냥 건너뛸라치면 하루 종일 무언가 빠진 것같이 허전하기도 했다.

작가가 되어 강의하는 것이 나의 목표가 되었다. 내가 정하고 실행하면서 감사 일기 쓰고, 운동하고, 글을 쓰니 내가 생각했던 대로 내 삶에서 현실로 이뤄지게 됐다. 작가가 되기 위해서는 일단 독서부터 해야 한다. 글을 잘 쓰기 위해서는 글을 많이 읽고 써보라고 한다. 좋은 꿈을 꾸며 살아가는 내 인생은 마치 구름 위를 걷는 것처럼 가슴을 설레게 했다. 나 자신으로 살아가기 위해 애쓰고 감사 일기를 적기 시작하면서부터 나에게 더 좋은 일들이 생겨났다. 책을 읽으면서 유익한 점 중 하나는, 성공한 인물들의 습관이나 행동 방식을 배울 수 있다는 것이다.

여러 방법 중 내가 고른 것은 첫 번째로 감사 일기 쓰기다. 아침마다 일어나서 모닝 노트에 하루 동안 감사했던 일들을 적기 시작했다. 기상 후에 몸과 마음이 가볍고 맑아져서 감사하게 생각한다. 아침에 커피 한잔을 즐길 수 있음에 감사하다. 아이들이 안전하게 지내고 있어 다행이고 감사하다. 책을 읽을 수 있도록 튼튼한 눈을 갖게 해주셔서 감사하다. 책 『감사하면 달라지는 것들』은 감사하는 마음이 불러올 수 있는 여러 긍정적인 마음을 갖게 해주었다. 모두 나 자신으로부터 시작되며, 감사하는 태도를 가질수록 더 많은 좋은 일들이 나에게 찾아온다는 것을 알았다. 성경에는 항상 기뻐하라, 범사에 감사하라, 쉬지 말고 기도하라는 말씀이 있다. 좋은 말씀을 나의 일상에 적용하였다. 힘들어도 긍정적으로 생각하는 습관으로 감사 일기를 쓰며, 이전에는 미처 느끼지 못했던 일상 속 작은 일에 대한 감사를 느끼게 되었다. 때로는 감동으로 눈물이 나기도 했다. 감사하면 달라지는 것을 알기에 오늘도 감사 일기를 적는다.

두 번째는 운동이다. 점점 약해지는 근육으로 탄력을 잃어가는 나의 몸을 건강하고 단단하게 만들고 싶어졌다. 그동안 걷기와 달리기는 지속해서 실천했지만, 근력운동은 하지 않았다. 별도로 해야 한다는 이야기를 듣긴 했지만 미뤄왔다. 이처럼 몸이 흐느적거릴 줄은 미처 몰랐다.

예전에는 단단했던 배와 팔뚝 살이 이제는 물렁물렁해졌다. 신랑은 수제비 반죽 같다면서 놀린다. 나는 "애 둘이나 낳고 이 나이에 이 정도면 양호하지 뭐"라고 말한다. 하지만 내 몸에 근육이 없는 것은 맞다. 그 어떤 이유로도 정당화될 수 없는 내 몸 상태, 반성해야겠다. 나이가 더 들기 전에 근력운동을 통해 건강미 넘치는 근육을 만들고 싶다.

세 번째로는 내가 겪은 일들을 글로 적어보려 한다. 하지만 예상과는 달리 처음에는 글쓰기가 쉽지 않았다. 무엇을 써야 할지 감이 오지 않았다. 어떻게 써야 할지 몰랐다. 글을 잘 쓰고 싶다는 생각에 '부자마녀'가 리더로 있는 '평생글벗'에 가입했다. '평생글벗이 된다'라는 말과 함께 작가로 사는 삶을 응원한다는 글귀를 보고 망설임 없이 신청했다. 글쓰기를 시작하고 싶지만 방법을 모르는 작가. 조금은 이상하게 들릴지 모르지만, 처음부터 완벽하게 할 수 있는 사람은 없다. 계속해서 노력하여 이룰 수 있다는 신념을 바탕으로 글쓰기를 시작했다.

4번째 퇴고 중이다. 자신이 쓴 글이 출간되는 것은 자식을 낳는 것처럼 고통스럽다는 비유에 웃음이 나왔다. 맞는 말이다. 1년 이상이나 글을 수정하고 있는 나 자신이 때로는 답답하게 느껴지고 글쓰기가 싫어지기도 한다. 그렇지만 글 쓰는 게 좋아서 시작하게 됐다. 마지막까지 완수해야 한다. 퇴고 작업을 거치면서 나는 무엇 때문에 글을 쓰고 싶어 했는지 다시금 생각하게 되었다.

무작정 글을 쓰고 싶다는 마음만으로는 책을 완성하기 어려울 수 있다. 다른 사람들에게 격려와 꿈을 심어주고 싶다. 나이 들어서도 노력하면 나의 인생 책을 만나볼 수 있다고 이야기해주고 싶다. 인간은 죽어서 이름을 남기고, 호랑이는 죽어서 가죽을 남긴다고 하지 않던가. 내 글로 세상에 흔적을 남기는 것, 그 꿈을 이룰 때까지 나의 글쓰기는 멈추지 않는다.

생각하는 대로 현실이 된다. 생각을 선택할 수 있는 사람은 인생도 잘 만들어간다. 지금 당장 어떤 생각을 하고, 또 어떤 기분을 느낄 것인가 하는 것은 내 손에 달려 있다. 감사하고 행복하다는 생각, 내 삶이 근사하게 펼쳐질 거란 생각, 지금 내게 닥친 모든 문제가 해결되고 풍요로워진다고 생각하면 저절로 행복해진다.

나쁜 생각이 들 때마다 긍정적인 생각을 하는 습관을 들인다. 주도적인 삶이 진정한 세상을 향한 나의 도전이며, 생각대로 내 인생을 아름답게 수놓을 것이다.

7.
환갑 이후엔
온전한 내 인생이다

이은미

작은방에 있는 피아노 위 금빛 트로피에 자꾸 눈길이 간다. 다가가 한 손으로 집어 든다. 너무 가벼워 집어 들 때마다 당황한다. 찬란한 자태를 하고 있으며 50㎝는 족히 될 크기인데 가볍다. 색깔만 금빛으로 칠해져 있고 플라스틱으로 만들어졌기 때문이다. 맨 밑엔 검은 단이 받치고 있다. 그곳에 쓰인 글자 중에 '산문부 장원'과 내 이름이 유독 눈에 띈다.

처음 나와 만났을 땐 유리 상자 속에 위풍당당하게 들어 있었다. 상자는 40년의 세월이 흐르면서 네 모서리의 접착력이 약해지고 균열이 생기면서 허물어지고 말았다. 왕관을 높이 들고 날개를 펼친 여신을 떠받친 트로피는 색이 바래고 먼지를 뒤집어쓰기 시작했다. 청소하기 위해 한 번씩 집어 드는 트로피의 먼지를 털 때마다, 내 꿈에 쌓인 먼지도 어서 털어내야 한다며 조바심을 낸다. 환갑을 코앞에 둔 50대 끝자락에 서니 그 조바심의 크기가 하루가 다르게 커진다.

'책 읽기를 무척 좋아합니다. 많이 읽을 수 있는 자료를 제공해
주세요.'

지금도 보관하고 있는, 초등학교 1학년 때 통지표 가정 통신란에
적혀 있는 내용이다. 어려서부터 마음껏 상상의 나래를 펼 수 있는
독서를 좋아했다. 다독의 힘이었는지 교내 글짓기 대회에서 동시,
독후감, 산문 등으로 상을 받으며 문학소녀로 자랐다. 대외적인 상
으로는 고2 때, 공주대학교 예산캠퍼스 가을 축제에서 고교 백일
장이 열렸는데 산문 부문 장원을 받았다. 고3 때에는 군 교육청에
서 주관하는 6·25 반공 글짓기에서 산문으로 우수상을 받았다.

9남매의 일곱째, 더군다나 딸이었던 나에게 대학 진학을 위한 인
문계 고등학교 입학은 어림도 없었다. 실업계반과 인문계반이 함께
있는 종합 고등학교에 들어가 상과에서 취업 준비 공부를 했다. 2학
년이 끝나갈 즈음 담임 선생님과 면담이 있었다. 선생님께서는 3학
년부터 인문반에서 공부할 수 있는지 부모님께 여쭤보라 하셨다.
글을 잘 쓰니 국문과에 진학하면 좋겠다고 말씀하셨다. 더불어 대
학에 진학해야 하는 이유도 덧붙이셨다. 그중 잊히지 않는 것은, 설
사 대학에서 배우는 것이 하나 없어도 그냥 대학에 다니는 것만으
로도 의미가 있다는 말씀이었다. 대학 문화를 접함으로써 가치관과
세상을 보는 눈이 달라진다는 것이었다. 그날 집으로 돌아와 아버
지께 여쭤보니, 밑으로 남동생이 둘이나 있는데 너까지 대학에 보낼

수 없다 하셨다. 엄한 아버지였지만 한 번쯤은 나의 의견을 말하며
주장을 펼 수도 있었을 텐데 그러지 못했다. 나의 대학 진학보다는
남동생들이 대학에 가는 것이 맞겠다 생각하고 더는 아버지께 말씀
드리지 않았다. 글짓기 대회에서 받은 상이 하나둘 더해지면서 작가
가 되고 싶다는 꿈을 꿨다. 더 나은 삶을 살고파 대학에 진학하겠
다는 희망도 품었다. 그러나 돈을 벌어서 스스로 학비를 감당할 수
있을 때 가야겠다는 각오만 다졌다. 상고에 들어왔으니 취업하는 것
이 우선 목표가 되었다. 담임 선생님이 말씀해주신, 야간대학이 있
다는 사실이 희망의 등불이 되었다.

  상고를 졸업하고 취업하며 서울살이가 시작됐다. 시골 촌뜨기의
서울 생활은 녹록지 않았다. 3년이 지나면서 직장생활에도 어느 정
도 적응이 되었고, 고등학교 때 담임 선생님이 해주신 말씀과 가슴
저편으로 꾹 눌러두었던 대학 진학에 대한 꿈이 되살아났다. 낮에
는 회사에서 근무하고 밤에는 입시학원에서 학구열을 불태웠다. 2
년간 학원에 다니고 그 이듬해 야간대학에 입학했다. 오후 6시에
시작하는 강의를 듣기 위해 오후 5시 30분에 퇴근해야 했다. 그 당
시 회사 공식 퇴근 시간은 오후 6시였지만 그 시간에 퇴근하는 사
람은 거의 없었다. 오후 7시 퇴근을 당연하게 생각했고, 급한 업무
가 있으면 야근도 마다하지 않던 시절이었다. 그런데 학기 중 매일
오후 5시 30분에 퇴근하는 일은 곤욕이었다. 상사나 동료가 눈치
를 주든 주지 않든 마음이 편치 않으니 힘든 시간이었다. 4년의 우

여곡절 끝에 국문과를 졸업했다. 책 읽기를 마냥 좋아했던 꼬맹이는 작가가 되겠다는 자신의 꿈을 향한 발걸음을 멈추지 않았다.

신문 구독도 읽기의 한 방편이었다. 1년 무료 구독이라는 미끼에 물려 시작했지만, 5~6년 계속되었다. 주중에 읽지 못한 신문은 버리지 않고 모아두었다가 주말에 읽었다. 주말엔 한 주간 밀린 집안일을 하느라 바빴지만, 신문은 꼬박꼬박 읽었다. 신문 사설을 꾸준히 읽은 영향인지, 언제부턴가 글쓰기 문체가 만연체에서 간결한 문체로 바뀌어 있었다. 단문으로 글을 쓰니 가독성 및 전달력이 좋아졌다. 신간이나 화제의 책 소개란은 특급 관심을 불러일으키는 부분이었다. 당시 상황으로는 책을 산다 한들 읽어낼 시간이 없으므로 구매할 의사는 없었다. 그런데도 토요일 자 신문 두 면을 차지한 서평 및 신간 안내를 꼼꼼히 읽었다. 책, 문학이란 곳에 항상 주파수를 맞추고 살았다.

독서와 글쓰기, 내 삶을 관통하는 단어들이다. 책을 읽고 글을 쓰는 멋진 인생을 살기 위해 국문학을 전공했다. 낮에는 회사에서 일하고, 밤에는 학교에서 공부하는 4년의 세월은 쉽지 않은 과정이었다. 아이를 키우면서 일까지 하다 보니 꾸준히 신문 한 장 읽는다는 것도 만만치 않은 일이었다. 신문을 읽는다고 당장 변하는 것도, 특별해지는 것도 없어 포기하고 싶었던 적도 있었다. 지금 당장 힘든데 이리 살아야 하는가 하는 회의도 많았다. 그런데도 그냥 읽는 것이 좋았고, 세상에서 일어나는 일들을 알아가는 것이 흥미로웠으며, 책 소식을 접하는 것이 행복했다. 언젠가 꼭 이루고 싶은, 글 쓰는 삶을 가슴 속에 품고 있었기 때문에 가능한 일이었다. 이제 50대 후반의 나이가 되었으니 더는 미루고 싶지 않다. 내가 좋아하고, 하고 싶었던 일을 하며 나를 위한 인생을 살고 싶다. 작은 꿈도 생겼다. 60살 환갑 잔치 대신 출판기념회를 하겠다는 꿈이다. 그 꿈을 이루기 위해 오늘도 노트북 자판 위를 달리고 있다.

시간은 일직선으로 이어져 있어 경계를 지어 가를 수 없다. 그래서 인류는 초, 분, 시를 만들고 하루, 일주일, 한 달, 일 년을 만들었다. 환갑 또한 육십갑자의 갑으로 되돌아온다는 뜻으로, 시간을 경계 짓는 역할을 한다. 환갑 이전의 삶은 나 자신을 돌아볼 여유도 없이 바쁘게 내달렸다. 경제활동을 하여 아이를 키우고, 집을 장만하고, 노후 준비를 해야 했다. 나를 위한 돈의 지출이나 시간 사용은 최소한으로 제한해야 했다. 환갑 이후에도 그런 삶이 이어진다면 인생이 너무 허무하다는 생각이 든다. 한 번쯤은 내 인생의 주인공으로서 정말 하고 싶었던 일을 하며, 오롯이 나 자신을 위한 삶을 살아봐야 하지 않겠는가? 환갑 이후에는 바쁘게 사느라 한편에 밀어두었던, 책 읽기와 글쓰기를 하며 노년의 여유를 즐기고 싶다.

나이를 먹으면 몸은 늙는다. 오른손에 도끼 들고 왼손에 가시 들어도 오는 백발을 막지 못하듯, 노화도 어쩌지 못한다. 다만 눈이 나이 먹는 것만큼은 최선을 다해 막고 싶다. 내 꿈을 방해하는 것은 노화라 할지라도 용서가 되지 않기 때문이다.

8.
교사의 길을 걷는다

조미숙

내 나이 환갑, 노을과 어울리는 나이다. 노을 지는 풍경이 되고
싶다.

첫 발령지는 섬마을 6학급의 작은 초등학교였다. 집에서 학교까
지 가려면 5시간 정도 걸렸다. 짐을 싸야 했다. 집에서 10분 동안
걸어 나와 시내버스를 타고 고속버스로 3시간 달려서 학교가 있
는 읍 소재지에 도착, 읍내에서 다시 한참 동안 기다린 후 섬마을
로 가는 버스를 타고 터덜터덜 비포장을 30여 분 달려 도착하는
곳이었다. 부임 전날에 아버지랑 함께 도착했다. 읍에서 택시를
탔다. 나를 데려다주시면서 아버지는 눈시울을 촉촉이 적시며 뒤
돌아서 가셨다. 학교 기사님이 다음 날 놀리듯이 전해주었다. 분
명 아버지는 어릴 적에도 나를 두고 떠나시면서도 눈물을 흘리셨
을 것이라. 가슴이 뭉클했다. 어떤 아이들일까 궁금했다. 만나면
무슨 말부터 할까, 시골에서 맘껏 뛰어노는 아이들과 즐겁게 살아
보자 다짐하였다.

처음 담임을 맡은 3학년 아이들을 만나러 가는 길이 삐걱 소리로 요란하다. 조심스레 나무 복도를 몇 걸음 더 걸으니 3학년 1반 표지판이 보인다. 미닫이문을 열었다. 초 칠이 잘되어 있어서 드르륵 매끄럽게 열렸다. 초롱초롱한 눈으로 뚫어지게 바라보는 시선들이 뜨거웠다. 가지런히 놓인 초록색 나무 책상이 푸르렀다. 앉아 있는 아이들의 호기심과 관심을 한 몸에 받으며 교단에 올라 교탁 앞에 섰다. "안녕, 얘들아!" 교생실습 때처럼 내 이름 석 자를 칠판에 적고 아이들에게 내 소개를 했다. 드디어 선생님이 되었다. 처음 본 시골 아이들이 감자알처럼 앉아 있었다.

3주일쯤 지나자 유독 큰 눈으로 뚫어지게 쳐다보아서 인상 깊었던 남학생과 다른 한 명이 한글을 전혀 깨치지 못하고 있음을 알게 되었다. 한글을 전혀 모른 채 3학년이 될 때까지 2년을 보냈다고 생각하니 무척 안타까웠다. 당장 정규공부를 마치고 교실에 남겼다. 수학은 느려도 조금씩 따라가고 있었으나 한글은 읽지를 못했다. 학교를 떠나고 알게 되었지만 난독증이었다. 친구들이 모두 집으로 돌아가고 텅 빈 교실에 두 명만 남겨서 한글 지도를 하였다. 학교에서 지도하고 과제로 내주었으나 과제를 해 오지 않았다. 엄마와 연락하고 집에서도 연습하게 했으나 효과가 없었다. 암기식으로 가르치면 안 되었다. 일주일에 한 번만 남기고 정규수업 시간에 다른 교과와 함께 지도했다. 조금씩 깨우치기 시작하더니 2학기가 되자 드디어 진전을 보였다. 다음 해 아이들은 읽기 시작했다. 더욱 신나게 놀고 잘 웃으며 성장하였다. 그 아이들은 지금

40대 후반의 멋진 성인으로 살아가고 있을 것이다.

　교사로서 처음 근무한 섬마을 시골 학교에 여교사는 나 혼자뿐, 2년 동안 근무하면서 학급 아이들을 가르치는 것과 업무 외에도 교사로서 해야 할 일들이 많았다. 대학에서 체육 무용과 심화과정이 큰 도움이 되었다. 체육 수업에 자신이 생겼고, 운동회 때면 깃발 체조, 꼭두각시 등 무용 지도를 했다. 처음 맞이하는 방학을 운동회 준비로 몽땅 써버렸지만, 운동회를 마치고 아이들의 모습을 흐뭇하게 관람하신 학부모님의 감사 인사를 받고 뿌듯하고 기뻤다. 더욱이 교육청 주관 군 무용 대회에 학생들을 데리고 나갔다. 나는 초등학교 3학년 때 무용 대회에 나가서 군무 분야 2등, 5학년에 독무 1등을 했었다. 그때의 기억을 더듬어 혼자서 안무하였다. 음악을 고르고 방과 후 무용 연습을 시켰다. 그리고 대회에 참가했다. 어릴 적 대회를 마치고 먹었던 맛있는 자장면이 생각났다. 나에게 자장면을 사주신 선생님처럼 대회가 끝나고 아이들에게 자장면을 사주었다.

　이듬해에는 시골 아이들을 데리고 합창을 했다. 곡은 1984년 MBC 창작동요제에서 최우수상을 받은 '노을'로 정했다. 오르간으로 발성과 합창 연습을 했다. "바람이 머물다 간 들판에 모락모락 피어나는 저녁연기, 색동옷 갈아입은 가을 언덕에 빨갛게 노을이 타고 있어요. 허수아비 팔 벌려 웃음 짓고 초가지붕 둥근 박 꿈꿀 때 고개 숙인 논밭의 열매 노랗게 익어만 가는" 이곳은 노랫말과 똑같은 아름다운 시골 풍경이었다. "가을바람 머물다 간 들판에 모락모락 피어나는 저녁연기 색동옷 갈아입은 가을 언덕에 붉게 물들어 타는 저녁놀" 아이들의 목소리는 교정에 울려 퍼졌고 꽃으로 피어났다. 아이들이 돌아간 들판 너머 집마다 피어오르는 저녁연기, 붉게 물든 하늘과 바다, 노을 풍경이 눈이 부시게 아름다웠다. 하루의 피로를 몰아내니 재잘대던 아이들이 빨리 보고 싶어졌다. 이때부터 노을 지는 금빛 서해의 풍경을 좋아하게 되었다. 6학급의 조그만 학교라서 한 교사에게 주어진 업무가 많아 방과 후에도 교무실에서 업무를 처리하느라 바쁜 나날이었지만, 수업 시간, 방과 후 시간, 주말과 방학 동안 온통 아이들을 위한 2년의 세월을 보냈다. 좋은 인연이란 시간의 깊이가 아니라 마음의 깊이다. 시골 큰댁에서의 1년 동안의 생활과 새내기 교사로서 2년 동안의 시골 생활은 여태 해보지 못하고 꿈꾸지 못했던 경험을 한, 멋진 시간이고 행복한 추억이었다.

어느덧 세 아들의 엄마, 아내, 주부, 교사의 역할을 감당하느라 한때 번아웃도 왔으나 승진도 했다. 내가 선택한 교사로서의 삶, 교감과 교장의 삶 동안 고난도 있었다. 실수나 버거움으로 소진할 때도 있었다. 시골에서의 경험을 통해 그리고 아름다운 노을 풍경을 보며 '괜찮아, 할 수 있어' 마음먹을 수 있었다. 소소한 일부터 좋은 일이 일어날 기회를 만들어낼 수 있었다.

포기하지 않고 모퉁이를 돌아보니 39년째 교직에 있으며 은퇴를 몇 개월 남겨놓고 있다. 이제는 은퇴 후 인생 2막이 기다리고 있다. 감동과 위로를 주는, 노을 지는 풍경이 되고 싶다. 무엇을 해야 할지 걱정되었지만, 마음먹기에 달렸다. 내 존재를 발견하고 주어진 잠재력을 키워왔지 않은가. 미약하지만 무너지지 않은 강인함이 있지 않은가. 마음을 다잡았다. 40년 경험에서 얻은, 나만의 정체성에서 나아가 내가 할 수 있는 일과 내가 원하는 것을 자산으로 새로운 정체성을 만들고 싶다.

당연히 해야 할 일이었지만, 지금까지 교육자의 삶은 의미 있었다. 남을 위한 일은 상대는 물론 나도 기쁘게 한다. 앞으로도 모든 것이 내 뜻대로 된다면 좋겠지만, 그리되지 않는다 해도 내게 주어진 모든 것에 감사하며 살아갈 것이다. 빛나게 비춰주며 하루를 잘 보냈다고 칭찬해주는, 노을 지는 풍경이 아름답다. 진정 원하는 삶을 위해 방향을 맞추고 나침반을 들고 걸어간다.

9.
업그레이드 중

정민경

'어… 친구야, 네가 여기 왜 있어?'

머릿속에서 팍팍 불꽃이 튀며 눈이 번쩍 뜨였다. 가슴이 뛰기 시작했다. 새 학년을 앞둔 겨울 방학, 아이 교육서를 읽어볼까 싶어 찾은 도서관에서 대학 시절 친구를 만났다. 빽빽한 책장 사이에서 우연히 책 하나를 꺼냈는데, 저자가 낯익었다. 동명이인일 거로 생각했다. 그런데도 괜히 들여다보고 싶은 마음이 들었다. 책 안쪽 사진을 보는 순간 백 퍼센트였다. 대학 1학년 때 매일 함께 밥 먹고 수업 듣고 놀러 다니던 내 친구였다.

그 친구는 다시 수능을 봐서 다른 대학으로 가는 바람에 자연스레 연락이 끊겼다. 서로 사는 게 바빠 잊고 지냈는데, 이렇게 느닷없이 도서관에서 마주하게 될 줄은 몰랐다. 친구가 책을 쓰는 작가라니. 내 주변에 책을 쓴 사람은 처음이었다. 세상엔 많은 책이 있고, 모든 책에는 저자가 있을 터지만 지인이 작가라니. 마치 연예인을 본 듯한 기분이 들었다.

인터넷에 검색을 해보았다. 친구는 경력을 탄탄하게 쌓고, 이미 책도 여러 권 낸 작가였다. 원래도 똑 부러진 친구였지만 기대 이상으로 멋진 삶을 살고 있었다. 본인이 하고 싶은 일이 무엇인지 알고, 적극적으로 모임도 만들어 결과를 세상에 내놓고 있었다. 친구의 블로그 글을 한참이나 빠져 읽었다. 그러다 문득, 이룬 게 없는 내 모습과 비교되었다. 스스로가 초라해 보이기 시작했다.

나는 의무와 사랑이라는 이름 아래 '마땅히 해야 하는' 일들에 매달리고 있었다. 바로 아이들을 올바르게 키우는 일, 화목한 가정을 일구는 일들 말이다. 물론 그 어느 것보다 가치 있고 숭고한 일이라는 걸 알고 있었지만, 몸과 마음이 혼란스럽고 지쳐 있던 때여서인지 자존감이 쉽게 무너졌다. 스스로 선택한 삶이지만 의지와 상관없이 흘러가는 하루는 삶의 의미에 물음표를 남기곤 했다. 넌 엄마니까, 집안의 중심이니까 그래야만 한다는 말들이 옥죄는 듯이 느껴져 마음이 힘들었다. 히터로 따뜻하게 데워져 나른한 기운이 돌던 도서관에서 머리를 한 대 얻어맞고 나니 정신이 번쩍 들었다. '내 삶의 주인은 나'인데 왜 끌려다니고만 있나 싶었다. 내 시간을 꾸려가는 데 누구의 허락이 필요한 게 아니었다. 적극적으로 만들어갈 수 있는 거였고 그렇게 살고 싶다는 생각을 하기 시작했다.

평생 학습이란 말을 듣고 자랐다. 그래서인지 공부는 평생 하는 게 당연하다 생각하고 있다. 그렇다고 공부에 뛰어난 재능을 가진 건 아니다. 그래도 칭찬할 만한 한 가지는 스스로 계획하고 실천해왔다는 것이다. 아이들이 다섯 살, 세 살이던 때 교육대학원에 등록했다. 어떠한 목적 없이 순수한 나의 바람으로 가겠다고 했다. 주변 선생님들조차 대학원에 등록했다 하면 반응이 뜨뜻미지근했다. 아이들도 어린데 대단하다며 응원하면서도 굳이 왜 가느냐는 질문이 꼭 따라왔다. 등록금은 등록금대로 나가고 몇 년간의 방학을 모두 반납해야 했으니 그만한 결과가 있어야 했다. 당장 도움이 되는 선택은 아니었지만, 나의 결정을 존중해주고 방학동안 아이들을 돌봐준 남편과 부모님 도움이 있었기에 가능했다. 기꺼이 응원해준 남편과 부모님께 평생 감사할 일이다.

엄마가 된 후 처음으로 원하는 도전을 했다. 가족에게 미안하기도 했지만, 신나는 마음이 더 컸다. 다시 학생이 된 마음으로 공부했다. 즐거웠다. 방학이 없어도 좋았다. 매일 세 시간 왕복 운전을 해도 콧노래가 절로 나왔다. 좋아하는 음악 들으며 운전하는 시간은 오로지 나만을 위한 회복 시간이었다. 잠들어 있던 온몸 구석구석이 살아 숨 쉬는 듯했고, 나에게만 집중할 수 있었다. 공부가 이렇게 재미있다니. 바로 이거야! 삶의 활력이 느껴지기 시작했다.

나를 세울 방법을 찾았다. 나는 배움으로 살아 있음을 느끼는 사람이었다. 순수한 배움이 호기심을 자극했고 굳어있던 머리가 깨어나면서 다시 태어나는 기분이 들었다. 아이 둘 엄마지만, 캠퍼스에서만큼은 풋풋한 대학생이 된 듯했다. 공부가 쉽지만은 않았다. 그러나 배우고 고민하고 토론하는 시간으로 하루를 보내고 나면 그 뿌듯함은 뭐라 말로 표현하기 어려울 정도였다. 텅 비었던 내면이 채워지는 듯했다. 그냥 좋았다. 이렇게 평생 공부만 해도 좋겠다는 생각이 들 정도였으니 말이다. 새로운 배움은 나를 꿈틀거리게 한다. 흘러가는 대로 살아갈 때는 보이지 않던 도전 의식이 고개를 내민다. 나에게도 열정이 있었다. 불이 꺼진 것이 아니라 자그마한 불씨가 숨어 있었다. 온전히 내 이름으로 하고 싶은 일들이 하나둘 생겨나기 시작했다.

이런 생각들이 어떤 일에든 의욕을 불러일으켰다. 어느 날, 대출을 모두 상환하는 날이 왔다. 남편과 나, 부지런히 일해 성실하게 갚았다. 이제 조금 여유로워졌다고 생각할 법도 한데, 또 다른 대출과 상환 계획을 계산기로 두드려보고 있는 나를 발견했다. 부동산에 관심 가지기 시작한 것이다. 아이들이 유치원에 갈 나이가 되어서였을까? 현재 사는 곳도 괜찮았지만, 좀 더 나은 지역에서 학교를 보내고 싶다는 생각이 들었다. 평소 아이들 교육에 관한 고민이 있던 터라 교육 환경으로, 학군지로, 부동산으로 관심 범위가 넓어졌다. 그러나 이제 막 대출 상환이 끝났으니 가고 싶다고 어디든 갈 수 있는 상황은 아니었다. 무리하지 않는 선에서, 그러나 최선인 지역은 어디일까 고민했다. 부동산 사이트를 종일 들여다봤다. 아이들이 잠들고 나면 눈이 벌게지도록 지도를 살폈다. 그렇게 새로운 배움이 시작되었다. 경제 교육을 제대로 받아본 적 없었다. 그랬던 내게 부동산을 비롯한 돈 공부는 마치 신세계를 발견한 것과 마찬가지였다.

알면 알수록 새로웠다. 그동안 알고 있던 세상이 다르게 보였다. 근로 소득만 바라보고 있었던 나는 현실적이고 준비된 미래를 설계해야 했다. 여태까지 돈에 관해 생각을 깊이 해본 적 없었다. 당장 큰 문제가 없고 일상이 어려운 것도 아니었으니 말이다. 그러나 정년까지 직장 다니고 퇴직 후 연금에만 기대어 살기는 녹록지 않아 보였다.

학과 공부, 자녀 교육, 부동산과 경제로 공부하는 영역이 넓어졌다. 여전히 배울 게 많다. 가끔은 뭘 위해 이렇게까지 열심인가 싶을 때도 있다. 당장 어려움이 닥친 것도 아니고 적당히 즐기며 살아도 괜찮을 텐데 싶기도 하다. 그렇지만 이제는 쳇바퀴 돌듯 살고 싶지는 않다. 오늘보다 내일, 조금 더 발전적인 나를 그리며 활력을 느낀다. 멈춰 있던 일상이 변화하기 시작했다.

머리는 지끈거렸지만 모든 배움은 재미있었다. 투자 공부를 시작했다. 나보다 경제관념이 있는 남편의 적극적인 합류로 함께 공부하는 벗도 생겼다. 괜찮은 책을 서로 추천하기도 하고, 밥상머리 대화도 생산적이고 발전적으로 채워지기 시작했다. 새로 알게 된 내용을 나누고 퇴근 후 졸린 눈 비벼가며 함께 강의도 찾아 들었다.

남편도 나만큼이나 관심 영역이 넓어서 주택, 상가, 경매, 신축 등 다방면으로 관심을 가졌다. 덕분에 곁에서 많이 배웠다. 처음

듣는 낯선 용어에 헤매고, 여전히 모르는 게 많긴 해도 무작정 부딪혔다. 조심성 많은 우리가 주말마다 임장 다니는 것은 불과 몇 년 전까지만 해도 상상하지 못하던 모습이었다. 서로 뿌듯해하면서도 믿기지 않았고, 그러면서 도전하는 우리의 모습에 하루가 즐거웠다. 좀 더 나은 미래를 그리고 비전을 얘기하는 날들이 가족의 삶을 조금씩 변화시키기 시작했다. 그게 2020년 초였으니, 5년간 우리는 시나브로 변하고 있다.

내 꿈을 꾸기로 했다. 작가가 되는 건 갖지 못할 꿈을 좇는 그런 마음이었다. 닿을 수 없는 꿈이었다. 글쓰기는 나에게 늘 높은 벽이었다. 내면의 이야기를 꺼내는 것이 부담스러웠다. 그랬던 내가 마음의 소리를 따라가보기로 했다. 조연과 엑스트라를 자처했던 나였지만, 내 삶에서만큼은 주인공으로 살아보자 마음먹었다.

용기 있는 자가 기회도 얻는다고 했다. 간절히 원하는 것에 집중하니 길이 보이기 시작했다. 못할 것이 뭐가 있겠나. 나만 마음먹고 결정하고 행동하면 되는 일이었다. 나도 내 이야기를 하며 내 삶의 주인으로서 살아갈 수 있다는 희망이 생기기 시작했다. 글쓰기를 배우게 되었다. 나에게 깊이 집중했다. 내 삶을 그리는 작가가 되어가는 중이다.

10.
내 마음을 먼저 챙길 용기

한은서

회사와 육아에 온 힘을 다해도 가계 살림이 나아지지 않으니, 힘만 빠지고 의욕은 없었다. 나오려고 할수록 더 깊이 빠져버리는 늪처럼 앞이 보이지 않았다. 현상 유지를 위해 쉬고 싶어도 맞벌이 하는 현실이 답답했다. "아, 하루라도 편하게 쉬고 싶다"라는 말이 입에서 저절로 나왔다. 어쩌다가 아이들이 일찍 잠든 날이면 인터넷 쇼핑을 하거나 TV만 멍하니 바라보았다. 잠으로 체력을 보충하고 싶지만, 자유로운 시간을 그렇게 보내는 것이 아깝다고 생각했다. 같은 고민을 계속하면서도 아무것도 시도하지 않았다. 시도하고 노력할 의지가 없었다.

"야, 카드가 왜 안 되냐?" 치과 치료 후 카드 결제가 안 된다고 시어머니께 전화가 왔다. 어머니가 사용하시는 카드 한도가 이번 달에도 넘었나 보다. 화가 난 목소리가 전화기 너머로 들리는 순간, 어머니의 얼굴이 그려진다. 치료를 마친 상태라 내 카드로 처리하고, 남편에게 전화했다. 필요한 치료를 하셨으니 어쩔 수 없

는 일 아니냐며 이해를 바란다고만 한다. 알았다는 나의 대답이
끝나지 않았는데, 전화가 끊겼다. 멍하니 스마트폰을 바라보았다.
오히려 전화를 건 내가 잘못한 건가 하는 생각이 들었다.

결혼 초, 남편과 집에 관해 얘기한 적이 있다. 내 친구는 결혼을
준비하면서 불필요한 부분을 생략하는 대신 모은 돈에 부족한 금
액을 대출받아 바로 집을 마련했다. 친구를 보면서 집안 사정으로
작은 집으로 이사했던 나의 경험이 떠올라, 결혼에 있어 내 집 마
련은 중요하다고 생각하고 있었다. 그래서 되도록 일찍 집을 마련
하고 싶었다.

남편은 전공 학과랑 무관한 부동산학과도 추가로 공부해 부동
산에 대한 용어나 지식을 많이 알고 있었다. 하지만 부동산 지식
이 많다고 꼭 재테크를 잘하는 것은 아니었다. 오히려 남편은 집
을 사는 것에 반대했다. 한참 부동산이 하락한다는 말이 있던 시
기라 무리하게 대출받아 집을 마련하는 것에 대해 걱정했다. 아이
들이 어릴 때까지는 집값이 계속 하락하고 있어서 남편의 말만 믿
고 잊고 살았다. 계속 내려갈 것 같던 집값이 조금씩 오르기 시작
하더니 끝없이 올라갔다. 전세로 있는 집의 만기가 다가오니 이사
갈 집이 없을지도 모른다는 생각에 잠이 오지 않았다. 시어머니와
합가해야 하나 싶을 정도로 불안했다. 이리저리 옮겨 다닐 생각을
하니 삶은 나를 더욱 무겁게 눌렀다.

회사 모니터를 보다가 갑자기 어지러웠다. 식은땀이 나고, 명치 끝이 답답했다. 고르던 숨이 안 쉬어지고, 찌를 듯한 통증이 느껴졌다. 천천히 호흡하며 숨을 골라도 토할 것처럼 메스꺼웠다. 무언가 뿜어 나오는 공포가 느껴져 벽면을 짚으며, 천천히 그리고 빠르게 화장실로 달려갔다.

'똑똑!' "괜찮아요?" 청소 아줌마가 화장실 문을 두드린다. 다급하게 계속해서 두드리는 소리가 들렸다. 아줌마의 목소리까지 들리니 정신이 퍼뜩 났다. 고개를 돌려 몸을 보니 엉덩이는 화장실 바닥에 붙어 있고, 변기에 몸이 기대져 있었다. 시간이 얼마나 지났을까? 어느새 숨 막히던 통증이 사라졌다. 얼굴이 하얘지며 이마에 난 땀도 식고 있었다. 왜 이렇게 안 나오나 싶었다며, 하얗게 질린 내 얼굴을 보고 병원에 꼭 가야 한다고 걱정하며 말을 이었다. 아줌마의 말이 끝나기 무섭게 여기가 회사임이 생각나 급하게 자리로 돌아왔다. 아무 일도 없다는 듯이 다들 조용히 일하고 있었다. 나 하나 사라져도 아무도 모를 침묵만 흘렀다. 누구 하나 쳐다보지 않았는데도 눈치가 보였다. 얼굴과 등에 흐른 땀이 식으니 추위가 느껴졌다.

눈을 다시 모니터에 고정했다. 스트레스성 급성 위경련. 요즘 들어 여러 번 비슷한 증상이 나타났다. 스스로 잘 견디고 있다고 생각했는데, 몸은 안 그런 모양이다. 이 상태로 계속 지내도 괜찮을까 생각하니 같이 일했던 부장님 얼굴이 떠올랐다. 부장님은 결혼도 안 하고 일에만 파묻혀 사셨는데, 야근하고 늦게 귀가한 집에서 주무시다가 마비가 왔고, 그렇게 병원에서 일 년을 지내시다 돌아가셨다. 앞으로 계속 이렇게 살아도 괜찮은 건지 겁이 났다. 억울해하며 후회만 하는 인생으로 끝날지도 모른다고 생각하자, 순응만 하며 살았던 삶에 대한 회의가 들었다.

"맥이 하나도 없는데, 버티고 계시는 게 신기해요."

퇴근을 위해 업무 시간에 집중하다 보니 몸의 긴장은 24시간 이어졌다. 원래도 긴장을 잘하는 스타일인데 일과 육아를 혼자 맡다 보니 몸의 경직은 풀리지 않았다. 밥을 먹어도 체하기 일쑤였고, 물을 먹은 듯 몸은 스펀지처럼 무거웠다. 둘째를 낳은 후 제대로 걷지도, 앉지도 못해 고관절 치료차 다녔던 한방 병원을 몇 년 만에 찾아갔다. 반갑게 맞아주시는 의사 선생님을 보자, 괜히 울컥했다. 천천히 맥을 짚으셨다. 그동안 에너지를 너무 많이 썼다며 당장 치료와 휴식이 필요하다고 말씀하셨다. 체질적으로도 힘 저장 공간이 적은 사람이니 틈틈이 잘 쉬고, 잘 먹어야 한다고. 너무 속에 담아두지 말고, 당당하게 말하고 살라고. 선생님 말씀에 그동안 참느라 애쓴 내게 미안한 생각이 들었다. 아직은 엄마의 손길이 필요한 아이들도 있기에 내 몸과 마음을 먼저 챙기리라 다짐했다.

쉴 상황은 아니었지만, 더는 버틸 힘도 없었고 버티고 싶지도 않았다. 남편과 상의 끝에 일단 휴직하기로 했다. 상사에게 몸 상태를 얘기하고, 진행하고 있는 일에 대한 분담을 요청했다. 일을 마무리하니 7월 가까이였다. 조금 이른 여름휴가와 육아휴직을 이어서 내고, 몸 회복에 집중했다. 출근을 안 하니 매일 나를 괴롭히던 편두통이 줄기 시작했다. 아이들을 보내고 생긴 아침 시간을 이용해 운동센터도 등록했다. "아! 이 정도만 할게요." 처음엔 어깨가 올라가지도 않았다. 굳어버린 근육들로 인해 로봇이 따로 없었다. 아주 간단한 동작들도 아프기만 했다. 그동안 숨만 쉬고 산 티가 팍팍 났다. 운동이 힘든 날이나 운동을 안 하는 날엔 집 근처의 공원을 걸었다. 몸에 시간을 투자하니 공원 한 바퀴만 돌아도 무거웠던 발이 나중엔 마음까지 가볍게 만들었다. 힘들고 귀찮아도 매일 조금이라도 실천하니 이 정도는 할 만하다는 자신감이 들었다. 전보다 가뿐하다 느끼니 몸의 통증도 사라지기 시작했고, 금방 지쳐 무서웠던 아이들과의 놀이터행도 즐겁고 재밌었다. 마음의 변화가 생기니 '빨리빨리'를 외치며 아이들을 재촉하거나 화내는 일도 줄어들었다.

"애 엄마가 아기 씻는 것도 겁내면 어떻게 하나?" 첫째를 낳고, 너무 작은 아이를 어쩌지 못해 전전긍긍하는 나를 보며 친정엄마는 나무랐다. 아이를 어떻게 돌보고, 키우면 좋을지 걱정되어 육아 정보를 검색했다. 육아 책을 보다가 우연히 블로그를 알게 되었다. 선배 육아 맘들의 팁을 읽다 보니 아이가 크는 행복도 모른 채 사는 나의 표정이 눈에 들어왔다. 엄마로서 잘하고 있는지, 어떤 삶을 살아야 하는지 의문만 가득하던 차에 다른 사람들의 성장을 담은 블로그는 신세계였다. 워킹맘으로 살면서도 책 육아에 새벽 기상, 자기 계발까지 해내는 모습은 충격이었다. 반성과 후회를 하다가 집어 든 것이 책이었다. 학교 다닐 때부터 취미나 동아리를 독서에 관련된 활동을 한 만큼 책은 내 삶 가까이에 있었다. 친구들을 만나거나 연애 시절 남편과의 데이트 장소 중에 가장 많이 찾은 곳도 서점이었다.

초등학교 6학년 때 친하게 지내고 싶어 가까이한 친구가 있었다. 우연히 그 친구네 놀러 갔었는데, 당시 혼자 쓰던 친구의 방에는 한쪽 벽면이 책으로 가득했다. 학생백과사전, 세계문학 전집, 이야기 한국사만이 장식으로 꽂혀 있던 우리 집과 너무 다른 모습이었다. 공주 그림의 표지부터 세계 명작동화까지 다양한 책들이 나에게 말을 걸었다. 친구는 동화 작가가 되는 게 꿈이라고 했다. 자신의 미래를 위해 노력하는 친구의 모습은 당시 아무 꿈도 없이 6학년을 보내고 있던 나에겐 부러움 그 자체였다.

가끔 서점에 들른다. 풀지 못하는 문제의 답을 찾으러 가듯 신간들을 구경하며 눈을 굴린다. 정답처럼 보이는 제목이거나 재밌어 보이는 책이 있으면 펼쳐본다. 아이들 코너에서 동화책이나 만화책을 읽기도 한다. 책을 보다 보면 허기진 배가 차는 듯 꽉 채워지는 기분이 든다. 책을 통해 온라인 세상도 알게 되었다. 사람들과 소통하고, 함께 책을 읽기도 한다. 어린 소녀가 된 듯 마음이 평온하다. 이제는 하루 한두 페이지만 읽어도 행복하다. 다시 책을 읽기 시작하면서 나부터 먼저 챙길 용기도 생겼다. 다 괜찮다고 위로한다. 삶에 치여 밀어냈던 나를, 책이 다시 나의 삶으로 끌고 왔다.

제3장

내가 만든 지금도
충분히 예쁘다

1.
불편한 걸 감수해야
성장도 함께 온다

김은숙

거울을 보면 흰머리가 정신없이 올라오고 머리숱도 적어졌다. 머리카락도 많이 빠져 머릿밑이 훤히 보인다. 이 나이에 내가 뭘 하겠다고 새벽에 일어나서 책을 읽고 아픈 고관절을 달래며 걸어야 하는지 이유를 모르기도 했다. 처음에는 다른 사람들이 책을 읽어서 성공했다고 하니까 나도 읽었고, 새벽에 일어나서 돈 공부를 해서 부자가 되었다고 하니 무작정 따라 했다. 몇 달을 따라 하다 보니 나에게 이런 질문들이 던져졌다. 나는 남들이 하는 대로 해서 성공한 적이 있었던가. 아침잠도 많고 늘 일곱 시간 이상을 자야 몸이 풀려서 일어나는데 잠을 줄여 새벽에 기상해야 한다니.

처음에는 생각만으로도 벅찬 일이었다. 막상 첫 한 주일은 새벽 다섯 시에 알람을 맞추고 일어나야 한다는 생각에 잠이 오질 않았다. 그리고 일주일 후 차츰 몸이 알람을 기억하게 되었다. 일주일에 1분씩만 앞당겨서 지금은 새벽 4시쯤 일어난다. 잠을 못 줄이는 나는 일찍 침대에 눕는다. 나보다 먼저 일어나 새벽을 시작하는 사람들도 있다. 각자의 시간을 조용히 보내는 것 같지만 치열한 새벽이다. 별안간 새벽 기상을 했을 때 놀란 남편은 잠을 더 자라며 일어나는 나에게 걱정의 말을 한 달은 했던 것 같다. 새벽에 산책하려고 운동화를 신으면, 해가 나오면 운동하러 가라며 걱정 섞인 말을 건넸다. 단단히 마음먹은 내 의지가 사그라들기 전에 다녀와야 했다. 격려는 못 해줄망정 걱정하는 남편이 모르는 체해줬으면 했다. 늦게 자고 늦게 일어나는 게 나의 일상이었다. 새벽밥 드시는 시어머님이 집에 오셨을 때도 아침밥을 오전 아홉 시가 넘어서 차리는 내가, 깜깜한 새벽에 일어나서 불 켜고 돌아다니니 걱정이 된 모양이다. 이렇게 한 달이 지나니 더 이상 나를 보고 걱정의 말을 하지 않았다. 6개월이 넘자, 내가 새벽에 뭘 하건 남편은 더 이상 말이 없었다. 부부가 살면서 꼭 말로 해야 하는 건 아니다. 숨소리만 들어도 이 사람이 나를 어떻게 생각하는지 느낌이 온다. 나를 믿어주는 게 느껴졌다.

스탠드 켜고 책상 앞에 앉아 잠시만이라도 나를 가만히 관찰한다. 새벽 시간은 수많은 질문이 쏟아진다. 뭘 하려고 이 시간에 잠까지 줄여가며 앉아 있는지, 내가 정작 하고 싶은 일이 뭔지, 내 목표가 무엇인지를 끊임없이 묻기 시작한다. 거기에 대한 대답이 나올라치면 나 스스로가 마주하기 두려운 경우가 생긴다. 그도 그럴 것이, 이런 시간이 익숙지 않았다. 그 시간을 어찌할 줄 몰라

외면하기도 했다. 새벽 시간이 길어질수록 내 목표도 선명해지고 있다. 지난달엔 함께 공부하고 친하게 지내는 바실리사 님의 추천으로 새벽 기상하는 모임에서 나를 소개하는 강연을 하게 되었다. 강연 전 준비하는 일주일이 나를 돌아보게 하는 값진 시간이 되었다. 지금 공부하고 있는 사람들은 투자도 잘하고 각자가 원하는 한 가지 이상의 현금 흐름을 만들고 있는데, 나는 그러지 못한 것에 대한 불만이 있었다. 강연을 준비하며 내 삶을 되짚어보며 내가 그동안 멈추지 않고 성장하고 있었다는 걸 알았다.

2년 전, 그동안 일만 하며 열심히 살아온 남편에게 나는 주말마다 가족이 함께 여행을 가자고 했다. 산으로 둘러싸인 청정지역을 가기도 했고, 시골집을 둘러보고, 바닷가, 유적지, 관광지 등으로 주말 여행을 쉼 없이 다녔다. 단 한 주도 빼지 않고 다녔다. 딸이 다시 서울로 공부하러 올라간 후에도 계속 다녔다. 가계부를 쓰기 시작하면서 도시락을 싸서 여행 다녔다. 휴게소마다 들러서 사 먹던 도깨비 핫도그도 맛이 없었다. 여행을 가면 밥 먹을 곳을 찾다가 시간을 낭비하는 일도 많았다. 맛집을 찾아갔지만 내 입맛에는 맞지 않는 그런 곳도 있었다. 내가 준비한 도시락은 쉴 만한 장소만 있으면 어디서든 펼쳐서 먹으면 되니, 돈도 아끼고 시간도 아끼게 되었다. 청정지역과 촌집을 다녀봐서 이제는 촌집을 보는 눈도 생겼다. 아마 내년에는 우리가 원하는 곳을 만날 수 있을 것 같다.

남편이 자연 속에서 몸과 마음이 모두 치유되기를 바란다. 남편이 아프다는 소리를 듣고 내 주위에서는 염려가 컸다. 따뜻하게 남편 월급으로 살다가 어쩌나 싶었단다. 세상이 무너질 줄 알았는데 어떻게든 내가 책임져야겠다는 생각이 강하게 들었다. 일만 보고 살아온 남편, 자신을 위해서는 돈 쓰는 걸 미안해하던 남편에게 울타리가 되어주기로 마음먹으니, 눈물이 난다거나 마음이 약해지는 일 따위는 없었다. 나와 남편은 노후가 준비된 게 하나도 없었다. 내가 부자가 되어야만 이 남자를 책임질 수 있겠다 싶었다. 그동안 아무 생각 없이 살아왔다. 하루를 주어진 대로만 살아왔고 시간의 소중함도 몰랐다. 다른 사람이 나에게 하소연하면 들어주었다. 내가 재택근무를 하고 있으니, 이웃의 아이 엄마들이 지나가다 놀러 와도 그들에게 나의 시간을 아낌없이 내어주었다. 심부름을 시키면 시간과 비용이 들어도 그냥 해주었고 그게 당연하다고 생각하고 살았다.

새벽 기상을 한 후 가계부를 적고 돈 공부를 하는 지금은 안 가도 되는 약속은 하지 않았다. 꼭 필요한 모임 아니면 일정에 넣지 않았다. 하루에 계획을 먼저 세우고 순서를 정하고 시간을 분배하고 있다. 내가 식사 준비를 하지 않고 남편과 아들이 준비하는 횟수가 늘어갔다. 내가 모든 걸 해야 한다는 중압감을 내려놓으니, 일은 훨씬 더 수월해졌다. 새벽 기상을 하며 독서를 하자 생각지도 못했던 용기가 생겨 108배에 도전했다. 내 양쪽 무릎은 9년 전에 수술받아 재활이 덜 된 상태로 일상으로 복귀

해서 왼쪽 무릎은 구부리는 게 불편하다. 그런 무릎으로 절을 시작하니 한 번의 절을 하는 데 시간이 오래 걸렸다. 30배가 넘어가면 엉성하기 그지없던 자세가 모양을 갖추며 엉덩이가 발뒤꿈치와 맞닿는다. "세상에, 나도 이렇게 구부릴 수 있구나." 그 느낌이 나를 계속하게 하는 기분 좋은 신호가 되었다. 이걸 버텨야지만 내가 하는 일에 용기를 가질 것만 같았다. 욕심부리지 않고 하루에 나는 3배씩만 더했다. 첫날 3배, 다음 날 6배 이런 식으로 늘려가면서 절을 하기 시작했고, 36일 만에 108배를 해냈다. 108배를 한 다음 날은 한꺼번에 할 수 있었다. 그 경험을 통해서 이제껏 하지 않았던 일들을 살펴보며 목표를 세우면 분명히 이루어진다는 걸 알게 되었다.

사람들은 익숙지 않은 것에 거부감을 느낀다고 한다. 익숙해지려면 그 과정이 있어야 했다. 독서하며 얻은 용기로 가계부를 쓰기 시작했고, 내 돈이 어디로 흐르는지를 파악하는 공부를 하고 있다. 아직도 돈에 대한 흐름을 잡는 것은 진행 중이다. 가계부를 쓰며 집안이 잘 정돈되고 일상도 정돈되니 늘 식단에 실패했던 내가 건강한 식단으로 6개월 만에 8킬로그램이 빠졌다. 몸이 가벼워지니 피곤해서 중간에 눕는 일도 자연스럽게 없어졌다. 새벽에 나가서 걷는 일이 즐거워졌다. 건강한 재료를 찾아 구매하고 남편이 먹는 음식을 신경 썼다. 나 역시도 생각 없이 내 몸에 아무 연료나 넣는 일은 드물어졌다. 가족 사랑도 끈끈해졌다. 내가 발목 골

절로 수술했을 때도, 재작년에 고관절 이형성증 통증으로 걷는 게 힘들어 목발을 짚을 때도, 가족들은 휠체어를 대여해서 무조건 나를 밖으로 데리고 다녔다. 불국사에 갔을 때 가파른 길을 세 명이 밀고 당기며 다보탑과 석가탑을 보여주었다. 가고 싶은 곳은 어디든 태워서 데리고 다니는 가족들이 있다. 다른 사람들에 비하면 이룬 게 없고 멈춰 있다고 생각한 나의 삶은 더 값진 것들로 가득 차 있었다.

　독서하며 용기를 얻어 도전이란 걸 해봤다. 구부러지지 않는 나의 무릎으로는 감히 상상도 못 하는 일이었다. 어머니, 아버지 제사에도 절을 못 하던 내가 108배를 마음먹으며, 까만 새벽에 거친 숨소리를 내뱉고 통증의 신음이 몸에서 새어 나와도 그걸 견디고 해냈다. 할 수 없다는 또 다른 나에게 보여주고 싶었다. 안 된다고 수없이 나를 말리던 자신에게 증명하고 싶었다. 한 번의 도전은 '하면 나도 할 수 있구나'로 변했다. 그동안 하지 않았던 것들이 더 이상 두렵지 않았다. 한없이 불안해 보이던 내 삶이 안개를 걷어낸 기분이었다. 내가 나를 대하는 태도 또한 달라졌다. 전에는 무슨 일이든 결과를 의심하며 시작했다. 이제는 된다고 설정하고 격려와 칭찬으로 나를 다독인다. 최선을 다했지만, 결과가 좋지 않았다면 나는 거기서 또 하나를 배울 것이다. 해보면 안다. 막연히 가지고 있던 '두려움'이라는 것도 행동을 해보면 실체가 없다는 것을 말이다.

2.
나를 마주하다

박은정

재테크 커뮤니티 MVP 명단에 내 이름이 포함되어 있었다. 나보다 열심히 활동하시는 분들이 많은데 내가 왜 뽑혔는지 이해되지 않았다. 당첨자 명단을 확인한 뒤 기쁨보다는 두려움이 앞섰다. 멘토에게 피드백을 받아야 했기 때문이다. 내게 주어진 좋은 기회였지만 괜히 지적이라도 받게 되면 어쩌나 하는 걱정뿐이었다. 멘토와의 상담 시간이 다가올수록 긴장감이 배가 되었다. 줌(zoom) 화면이 켜졌다. 긴장한 티 내지 않으려 최대한 활짝 웃어본다. 인사를 나누고 이런저런 대화를 나누기 시작했다. 횡설수설. 분명 고개는 끄덕이고 있지만 내가 무슨 말 하고 있는지 모르겠다. 서서히 긴장이 풀릴 때쯤 뜻밖의 경험을 했다.

"은정 님은 피드백에 취약하신 분이네요."

멘토의 그 한마디는 그동안 내가 느낀 감정이 한마디로 깔끔하게 정리되는 느낌이었다. 지금껏 왜 다르게 받아들이냐는 말을 종종 들었다. 여러 번 듣다 보니 또 내 잘못인가 하고 의기소침해질 때가 많았다. 상대는 그런 의도가 아니었다는데 나 혼자 오해했다며 내 잘못으로 돌리기도 했다. 평소 같으면 직설적으로 들렸을 말이 이번엔 다르게 들렸다. 생각의 전환이 일어난 것이다. 나는 단지 피드백에 취약한 사람이었다. 멘토는 남의 말에 쉽게 흔들리거나 상처받는다는 것은 나를 사랑하는 마음의 크기가 작기 때문이라고 했다. 그동안 나 자신을 바라보는 방식에 문제가 있었다. 피드백을 통해 그걸 깨달았다. 이번에도 두렵다고 피했다면 몰랐을 가르침이다. 며칠 후 글쓰기 원고 피드백 받는 자리에서 작은 변화가 일어나고 있음을 느낄 수 있었다. 이전과는 다른 마음가짐으로 임할 수 있었다. 평소 같았으면 내 글에 대한 피드백을 나를 비판하는 것처럼 느꼈을 테지만 이번에는 달랐다. 차분했다. 지적으로 들리지 않았다. 오히려 감사한 첨언으로 들렸다. 내 글을 객관적인 시각으로 바라볼 수 있었다. 성장의 기회로 여겨졌다. 관점을 달리하니 지나온 모든 순간이 나를 성장시켜준 밑거름이었음을 알게 되었다.

허리 통증으로 고생하시는 친정엄마를 돌봐드리기 위해 우리 집으로 모시고 와서 몇 년 같이 살았었다. 딸아이는 외할머니가 오신 이후부터 표정이 밝아졌다. 엄마는 손녀딸에게 해바라기 역할을 톡톡히 해내셨다. 내 손주가 최고라며 표현을 아끼지 않으셨다. 우리 엄마가 저렇게 다정한 말도 하실 줄 아셨었나. 엄마 표정에서 여유가 느껴진다. 홀로 일곱 식구 생계를 책임지셔야 했기에 자식들 크는 모습을 맘 편히 지켜보지 못했던 우리 엄마다. 그 심정이 오죽했을까. 어릴 적 철없던 딸로 엄마를 힘들게 했던 내 모습이 죄송스럽게 느껴졌다. 어린 시절의 나는 엄마에게 내 행동과 감정이 부정당한다고 생각했던 것 같다. 그런 생각이 들수록 인정받고 싶어서 나 좀 봐달라고 과장되게 행동한 것 같다. 반항적인 모습도 많이 보였었다. 어느 날부터 말문도 닫기 시작했다. 어차피 내 말 들어줄 사람 하나 없다고 생각했기 때문이다. 그렇게 스스로 상처 내는 삶을 살아왔다. 있는 그대로의 모습을 인정하지 않았던 사람이다. 부족한 사람이라고 생각했기 때문에 자신이 없었던 것 같다. 엄마가 오시고 난 뒤부터 내 마음이 따뜻하게 채워졌다. 내가 부족하다 느꼈던 것들을 엄마는 잘하고 있다고 칭찬하고 격려해 주셨다. 너는 나보다 훨씬 나은 사람이라고 용기를 북돋아주시기도 했다. 내 말에 경청과 공감을 아끼지 않으셨다. 어린 시절 서운했던 이야기를 나누다가 서로 눈물을 흠뻑 쏟아내기도 했다. 한바탕 울고 나면 속이 시원했다. 어린 시절 상처받은 마음이 치유되는 것 같았다. 그동안 미처 보지 못했던 진심까지 더 깊이 이해할 수 있었다. 엄마를 애타게 그리워했던 일곱 살 꼬마 아이는 슬프지 않았다. 엄마와 오랜 시간 함께하면서 그동안 내가 살아온 시간이 헛되지 않았음을 느꼈다.

"엄마가 자랑스러워요, 꿈을 찾아서 멋진 길을 걷는 엄마를 항상 응원할게요."

내 생일날 아이에게 받은 손 편지를 읽고 눈물이 왈칵 차올랐다. 부족한 엄마라 늘 미안한 마음만 가득한데 그런 엄마가 자랑스럽다고 말해주는 딸이다. 우리 엄마가 최고이듯 아이도 내가 최고라고 말해준다. 자라오면서 엄마의 사랑이 부족하다고 느꼈다. 존재감이 없다고 느꼈던 것 같다. 그 사랑을 채우고 싶어서 엇나가는 행동도 많이 했다. 말문을 닫고 엄마를 힘들게 했다. 애타게 그리워하면서 그 마음을 솔직하게 표현하는 방법을 몰랐다. 지나온 시간이 보잘것없다고 생각했고 무의미하다고 생각한 적이 많았다. 돌이켜보면, 과거의 결핍이 지금의 시간을 더욱 값지게 만들었다. 지나온 과정들이 쌓여 지금의 내가 되었음을 이제야 깨닫는다. 그래서 지금의 나를 있는 그대로 받아들이려 노력 중이다. 아직은 서툴지만, 하루하루 쌓아가며 나아가고 있다.

　내 마음이 조금씩 편해지면서 아이와 남편을 바라보는 시선이 달라졌다. 다툼도 많이 줄었고 서로를 이해하는 폭이 넓어지고 있다. 그동안 우리가 함께 쌓아온 시간이 있었기에 지금의 우리가 있게 된 것이 아닐까. 어렵고 힘들다고 포기하지 않고 이 순간을 소중히 살아내는 것. 나의 삶을 그렇게 채워가려고 한다. 매번 이런 깨달음이 찾아오지는 않겠지만, 한 걸음씩 나아가며 쌓아가는 삶이 결국 나를 더 단단하게 만든다는 믿음이 생긴다. 두렵다고 피하지 말고 정면으로 맞서 싸워보려 한다. 막상 경험해 보면 별것 아닌 일도 많다. 해보지 않으면 어떤 결과가 나올지 아무도 모른다. 부딪히고 싸우며 더 단단해진 나를 만들어나갈 것이다. 오늘도 나는 내가 있는 자리에서 조금씩 나아가며, 내가 쌓아온 시간을 소중히 여기려 한다. 특별한 순간이 아니라 일상에서 쌓인 경험들이 나를 성장시켰음을 알게 되었다. 나만의 이야기를 만드는 것은 평범한 하루와 때론 뜻대로 되지 않는 시간이 쌓여 만들어지고 있었다.

3.
내가 좋아지는
오늘입니다

김은희

    엄마가 40대 중반이 된 딸을 물끄러미 바라봅니다. 화장기 없는 얼굴, 하얀 얼굴에 도드라져 보이는 기미, 윤기 없는 머리카락. 얼굴이 왜 그렇냐며 화장 좀 하고 다니라고 합니다. 칠순이 되어가는 엄마의 눈엔 딸이 여전히 20대로 보이나 봐요. 출근할 때는 눈썹도 그리고 얼굴에 뭐라도 찍어 바릅니다. 주말에는 피부도 휴식이 필요하다며 간단하게 선크림만 바르는데 솔직히 귀찮아서입니다.

    엄마를 닮아 피부가 좋았지요. 주위에서 도자기 피부 같다며 부러워했었어요. 타고난 부분이라 관리의 중요성을 잘 몰랐던 것 같아요. 어느 순간 생겨난 기미로 거울을 보기가 싫어지네요. 큰맘 먹고 돈 들여 레이저 치료도 받아봤지만 그때뿐, 다시 기미가 올라왔어요. 의료 기술로도 안 되는 걸 알았기에 마음을 내려놓습니다. 저렴한 팩을 한가득 사 들고 왔더니 신랑은 또 무슨 바람 불었냐 하네요. 그러거나 말거나 저녁을 먹고 책 읽는 동안 얼굴에 붙여놓습니다. 팩을 떼고 나니 기미보단 매끄러운 피부가 눈에 들어옵니다. 저렴한 팩인데도 생각보다 더 만족스러워요. 어쩔 수 없는 상황에 에너지 낭비하지 않고 빨리 수긍하려 합니다. 단점보다는 장점에 초점을 맞추니 거울 속 얼굴에 이쁜 모습만 보입니다.

기다란 손가락을 가지고 있으면 게으르고 야무지지 못하다고 합니다. 제 손을 바라봅니다. 크고 길쭉하게 생겼어요. 솔직히 저는 게으르면서 어설픈 편입니다. 소위 말하는 똥손입니다. 퇴근 후 저녁을 준비하는 시간이 1시간 이상 걸립니다. 결혼한 지 17년 차인데도 줄어들지 않는 시간이에요. 느린 속도지만 가족을 먹이겠다고 퇴근 후 앉지도 못하고 음식을 만듭니다. 4식구가 모두 식성이 좋아 만들어야 하는 양도 많지요. 저녁 메뉴가 뭔지 아이들이 물어보네요. 장난기가 발동할 때는 냄새로 저녁 메뉴를 맞혀보라고 합니다. 간혹 기분이 안 좋을 땐 내가 밥하는 사람이냐며 냄비 뚜껑을 꽝 닫을 때도 있지요. 롤러코스터 같은 마음을 지닌 엄마입니다.

한 달에 한 번 있는 당일치기 가족 여행 날. 여행엔 먹거리가 빠질 수 없죠. 차 타고 가며 먹을 수 있도록 김밥, 샌드위치, 과일 등 도시락을 준비해요. 제가 만든 음식이 가족들 입으로 들어갑니다. 보고 있으니 일찍 일어나 만든 보람이 있네요. 맛에 대한 아무런 피드백이 없습니다. 답은 이미 정해져 있지만 그래도 맛있냐고 묻는 엄마가 웃긴 건지 차 안은 깔깔거리는 웃음소리와 쩝쩝하는 소리로 가득 찹니다. 조용했던 저의 성격은 신랑을 만난 뒤 아이들이 태어난 후에 조금씩 변했습니다. 조금 엉뚱한 엄마가 되었지만 재미있어합니다. 여전히 서툰 음식 솜씨와 버럭 하는 성격에 독특한 사람인 건 맞습니다. 그럼에도 가족을 위해 앞치마를 메고 잘못한 것에 사과하고 친구 같은 부모가 되려는 제 모습이 자랑스럽습니다.

변화를 싫어하는 사람입니다. 같은 병원에 23년째 다니고 있는 이유일지도 모르겠네요. 호기심도 없고 배우는 걸 좋아하지 않는 사람이죠. 그랬던 제가 현재 자기 계발 온라인 모임에 참여하고 있어요. 글쓰기와 돈 공부를 합니다. 강의를 듣고 과제도 제출합니다. 막상 내려고 하니 해야 할 게 참 많네요. 엑셀, 미리 캔버스, 캔바처럼 몰랐던 것들을 하나씩 알게 되었습니다. 기계 만지는 게 서툴다 보니 과제를 하는 시간이 오래 걸립니다. 하다가 저장을 안 눌렀는지 모든 게 날아가버리기도 하고요. 그럴 땐 제 입에서 욕이 튀어나오기도 합니다. 나이가 드니 욕도 늘었네요. 한참 동안 컴퓨터랑 휴대전화를 만지작거려서 과제를 제출합니다. 완벽하게 말고 완성만 하자는 마음으로요. 했다는 것에 뿌듯해하며 자신에게 칭찬합니다.

23년 동안 직장 다니며 깨달은 것은 '처음에 쉬운 것은 아무것도 없다. 빨리하는 건 불가능이다. 그렇지만 자꾸 하다 보면 실력이 쌓인다'라는 겁니다. 새로운 일을 맡았을 때 스트레스 많이 받는 성격입니다. 어떻게든 꾸역꾸역 완성합니다. 그러다 보면 어려웠던 것들도 조금씩 익숙해지더라고요. 아무런 발전이 없던 삶인 줄 알았어요. 그 삶을 깨고 싶어 새로운 시도를 하는 중이고요. 지나온 시간이 헛되지 않았음을 자기 계발을 통해 깨닫게 됩니다. 물속의 오리발처럼 가라앉지 않으려고 끊임없이 움직이고 있었다는 것을요.

"곰끼리 만났네." 시어른들이 저보고 하신 말씀이에요. 아버님께서는 저를 곰 같은 며느리라고 하셨어요. 성격이 둥글둥글하고 예민하지 않아요. 행동이 느리기도 하지요. 신랑도 그런 편이라서 곰끼리 만났다고 하셨어요. 신랑은 국제 곰, 저는 우주 곰입니다. 여자에게 곰 같다 하면 기분 나쁘게 들릴 수도 있지만 저는 전혀 그렇지 않았습니다. 아버님께서 많이 예뻐해주시거든요. 점잖으신 분이라 어딜 가서 말씀을 잘 안 하는데 며느리 자랑은 많이 하신다고 해요. 어머님께서 민망하실 정도로요.

직장 선배 휴대전화에도 저는 테디베어라고 저장되어 있습니다. 선배는 성격이 급하고 예민하지만 저는 느리고 둔감해요. 제가 부럽다고 합니다. 남의 것이 더 커 보이는 법이죠. 무딘 성격 때문에 배탈날 뻔한 적이 있는데도 말이에요. 식당에서 음식을 먹는데 상한 줄도 모르고 계속 먹었어요. 친구들이 말해줘서 알게 되었죠. 다행히 별 탈은 없었어요. 반대로 저는 성격이 급한 선배가 부러울 때도 있어요. 어떤 일을 해야 하겠다 결심하면 바로 실행에 옮기거든요. 서로가 본인이 가지지 않은 성격을 부러워합니다. 이제는 말할 수 있어요. 곰 같은 저를 좋아한다고.

얼굴이 아무리 예뻐도 웃지 않는 사람, 똑똑하고 완벽한 사람, 돈은 많지만 나눌 줄 모르는 사람들 곁은 가까이하기가 어렵지요. 약간의 틈이 있는 사람이 편하답니다. 저에게 빼어난 외모, 명석한 머리, 뭐든 살 수 있는 재력, 뚝딱뚝딱 만들 수 있는 손재주가 없어 속상했습니다. 지금은 가지지 못한 것들에 초점을 두기보다는 가진 것들에 집중하려 합니다. 입꼬리 살짝 올려 억지로라도 웃어 보이는 내 모습, 모르는 게 많아도 '세상에 배울 게 참 많구나!'라고 생각하는 마음가짐, 그리고 허당미로 가족에게 즐거움을 주는 나 자신이 점점 좋아지기 시작했습니다.

반려 동식물을 키우는 분들이 많더라고요. 동식물에게 좋은 말을 해주거나 음악을 들려주면 더 잘 자란다고 합니다. 반려는 짝이 되는 동무라고 해요. 함께 사는 배우자도 반려자이지만 나 자신을 평생 반려자라고 생각하려고요. 자신에게 긍정적인 말을 하며, 좋은 음악 들려주고, 맛있는 음식 먹으면서 나를 예쁘게 성장시켜나갑니다. 내가 가꾼 마음의 밭이 오늘도 자라납니다.

4.
일 년간 치유의 시간

박미라

퇴사한 지 벌써 1년이 흘렀다. 처음엔 이 시간이 그저 무의미하게 지나간 건 아닐까 걱정스러운 마음이 앞서기도 했다. 때로는 그동안 해왔던 것들이 보잘것없어 보이기도 했다. 그러나 한 걸음 물러서 지난 1년을 돌아보니 결코 헛된 시간이 아니었다.

퇴사 전, 매일 야근에 쫓기며 하루를 견디던 사람이었다. 숨이 턱까지 차오를 때도 많았다. 그러나 퇴사 후 나의 발걸음은 회사 대신 도서관으로 향했다. 눈을 뜨자마자 책이 있는 곳으로 달려가는 나를 보며 깨달았다. 전처럼 바쁘게 살고 있음에도 지금은 마음이 가볍고 흥겹다는 것을. 도서관 문을 열 때마다 설렌다. 나는 자기 계발과 재테크에 관심이 많았던 사람이었다. 책으로 가득 찬 공간에 서면 심장이 두근거린다. 손이 닿는 대로 책을 뽑아 들고 마음 가는 자리에 앉는다. 예전 같았으면 적막한 도서관의 분위기가 갑갑했을 것이다. 하지만 요즘은 그 적막이 오히려 나를 감싸는 포근함으로 느껴진다.

책을 읽는 이 시간이 나를 치유하고 있었다. 많이 지쳐 있었던 모양이다. 책을 읽으며 고요히 앉아 있으면 내 마음이 차분해지고 있다는 것을 깨닫는다. 한동안 보지 못했던 풍경이 눈에 들어왔다. 창밖을 바라보는 그저 단순한 순간조차도 행복하게 느껴졌다. 그동안 나를 얼마나 혹사했던가. 아무것도 하지 않고 잠시 쉬는 것조차 사치로 여겼던 날들. 이제는 나를 다독인다. 업무 스트레스에 바늘로 찌르듯 느껴지던 통증도 조금씩 사라졌다. 여유롭게 하늘과 구름을 바라볼 수 있다는 사실만으로도 마음이 채워졌다.

문득 아이들 어린 시절이 생각난다. 회사에서 퇴근하면 아이들을 돌봐야 한다는 생각에 다시 출근하는 마음으로 집으로 달려오곤 했다. 그 시절의 나는 아이들이 빨리 자라기만을 바랐다. 두 팔 벌려 잔디밭에 큰대 자로 누워 하늘을 바라보는 시간이 간절한 소원이었으니까. 돌이켜보면, 아이들이 커가는 매 순간이 그 자체로 행복이었다는 것을 이제야 느낀다. 도서관 책상에 앉아 흔들리는 나뭇잎을 바라보며 그 시절의 나를 위로하고 토닥인다. 매일의 작은 루틴을 다이어리에 적는 일도 쏠쏠한 즐거움이 되었다. 여백을 채워 나가는 순간마다 하루하루가 선물 같았다.

지난 1년은 나를 발견하고 보살피는 귀한 시간이었다. 나를 아껴주고 건강하게 살아갈 수 있게 해준 소중한 경험이었다. 나를 치유했던 좋은 습관들이 내 삶을 조금씩 더 나은 방향으로 이끌었다.

첫째, 새벽 기상이다. 저녁 10시, 핸드폰 알람을 새벽 4시에 맞추고 침대에 눕는다. 하루의 끝에서 모든 소음을 내려놓는 시간이다. 창밖을 바라보며 새벽에 나와 꼭 만날 것을 조용히 약속한다. 새벽 4시, 핸드폰 알람이 울리면 기다린 듯 거실 앞으로 향한다. 뿌옇게 퍼진 주황빛 가로등 불빛은 시간이 멈춘 듯 고요하다. 코팅해둔 소명 선언문을 꺼내어 소리내어 읽는다. 내 꿈, 내가 이루고 싶은 것들, 내 삶의 방향을 적어 두었다. 이 모두에 간절함을 담아 매일 반복한다. 이 간단한 의식이 하루의 첫 발걸음을 더욱 굳건하게 만든다.

양치질과 찬물로 얼굴을 씻어내고 책상 앞에 앉아 나를 위한 시간을 시작한다. 펜 끝에서 느껴지는 모든 감정과 떠오르는 생각들을 진실하게 적어 내려간다. 내 안에서 빛나고 있는 보석들이 보이는 듯하다.

특히 자기 계발에서 만난 리치써니 님과 온라인상의 만남은 나를 더욱 빛이 나게 해준다. 캠프에서 처음 만나 새벽 시간을 함께 시작한 지 벌써 1년이 넘었다. 화면 속에서 웃으며 인사를 건네는 그녀와의 대화는 늘 나에게 에너지를 채워준다. 리치써니 님은 『엄마 성장 수업』이라는 개인 저서를 낸 작가로서, 나를 한 발짝 앞에서 이끌어주는 멘토 같은 존재다. 이렇게 혼자가 아닌 누군가와 함께여서 이 여정을 이어올 수 있었다.

둘째, 운동이다. 꾸준한 운동은 건강 관리도 되었지만 내 삶의 기반을 단단히 다지는 일이기도 했다. 이루고자 하는 목표에 도달하기 위해서는 운동이 필수라는 사실을 깊이 깨달았다. 하루 종일 책상 앞에 앉아 책을 읽고 글을 쓰다 보면 손끝에 힘이 풀리고, 어깨와 목뒤가 금세 뻐근해진다. 매일 새벽 6시 알람을 맞춰두고 어김없이 헬스장으로 향했다. 30분간 러닝머신 위를 달리고, 윗몸일으키기와 팔과 다리 근력운동으로 몸을 단련시켰다. 10층 계단 오르기로 운동을 마무리 지었다.

다이어트 스승인 천재래곤 님을 캠프에서 만나 4개월 만에 14kg 감량 후 보디 프로필을 찍는 행운도 얻었다. 다이어트도 법칙이 있다는 것을 알았다. 밀가루, 설탕, 흰쌀밥 세 가지를 삼백이라 불렀다. 이 세 가지를 철저히 식단에서 빼고 다른 음식은 마음껏 배부르게 먹었다. 돈 한 푼 들이지 않았다. 전문가가 시키는 대로 따라만 했더니 기적을 만날 수 있었다. 다리가 점점 단단해지고, 뱃살이 사라졌다. 근육으로 채워지는 나의 몸을 보며 정신세계도 건강해지고 있음을 느꼈다.

셋째, 독서다. 아침 루틴을 마친 후, 퇴사하고 차린 무인 포토샵을 한 시간가량 청소한다. 깔끔히 정리된 공간을 떠나 도서관에 도착하면 어느새 오전 10시다. 나만의 독서 세계가 열린다. 책을 펼치고 앉아 있으면 마음이 편안해지고, 읽어 내려가는 글들이 마음속에 좋은 영양분으로 스며든다. 마치 삶이 주는 보상처럼 느껴진다.

감동적이거나 유익한 문장이 있으면 곧장 노트에 필사한다. 나만의 생각을 덧붙여 블로그에 공유하기도 한다. 독서는 단순히 지식을 쌓는 것만이 아니다. 내가 느낀 것, 배운 것을 다른 이들과 나누는 과정이 또 다른 즐거움이다. 마음이 여유로우니 책장 넘기는 손길도 한결 가볍다. 책의 깊이도 더 잘 느껴진다.

5년 안에 천 권의 책을 읽겠다는 목표를 세웠다. 지난 1년 동안 50여 권이 넘는 책을 읽었다. 야근을 밥 먹듯이 할 때는 일 년에 한 권도 채 읽지 못했다. 내게는 참으로 기적과도 같은 일이었다. 이제 독서는 앞으로 내가 살아가는 데 있어 강력한 무기가 되어 줄 것이라 믿는다.

삶이 마냥 힘들다고만 생각했다. 무엇이 나를 힘들게 하는지조차 몰랐다. 그저 내 시간이 필요했고, 숨 쉴 틈이 필요했다. 자기계발과 재테크를 좋아한다는 사실도 숨이 트이고 나서야 비로소 보였던 나였으니까. 나를 힘들게 하는 것이 무엇인지 종이 위에 적어보는 것부터 시작했다. 처음엔 당황했다. 이렇게까지 내가 모를 수가 있나. 처음 적어보는 것이므로 모르는 게 당연하다며 나를 다독였다. 적다 보니 내가 잘하는 것과 잘하고 싶은 것조차 모르고 있단 사실도 알았다. 마구 적어본다. 손이 잘 나가지 않았다. 하나씩 꾹꾹 눌러 적다 보니 꼬리에 꼬리를 물고 길이 보였다. 펜 끝에서 흘러나오는 것에 진심을 담아내니 그제야 보인다. 모두 내가 만들어낸 일이기에 문제가 생기더라도 해결해나가면 된다. 도

장 깨기 게임이라 생각하기로 했다. 못 깰 도장은 없을 테니 하나
씩 깨나가면 그만 아니겠는가.

　지루하고 뻔한 것을 매일 10년간 꾸준하게 하는 사람이 결국 승
자가 된다. 돌이켜 보면 이 모든 것 또한 나를 위해 준비되어 있었
던 것인지 모른다.

5.
평범해도 가치 있는 인생이다

박선희

하는 일이 적성에 맞지 않다고 생각했다. 꽤 오랜 시간이 흐른 듯하다. 입사하기 전 합격만 하면 소원이 없겠다던 마음은 사라지고 없었다. 매일 똑같은 서류 업무에 반복되는 일이 지겨웠다. 때로는 나보다 더 편해 보이는 업무를 하는 사람들을 질투했다. 직장에서 급여 관련 업무를 하고 있다. 연말에 일이 몰리면 야근해야 할 때도 있다. 빈집에 홀로 남을 아이들 걱정에 다급히 배달의민족 앱을 열고 피자를 시켜줬다. 혼이 쏙 빠져나가 겨우 집에 들어가면 먹다 남은 피자는 식탁 위에 그대로 있고 거실은 어질러진 채 스마트폰을 들여다보고 있는 아이들이 보인다. 냉장고 문을 연다. 유통기한이 지난 채 포장을 뜯지도 않은 두부가 보인다. 1주일 전 사다놓은 오이는 말라비틀어지기 일쑤였다.

먹고살아야 하니 아무래도 직장 일이 우선이었다. 실수라도 할라치면 조직에 피해를 주게 되었다. 친정아버지가 돌아가시기 한 달 정도 전부터 직장에서 바빴다. 연말정산과 퇴직금 정산, 연차

수당 계산 등 할 일이 많았다. 인사이동으로 전입 전출 간 사람들 4대 보험 관련 업무도 정리해야 했다. 급여 작업은 정해진 날짜에 마무리해야 했다. 다른 사람이 대신 하기엔 곤란한 일이어서 휴가를 쓰고 아버지를 돌볼 수 없는 상황이었다. 아버지가 편찮다는 연락을 받고 급하게 병원에 갔다. 병원에서 마음의 준비를 하라며 친정집 근처 병원으로 옮겨주겠다고 했다. 아버지는 그날 손가락으로 침대 아래쪽을 가리키며 저 방에서 자고 가라고 했다. 의식이 오락가락하셔서 병원을 집이라고 생각했다. 평소에도 명절이나 생신 때 가면 친정집에서 꼭 자고 가길 바라셨던 아버지였다. 그 모습이 나를 알아보신 마지막이었다. 아버지의 마지막 말씀마저 뒤로한 채 출근한다는 이유로 집에 와버렸다. 다음 날 퇴근하고 다시 오겠다고 말씀드렸는데, 다음에 갔을 땐 이미 의식이 없으셨다. 아버지의 마지막을 함께 있어 드리지도 못할 만큼 직장 일이 중요했던 걸까? 그랬다. 퇴사를 꿈꿨지만, 현실은 그만두면 당장 그달 생활비부터 부족해지는 상황이었다. 내겐 생존 수단이었다. 농부였던 부모님의 수입은 들쑥날쑥했다. 매일 빚만 늘어난다는 엄마의 하소연을 들었다. 쌀 수입이 개방되면 우리는 어떻게 되는지 걱정했다. 매달 꼬박꼬박 월급이 나오는 집이 부러웠다. 문제집을 사야 하니 돈 달라는 말이 잘 나오지 않았다. 그러고 보면 나는 지금 어린 시절 부러워하던 월급 생활자가 되었다. 내 일자리가 중요한 존재임을 깨달았다.

평범한 생활을 이어가는 사람들도 모두 그 안에서 각자 성공한 삶이었다. 부모님도 그저 주어진 일을 묵묵히 하셨다. 농사지어 번 돈으로 자식들 공부시키고 시집보내고 노후 준비까지 해놓으셨다. 힘든 삶을 살아내신 것만으로도 대단한 것이었다. 나 또한 직장에서 스트레스받을 때마다 때려치우고 싶을 때가 한두 번이 아니었다. 그만두지 않고 꾸준히 다닌 것만으로도 칭찬한다. 비록 작지만 내 힘으로 번 돈을 남편 월급에 보태 살림하고 자식들 먹인다. 그 모든 시간이 성취였다. 누가 알아주지 않아도 말이다. 지금 하는 일이 나에게 얼마나 중요한지 깨닫고 난 후, 일에서 내가 얻은 것들을 하나씩 찾았다.

예전에는 어딘가에 나의 적성에 딱 맞는 일이 있을 거라는 생각을 했다. 그런 일을 하면 더 잘할 수 있을 거라는 기대를 하기도 했다. 이젠 그런 일을 찾는 대신 지금 주어진 일에 집중한다. 무슨 일을 하든 열심히 하는 태도가 더 중요함을 안다. 주어진 업무를 해내면서 자신감도 가질 수 있었다. 같이 일하던 동료가 갑자기 그만두거나 상사가 휴직하는 경우가 있었다. 새로운 사람이 오기 전까지 그 업무를 대신 맡아 했다. 잘 모르는 업무지만 배워서 했다. 지침서를 봐가며 처리했다. 그러면서 나도 성장했다.

아이를 낳은 것은 분명 태어나서 잘한 일이다. 나의 어린 시절을 되돌아볼 수 있었다. 일하는 엄마라 아이들 하교하고 나서 간식 챙겨주고 정서적으로 안정되게 해주지 못한 건 아니었을까 생각했다. 나 자신을 위해 뭔가를 하려다가도, 아이들에게 집중하지 않고 나 하고 싶은 것만 이렇게 쫓아가도 될까 걱정하기도 했다. 아이들 친구 엄마들과 얘기 나눈 날에는 더 그랬다. 아이가 학교 시험 성적이 안 좋거나 감기에 걸려 아플 때 엄마인 내가 제대로 못 챙겨서 그런 것 같았다. 좋은 엄마가 되어야만 한다는 강박이 나를 짓눌렀다. 남들 기준에 맞는 엄마가 아닌 내 아이들에게 최선인 지금의 나 역시 좋은 엄마였는데도 말이다. 내가 할 수 있는 선에선 노력했다. 엄마인 나의 빈자리만큼 시어머니께서 아이들을 봐주신 것 또한 감사하다.

얼마 전 앨범 정리를 했다. 아이들과 이곳저곳 다니며 찍은 사진이 많았다. 회사 휴직하는 동안 아이들과 함께 지하철 여행을 했다. 지하철 종점에서 내렸다. 시골 들판을 보고 간식도 사 먹으며 뛰어놀다 집으로 돌아오곤 했다. 도서관에 데려가서 시간을 보내기도 하고 시장 구경도 갔다. 비록 화려한 여행은 아니었지만, 아이들은 놀러 간다는 사실만으로도 좋아했다. 생일 기념으로 여행을 가기도 했다. 가족과의 행복한 추억으로 어른이 되어 힘든 일이 생겼을 때 이겨내는 힘을 얻었으면 한다. 그래 이 정도면 괜찮은 엄마 아니겠는가.

성공한 인생만 인정받을 가치가 있다고 생각했다. 지금 다니고 있는 직장보다 더 멋지고 월급도 많은 곳에서 일했으면 하는 마음도 있었다. 그런 마음에 일을 그만두고 싶어 하기도 했으며 나보다 더 잘난 사람들을 부러워하기도 했었다. 이제 평범한 삶도 각자 저마다의 가치가 있음을 안다. 그만두지 않고 출근해서 일하며 그 돈으로 생활을 이어나가는 것. 남에게 피해 주지 않고 내 힘으로 돈을 버는 것. 가족들 식사를 챙기고 아이들을 돌보고 키우는 것. 그런 일상을 살아가는 것 또한 소중한 일이다.

나 또한 직장이라는 사회생활 안에서 나도 모르게 많은 것들을 배우고 성장했다. 직장에 인생의 많은 부분을 의지하고 도움을 받아왔다는 걸 깨달았다. 자기 자리에서 하루하루 최선을 다하는 삶. 사회적으로 빛나지 않아도 그 자체로도 의미 있는 삶이었음을 안다. 엄마로서 완벽하진 않지만 내 아이에겐 유일한 엄마이고 내 상황에서 노력하며 살았다. 매일 일하고 채운 시간이 사라지지 않고 경험이 되어 내 안에 쌓여왔음을 안다. 그 경험들이 한 발 더 성장할 수 있는 발판이 되어왔음을 깨닫는다. 오늘도 가족들을 위해 요리를 하고 집안일을 하며 그들의 마음속에 사랑을 심는다. 그것만으로도 의미 있는 일이다.

6.
인생의 새로운 장에서
나의 꿈을 감사로 펼친다

이영숙

결혼 후 많은 시간을 감사하지 않고 지내왔다. 투덜거렸다. 왜 나만이 집안일을 다 해야 하는 걸까. 아이들을 돌보는 일을 왜 나 혼자서 책임져야 할까. 내 입에서는 불만 섞인 말들이 끊임없이 나왔다. 남편은 나를 따뜻하게 위로해주거나 감싸주지 않았다. 나 혼자 구시렁거렸다. 그 시절의 나에게 고생 많았다고 격려해주고 싶다.

고달팠던 몸과 마음이 감사함을 느끼며 변화하기 시작했다. 회사에서 생긴 스트레스로 인해 늘 투덜대던 내가 변하기 시작했다. 계기는 지금 나의 현재 모습에 감사하는 마음을 갖게 되면서부터였다. 회사에서 상사가 갑자기 짜증을 내는 바람에 기분이 좋지 않을 때, 옆자리 동료가 건네주는 따뜻한 커피 한 잔이 큰 위로가 되어준다. 장거리 출퇴근 시 15년이라는 긴 기간 동안 단 한 번의 사고도 겪지 않고 안전하게 이동할 수 있었음에 감사하다. 아이가 친구들과 잘 어울리고 원만한 성격이어서 감사하다. 남편이 술과

담배를 하지 않아서 감사했다. 식기 세척기로 설거지를 할 수 있어 감사했다. 현재 가지고 있는 것들에 대해 감사하게 여기고 가지지 못한 것은 내 것이 아니라고 여기니, 나 자신이 변화하였고 주변 사람들이 달라 보였다. 남편과의 관계가 개선되었고, 아이들에게 화를 내지 않으니 자연스럽게 소통하는 엄마가 되었다. 내 마음과 행동이 변화하면서 그에 따라 바뀌는 것들을 경험하니 스스로 할 수 있는 일들이 많아졌음을 깨달았다. 회사에서는 능동적으로 업무를 수행하였고, 이에 따라 승진도 빠르게 이루어졌으며 급여도 상승하였다. 예로부터 집안이 화목하면 모든 일이 잘 이루어진다는 말처럼 가족 모두 평안했다. 나는 책 읽기와 신앙생활을 통해 감사했다. 내가 가지지 못한 것을 불평했던 지난날들을 후회하며 앞으로의 삶은 감사로 채우려 한다.

요즘은 새로운 도전을 하며 제2의 인생을 살고 있다. 온전히 나를 바라보고 내가 하고 싶은 것이 뭔지 정할 때 삶이 풀어진다. 왜 안 되지, 왜 안 될까 고민하면서 흔들리며 삶을 배워가면 진실이 무엇인지 알고 성장한다. 평범한 주부가 맞벌이하며 아이들 키우고 이제 중년의 나이가 되었다. 작가가 되고 싶다는 꿈이 생겼다. 그 희망의 끈을 놓고 싶지 않다. 천천히 내 속도대로 책을 읽고 글을 쓰며 나의 꿈을 실현해나간다.

새로운 도전을 할 때는 감사로 표현한다. 도전할 때 필요한 마음 중 하나는 감사함이다. 내가 할 수 있다는 믿음을 준 것에도 감사하다. 물론 끝까지 가서 성공시켜야 한다. 감사한 마음은 나의 꿈을 아름답게 수놓아준다. 엄마는 나한테 항상 고맙다고 말하셨다. "엄만 뭐가 그렇게 고마워" 하면 다 고맙다고 하셨다. 어렸을 때는 엄마의 행동이 이해가 안 되었다. 그러나 지금 내가 엄마 나이가 되니 왜 나에게 고맙다고 했는지를 알 것 같다. 감사한 마음을 먹으면 못 할 것도 없어지는 듯하다. 엄마는 지금 치매로 나를 알아볼 때도 있고 못 알아볼 때도 있지만 그 또한 감사하다. 엄마를 볼 수 있는 시간이 감사하다. 주변을 돌아보니 다 아름다운 시선들이다. 감사함으로 가득 찬 시선은 내가 새로운 도전을 할 수 있게 도와준다. 오늘도 감사함으로 도전을 시작한다.

감사는 내 인생의 무료함이라는 장벽을 무너뜨렸다. 성장하면서 앞으로 전진하는 데 실수할까 봐 걱정하기도 했다. 성장이라는 단어가 들어가자, 혼란스러웠다. 그러나 바로 답을 찾았다. 나에게 답이 없음을 인정하게 되었다. 나에게 답을 찾으려 애를 쓰자 실수했을 때 나 자신이 한심해 보였다. 성장의 길에 들어서면 실수도 인생의 수업료를 내는 것과 같다. 실수가 두려워 아무것도 못하면 그것 또한 바보 같은 짓임을 깨달았다. 성장하고 싶다면 실수할지도 모른다는 두려움을 극복해야 한다. 내가 성장을 하려고 힘을 쓰면 실수할 때마다 올바른 방향으로 가고 있다는 신호로 알고 행복하게 받아들이기로 했다.

내가 아는 한 성공한 사람들은 어느 날 갑자기 성장해서 힘들이지 않고 정상에 오른 게 아니었다. 성장은 한순간에 이뤄지지 않는다. 단계가 있다. 처음에는 나처럼 두려워하는 것도 맞다. 두려움을 떨치고 나면 성장하기 위한 준비의 자세를 갖출 수 있다. 전진하는 자세가 나온다. 전진하게 되면 기회가 오고 기회를 잡고 실행하면 된다. 그러면 그것이 내 것이 되고 기회를 놓치면 안 된다. 난 아침마다 확언한다. 『1% 부자의 법칙』에서 나온 확언이다. "정말 감사합니다. 난 참 행복해. 못 할 것도 없지. 난 참 풍족해." 이렇게 외친다. 감사로 하루를 시작하는 나는 정말 감사함으로 행복하다. 나의 두려움도 감사함으로 감싸고 성장하는 힘을 갖게 한다.

　새로운 인생을 살기 위한 마음을 갖는다. 바로 시작한다는 마음이 생긴다. 지금 바로 내가 할 수 있는 걸 한다. 밥벌이 때문에 싫어도 억지로 일하는 사람이 바로 나다. 왜 매일 하기 싫은 일을 하며 살아야 하지, 누구라도 이 말에는 웃을 것이다. 먹고살려고 하지, 바보 같은 질문을 한다고 생각할 것이다. 맞다. 나도 그런 질문을 받으면 코웃음을 치며 똑같이 말했을 것이다. 좋아하지 않아도 보람된 일들이 많았기에 그 속에서도 최선을 다해 일을 했다. 뭔가 하나 빠진 듯하다. 그 안에는 나를 위한 성장이 없었다. 그저 일에 파묻혀 앞만 보고 가는 경주마처럼 뒤돌아보지 않고 달렸다. 옆에 산도 보고 들도 보며 콧노래도 불러볼 걸. 내 인생에서 가장 중요한 내가 빠져 있다는 걸 알았을 때 허무했다.
　그래서 글을 쓰기 시작했다. 좋아하는 일을 해보자는 마음으로 시작했다. 누군가는 말할 것이다. 성공하지 않았는데 글을 쓰면 누가 읽어줄 것 같아? 그러나 세상이 알아주는 사람도 아니지만 좋아하는 글을 쓰다 보면 10년, 20년 뒤에는 나를 알리지 않을까 하는 생각을 한다. 책을 내는 할머니로 성장하고 싶다. 늘 도전하며 꿈을 꾸는 사람으로 살아가고 싶다.

감사하며 살았더니 지금의 삶이 예뻐졌다. 누군가는 이 구절을 읽으면 상투적이라 이야기할 수도 있겠다. 보편적인 것이 가장 기본적인 것이라 하지 않던가. 감사인 것이 흔해 빠진 감정이 아닌, 삶을 통째로 흔들어놓을 수도 있는 존재라면 믿겠는가. 나 역시 매사에 투덜거리며 살아오던 때도 있었다. 그래봤자 삶이 나아진 것은 아니었다. 밑져야 본전이라 아주 작은 순간에도 입 밖에 감사를 내뱉어보자 다짐했다. 처음에는 얼마나 바뀌겠나 싶었는데 그게 아니었다. 그저 감사를 입 밖에 내었을 뿐인데 삶을 바라보는 시선이 바뀌었다. 삶을 바라보는 시선이 바뀌니 내게 주어진 것이 그저 허투루 주어진 것만은 아니더라. 누군가는 뻔한 이야기라며 고개를 저었을 감사를 삶에 조금 가져왔을 뿐인데 내 삶이 예뻐졌다. 꿈이란 것을 꾸게 했고, 만나는 사람을 바꾸어주었다.

이제는 무심결에 불평불만을 입에 담다가도 흠칫 놀란다. 감사의 힘을 이미 너무 잘 알고 있기 때문이다. 감사하며 지켜왔던 내 삶의 조각들이 지금의 내 모습을 어여쁘게 만들어주었듯이, 이제는 앞으로의 길도 밝게 비춰줄 것이다. 지금까지 그래왔듯 앞으로도 나는 그 뻔하디뻔한 감사를 삶 곳곳에 담아낼 테니까.

7.
내가 해낸 소소한 것들이
행복으로 다가온다

이은미

시리얼을 우유에 말아 간단하게 아침을 해결한다. 걷기 편한 복장을 하고 동네 탄천을 걷는다. 냇물 따라 걷다 보면, 무리 지어 있는 새들이 제각각 다르다. 한 곳엔 백로 10여 마리가 모여 있다. 눈에 띄게 크기가 차이 나는 것으로 보아 어미와 새끼들이 섞여 있는 듯하다. 조금 더 걷다 보면 청둥오리가 무리 지어 있다. 지금은 크기로 어미와 새끼를 구분하기 어렵다. 지나간 여름에만 해도 병아리 크기 새끼들이 어미 한 마리를 졸졸 따라다녔다. 어느새 새끼들이 어미만큼 훌쩍 커버렸다. 그리고 매번 측은함을 자아내는 왜가리 한 마리가 있다. 오늘도 혼자다. 어느 날은 백로 무리 곁에 서 있다. 그런 날은 짠함이 덜하다. 그러나 대부분 혼자 서 있다.

눈길을 들어 냇가를 벗어나면, 냇물 건너 저쪽 편에도, 걷고 있는 이쪽 편에도 붉게 물든 나무들이 즐비하게 서 있다. 단풍나무

도 있지만, 대부분은 벚나무들이다. 봄엔 화사한 벚꽃으로 꽃 대
궐을 만들더니 여름엔 초록으로 그늘을 선사했다. 이 가을엔 곱
게 물들어 자연만이 만들어낼 수 있는 빛깔로 감탄을 자아낸다.
조금 더 걸으면 공원이 나온다. 운동기구를 이용해 팔다리 운동하
고 벤치에 앉아 파란 하늘을 욕심껏 품어야겠다. 하늘의 푸르름
에 싫증이 날 때쯤, 다시 걷기에 나서면 바람결 따라 너울너울 춤
추는 갈대들의 군무를 볼 수 있다. 나는 지금 두 개의 가을 한가
운데를 걷고 있다. 사계절의 가을과 50대 후반을 사는 인생의 가
을, 두 가을이 선사하는 여유로움과 원숙함이 좋아 오늘도 내 마
음은 갈대의 춤을 따라 넘실넘실 춤춘다.

딸아이를 잘 키워내는 것이 나에게 주어진 가장 큰 책무라 여기
면서 살았다. 처음 해보는 엄마 노릇은 크고 작은 고비들이 많았
다. 애가 하나이다 보니 나의 기대치와 욕심은 컸다. 공부 잘하기
를 강요했다. 부모의 뒷받침이 없어 마음껏 공부하지 못한 한을
투영하듯 딸애를 몰아붙였다. 사춘기 오기 전까지는 그런대로 따
라주던 아이가 공부에 흥미를 잃기 시작했다. 그나마 다행이랄까,
난 아이가 고등학교 2학년이 되면서 공부에 취미가 없다는 것을
인정하고 아이의 자율에 맡기기 시작했다. 다니겠다는 학원만 등
록해주고 더는 강요하지 않았다. 수능 점수가 제대로 나올 리 만
무했다. 재수했지만 점수는 오르지 않았다. 아이 조부모가 계신
지방의 대학에 입학시켰다. 학교 기숙사에 살면서 철이 들었는지,

아니면 친한 친구들이 다 소위 말하는 '인 서울' 한 것에 충격을 받았는지 열심히 공부하기 시작했다. 매 학기 성적으로 전액 장학금을 받고 편입 공부도 병행했다. 2학년을 마치고 3학년부터는 편입한 '인 서울' 대학에 다닐 수 있었고 그 대학을 졸업했다.

전공을 살려 취업했으나, 본인과 맞지 않는다며 힘들어했다. 일년여를 다닌 후 퇴사를 하겠다고 했다. 취업이 얼마나 힘든지 알기에 어지간하면 계속 다니길 원했지만, 아이가 힘들어하는 모습 앞에서 말릴 수 없었다. 다시 취준생이 되어 집으로 들어왔다. 국비가 지원되는 취업 교육도 받으면서 여기저기 이력서와 자기소개서를 보냈다. 얼마 전 딸애가 하는 말이 이력서와 자기소개서를 80건은 쓴 것 같다고 말했다. 그러나 취업의 문은 좁았다. 취준생 생활이 팔 개월쯤 지나자, 아이의 짜증이 늘기 시작했다. 여기저기 면접을 보는데 자꾸 떨어지니 자존감이 바닥을 치는 것 같았다. 곁에서 지켜보는 것도 힘들었다. 나로 인한 스트레스를 받지 않길 바라며 상처가 되는 말을 하지 않으려 노력했다. 다행히 취업 준비 1년여 만에 재취업에 성공했다. 이제는 내가 이런저런 걱정이라도 할라치면 "엄마, 걱정하지 마. 딸내미 취업했잖아"라며 큰소리를 친다. 그럴 때면 바라는 것 없어도 공연히 든든해진다. 딸아이는 취업 합격 소식을 듣자마자 제주도로 여행 가자고 했다. 4박 5일 여행 일정을 잡고, 일사천리로 비행기 및 숙소 예약을 진행했다. 입사 날짜가 얼마 남지 않아 번갯불에 콩 볶아 먹듯 다녀왔지만, 행복한 5일이었다. 언제 이렇게 컸는지, 신경 쓰지 않아도 여행 일정을 척척 해내는 딸아이가 마냥 기특하기만 했다.

일하고 아이 키우면서도 쉬지 않고 취득한 자격증들이 뒤늦게 효자 노릇을 했다. 작년까지 일할 수 있었던 것은 순전히 자격증 덕분이었다. 직업상담사 2급 자격증으로 직업상담사로 근무했다. 구직자와 구인자를 연결하는 업무로 취업 정보 수집에 어려운 사람들, 구인난에 처한 분들에게 도움을 주었다. 워드프로세서 자격증 덕에 시청에서 기간제 근로자로 일할 수 있었다. 자동차 저감 장치, 조기 폐차, 친환경 보일러 설치에 따른 정부 보조금을 지원하는 부서에서 민원 응대 업무를 했다. 정부 사업이란 것이 공고 내용만으로는 쉽게 이해되지 않는 부분도 있다. 또한 공고를 확인하지 못하고 전해 들은 내용만으로 문의 전화나 신청을 하는 민원인도 있어, 자세한 안내 설명이 필요한 경우가 많다. 지원받을 대상자이면서도 긴가민가하던 사람들이 혜택을 받고 좋아하던 모습에 일하는 보람을 느꼈다.

사회복지사 2급 자격증으로는 보건소에서 사전 연명의료 등록 사업 상담사로 근무하기도 했다. 자신이 향후 임종 과정에 있는 환자가 되었을 때를 대비하여 연명의료에 관한 의향을 문서로 남길 수 있는 제도다. 등록하는 절차에서 상담사와 대면 상담은 필수사항이다. 자발적인 자기 의사가 중요하기 때문이다. 친절하고 자세한 상담으로 숙제 하나를 끝낸 듯 홀가분하다며, 밝은 얼굴로 귀가하시는 어르신들을 보면 뿌듯했다. 모두 자격증이 필수요

건이거나 가산점이 적용되는 것이었으므로 만약 자격증이 없었다면 하지 못했을 일들이다. 공공기관에서 일하니 근무조건이 좋아 일을 하고 싶은 주변 사람들의 부러움을 샀다. 시청과 보건소는 근무 환경도 좋았고, 휴가 사용 및 급여 등은 법이 정한 기준을 잘 지켜줬다. 노력과 투자를 아끼지 않고 고생한 지난날들에 대한 보상이라 생각했다. 50대임에도 불구하고 자격증이 있어 누군가에게 도움이 되는 일을 하고 있다는 사실에 웃음 가득한 얼굴로 일할 수 있었다.

현재 삶은 내가 살아온 세월의 결과물이다. 9남매의 일곱째로 자랄 때부터 내 인생은 나의 것이었다. 어려운 가정형편으로 부모의 관심과 뒷바라지는 한계가 있었고, 살면서 마주하는 대부분의 일은 나 자신이 해결해야 했다. 누구에게 의지하지 않았고, 문제를 해결하기 위해 스스로 고민하고 방법을 찾아야 했다. 어른이 되어서도 삶의 형태는 크게 바뀌지 않았다. 지금까지 앞만 보고 달려온 인생, 크고 작은 성과들로 삶의 발자국을 만들었다. 그동안 해왔던 실행과 도전들이 지금의 나를 만들었다. 거창하고 화려한 성공 드라마는 아니지만, 내가 해낸 소소한 것들이 모여 나의 삶에 행복을 가져다주었다.

나는 주어진 일에 최선을 다했고, 자기 나름대로 열심히 살아온 딸아이가 있어 행복이 배가되었다. 삶의 고난 앞에 굴복하지 않고 극복하려 애썼으며, 불안한 미래를 대비해 배움을 찾아 채웠다.

하나하나 이뤄낸 조각들이 삶을 행복으로 물들여줬다. 오늘보다 나은 내일이 있으리란 믿음으로 살아온 날들. 나를 둘러싼 모든 것이 내 노력의 결과물이니 이것 하나면 충분하다. 이젠 소소한 행복을 맘껏 누릴 차례다.

8.
돌봄과 치유가 먼저다

조미숙

   실수나 실패는 창피한 일이 아니다. 이를 통해서 우리는 부단히 배울 수 있다. 새로운 기회를 만날 수 있다. 더 잘할 기회가 주어지게 된다.

   세 아들의 엄마인 내게 큰아들은 오래도록 작은 아이로 있었다. 큰아들은 18개월에 원인 모를 고열로 부천 세종병원에 입원했다. 나중에 한양대병원으로 옮겨 고관절 관절낭의 염증 제거 수술을 했다. 한양대병원에서 2개월을 입원하고 퇴원했다. 하지만 다리의 크기가 다르게 자라 고려대 구로병원에 다시 입원하였고, 고관절 수술한 한쪽 다리가 짧게 자라났다. 조금의 차이가 걸음걸이로는 확연히 드러났다. 지금은 수술해서 두 다리의 크기가 같아졌으나 대학 때까지 절었다. 게다가 혈소판 수치도 정상이 아니라 코피나 피가 날 적마다 지혈이 더디다. 아기였을 때 수술과 항생제의 장기 투여로 인해 혈소판이 정상인의 반도 안 되는 수치가 되었다. 큰 사고라도 나면 지혈이 안 될까 봐 노심초사로 길렀다. 그 아들이 내 안에 작은 아이로 존재하였다.

이제 겨우 18개월, 아기는 원인 모를 고열로 갑자기 일어나지를 못했다. 뛰듯이 걸어 다니던 아기가 끙끙 앓았다. 부천의 종합병원에서 2주일이 지나도 39도의 열이 떨어지지 않았다. 의사와 간호사들은 척수 검사와 온갖 검사로 아픈 아이를 괴롭히면서도 원인을 찾지 못했다. 하루 4번의 해열제를 시간에 맞춰 투여하면 열이 떨어지는가 싶더니 금세 다시 펄펄 끓어올랐다. 아이가 고열로 축 처져 차가운 얼음주머니로 온몸을 마사지해야 했다. 차가움을 넘어 아픔이고 고통이었다. 제발 아프게 하지 말라고 손사래를 치며 호소하지만, 차디찬 병원에 아이를 눕혀놓고 온갖 검사와 약을 먹여대며 기저귀만 채운 채 등과 다리와 팔을 얼음주머니로 쓱쓱 문질러댔다.

엄마라는 사람이 마치 일제강점기 일본 순사와 같았다. 아무 죄 없는 아이를 묶어놓고 온갖 도구로 고문하는 엄마는 잔인한 가해자였다. "열이 떨어지지 않으면 위험하단다. 아들아, 이럴 수밖에 없는 엄마를 용서하렴. 미안하다. 아들아." 내 말을 이해한다는 듯 체념하다 잠이 들고 열이 떨어지기를 반복하였다. 2주일이 지나도록 온갖 검사에도 병명을 찾지 못하고 엄마와 가해자의 역할을 반복하는 것이다. 여러 처치에도 열이 떨어지지 않고 아이의 상태가 점점 심해지자, 의사도 당황하기 시작했다. '위험하다. 어떻게든 아이를 살려야 한다.' 우리 부부도 정신을 차릴 수가 없다. 서울의 대학병원으로 가라 했다. 처음부터 서울의 대학병원에서 진료받았으면 아이의 고통이 덜했을까? 엄마의 무지인가 싶어 후회와 미안함으로 괴로웠다.

　의사가 추천해준 대학병원으로 옮겼다. 이제는 열도 열이지만 다리를 들면 아프다고 자지러졌다. 열로 인해 약해질 대로 약해지고 힘들어서 울 힘도 없을 텐데 안아주면 고통스러워하며 울었다. 엑스레이 촬영 후 다음 날 아침 7시로 응급수술이 정해졌다. 수술 동의서는 아이를 잃을지도 모른다는 경고장이었다. "주님, 제발 낫게 해주세요. 함께해주세요." 기도로 밤을 새우고 아침까지 아기를 수술방으로 보내기 위한 준비로 분주했다. 고관절에 염증이 생겨 손상된 관절낭을 긁어내는 수술이었다. 수술 후 대학병원에서 한 달 보름을 보내는 동안은 미열이 계속되었다. 미열까지 없어지고 정상 체온이 유지되어야 안심하고 퇴원할 수 있다. 아이는 소아과와 정형외과의 진료를 받고 있었다. 대학병원에 온 지 두 달여 만에 소아과에서는 퇴원 통지를 받았지만, 정형외과는 퇴원을 막았다. 고관절 수술로 인한 탈구를 막기 위해 보조기를 차야 한다는 것이었다. 경험 많은 보조기 업체도 그 당시 20개월 아기의 보조기는 만들어보지 않았단다. 몇 번의 시행착오 끝에 아기에게 맞는 최선의 보조기를 만들어 왔지만, 딱딱한 쇳덩어리로 무척 착용하기 불편했다. 그 불편하기 짝이 없는 쇳덩어리를 아기가 다리를 움직이지 못하도록 2개월 동안 채우고 있어야 했다.

내가 대신 아픈 게 낫겠다고 생각했다. 이제 겨우 열로부터 자유로워져서 밥도 먹고 장난감을 가지고 놀기도 하는데 다리를 맘대로 움직이지 못한 채 결박당한 아이는 또다시 정신적인 고통에 시달릴 것이다. 가슴이 아프고 무너져 내렸다. 아기와 맞난 것도 먹고 많이 놀아주려 했는데 결박해야 한다니 제게 왜 이런 고통을 주시나요? 하늘에 묻고 또 물었다. 결박당한 아기는 부모가 자신을 못살게 구는 폭군이었으리라. 다리를 움직이면 수술한 부위의 관절이 탈구되어 상황이 매우 어려워진다는 의사의 말을 듣고 다리가 온전히 치료될 때까지 다리를 보조기로 결박하고 통제할 수밖에 없었다.

그렇게 고통을 준 결과 뼈가 제자리를 이탈하는 탈구는 막았으나 관절낭을 긁어낸 오른쪽 다리가 왼쪽 다리보다 더디게 자랐다. 길이가 짧아져 미세하게 절더니 1학년에 입학하면서 드러나게 다리를 절었다. 더군다나 열로 인한 염증과 수술로 인한 염증을 제거한다고 독한 항생제를 장기간 투여받아서 혈소판이 정상인의 반도 안 되어 코피가 나면 멈추지 않았다. 바둑학원에서 지혈이 안 되어 코를 틀어막고 집으로 온 이후 행여 다칠까 봐 항상 노심초사했다. 정기적인 병원 진료를 받으며 아이를 조심조심 키웠다.
두 다리의 길이를 맞춰보고자 방학이면 아이를 다시 입원시키고 또 입원시켰다. 2학년까지 방학 때면 입원하고 수술방에 가는 일을 되풀이했으나 의사는 아직 어리니 다 자란 다음에 수술하자고 하였다. 결국 병원에서 시간을 소비하고 힘만 빼고 말았다. 낙담했지만 희망의 끈을 놓지 않았고 아이는 그렇게 대학생이 되었다. 혈소판을 조금이라도 높여보고자 건강보조식품, 잘한다는 한의원의 약, 뼈에 좋은 사골국이 우리 집에서 끊이지 않았다. 1학년 때 분리불안을 겪었지만, 체력에 비해 저는 다리로 활달하게 자랐다. 인공관절로 두 다리의 길이는 맞춰졌다.

아기가 이해할 수 없는 고통에 얼마나 무섭고 아팠을까. 내면을 살필 줄 몰랐다. 다리와 혈소판을 치료한다고 병원에 끌고 다니고 약과 보조식품을 먹여대는 상황에서 행여 공부가 뒤처질지 봐 공부를 강행했다. 아픈 아이는 돌봄과 치유가 먼저다. 보조기를 차고 있어 움직이지 못하여 앉아서 레고를 가지고 놀았기에 세 아들 중에서 로봇 조립과 레고를 좋아했다. 아들의 적성과도 맞는다고 생각하고 시스템기계공학과에 진학했다. 시스템기계공학과는 로봇을 공부하고 연구하는 학과였다. 그러나 2년 후 아들이 자퇴했다. 그 이후 아들의 방황에 맞서 싸우며 갈등의 시간을 보냈다. 평소 활달하고 실패해도 오뚝이 같았던 아들이 세상과 만나기를 거부하고 일탈을 선택한 것은 육체의 치유보다 내면의 치유와 돌봄이 채워지지 않았기 때문이라는 것을, 엄마인 나는 너무 늦게 알았다. 다리의 길이가 비슷해졌으니 다 나았다고 생각했다. 그만큼 했으면 나도 최선을 다했다고 자위했다. 내 안의 작은 아이를 모르는 체하면서 나를 위한 삶을 살았다.

"소중한 아들아, 네가 존재한다는 것만으로도 엄마는 감사하단다. 사랑하고 사랑한다. 유난히 길고 고통스러운 터널을 빠져나오고 있는 너를 언제나 응원한다." 아들과의 경험을 통해 부모의 책임과 사랑을 알게 되었다. 우리가 살아가는 삶은 크고 작은 실패와 시련의 연속이다. 언제든지 극복하고 다시 일어설 수 있는 능력이 누구에게나 있다. 모소 대나무는 씨를 뿌리고 나면 4년 동안 3센티미터밖에 자라지 않는다. 그러나 5년 후엔 손가락만 하던 죽순이 쑥쑥 폭발적으로 자란다. '폭풍 성장하기 위해 그동안 땅속 깊이 뿌리를 내리고 있었구나.' 마음을 이해하고 인정하고 받아들이니 아들도 변화의 첫발을 떼었다. 처음부터 모든 것을 바꿀 수는 없었지만, 공감과 존중이 해결해나갔다. 나도 세상으로 나가 힘들어하는 엄마들에게 아이를 이해하고 잘 양육하도록 도울 수 있을 것 같다.

9.
흔적은 나의 기록이 되고
역사가 된다

정민경

과정보다 결과가 주목받는 세상이다. 화려한 업적 앞에서 입이 떡 벌어지곤 한다. 자극적인 한 방이 가진 힘은 그 무엇보다 강력하다.

소통 채널이 다양해져 정신 못 차릴 때가 많다. 집중력도 오래 가지 못해 여기저기 기웃거리다 시간이 흘러가버린 적도 많다. 핸드폰 들여다보는 걸 좋아하지 않아 몇 시간 손에서 놓고 있으면 수많은 대화가 따라잡을 수 없을 정도로 쌓여 있다. 꼼꼼히 다 읽어내려면 한두 시간은 기본이다. 하루에도 수많은 세상 이야기가 쏟아진다. 진득이 살펴보고 싶은 마음은 굴뚝같아도 여유가 허락되지 않는다. 책도 읽고 운동도 해야 한다. 오후에는 아이들 챙기랴 밀린 집안일 하랴 일상을 살아내기에도 부족한 하루다. 새 글을 알리는 알람이 수시로 울린다. 궁금해진다. 틈틈이 SNS에 들어가 살펴본다. 빠르게 쓱 넘기다 보면 평범한 이야기보다는 소위

잘나가는 사람들의 이야기가 먼저 들어온다. 똑 부러지게 자기 일 잘하는 사람들만 가득한 것 같다. 소소해서 눈에 띄지 않는 나의 일상은 끝없이 펼쳐진 백사장의 작은 모래 알갱이일 뿐이다. 서사가 중요한 요즘이라지만, 결과가 과정을 돋보이게 하는 게 아닐까 하는 생각도 든다. 이목을 끄는 아웃풋이나 경험이 있을 때 비로소 그 사람의 과거가 궁금해져 찾아보게 되니 말이다. 이렇다 내세울 결과가 없는 나는 아무것도 아니게 느껴지곤 한다.

차린 건 많은 데 먹을 게 없다. 대학원 공부와 부모 공부, 하는 건 많은데 결실이 없었다. 제자리걸음만 걷고 있는 듯했다. 하루를 알차게 보냈지만 뭔가 그 이상이 필요했다. 자꾸만 갈증이 생겨 문어발처럼 돈 공부, 글쓰기 등 배움 영역을 넓혀나갔고, 자기계발 세상에 발을 들이게 됐다. 늘 처음이 가장 의욕적이다. 나역시 그랬고, 머지않은 미래에 지금보다 훨씬 나은 삶을 살고 있으리라 기대했다. 능력 있는 직장인으로 인정받고, 방학 때마다 여유로운 휴가를 보내며 투자에서는 높은 수익이 날 거란 기대들로 행복했다. 독서량이 늘어나니 사색하는 시간도 많아졌다. 의욕 없이 보냈던 날들은 희미해졌고, 긍정적이고 희망적인 생각을 하는 나를 마주했다. 조금씩 마음이 단단해지는 게 느껴졌다. 지금처럼만 굳건히 한 발씩 내디디면 무엇이든 이룰 수 있을 것만 같았다.

이 기분이 영원할 줄 알았다. 의지에 대한 의심은 하지 않았다.

운동과 독서 등 생산적인 활동들로 하루를 채워가는 스스로가 대견했다. 아름답게 그러나갈 포근한 장밋빛 미래만 기대할 뿐이었다.

꾸준하게 해나가는 건 자신 있다고 생각했다. 목표가 정해지면 무식할 정도로 그것만 바라보고 나가는지라 한번 시작되면 쌓아가는 건 걱정하지 않았다. 정말로 한동안은 혼자 잘해냈다. 여행 가서도, 늦은 시간 귀가해도 책을 읽고, 글을 쓰고, 나를 세우는 일에 집중했다. 자신과의 약속을 어기기 싫었다. 혼자여도 괜찮았다. 그러나 시간이 갈수록 한계가 오는 것이 느껴졌다. 시간이 길어질수록 목표가 희미해졌고, 가끔 공허함이 찾아왔다. 헛발질하고 있는 기분이 들었다. 그때까지만 해도 다른 사람과 함께 할 수 있다는 생각은 하지 못했다. 그런데 다양한 정보를 찾다 보니 새벽 기상, 글쓰기, 독서 등 외롭지 않게 함께 해나갈 모임이 있는 게 아닌가. 반가웠다. 서로 응원을 주고받으며, 다독여주는 곳이 있었다. 함께 하고 싶었다. 혼자보다는 비슷한 결을 가진 사람들과 같이 간다면 더 잘해낼 수 있을 것 같았다. 용기 내어 커뮤니티에 들어갔다. 나이도, 사는 지역도 모두 다르지만, 오가는 따스한 말에 온기가 전해졌다. 갈 길을 잃을 때마다 묵묵히 하루를 채워가는 동료들을 보며 힘을 얻게 되었다.

요즘은 군이 찾아보지 않아도 알고리즘 속에서 세상 이야기를 쉽게 들을 수 있다. 누구는 부동산 투자에 성공해서 거금을 벌었고,

누구는 영상 하나로 인플루언서가 되었다. 아이들 키우며 자기 사업 키워 매출 대박 난 사장님, 해외에서 하고 싶은 일을 하며 화려한 포트폴리오 쌓는 작가, 결혼 후에도 학업에 매진해 능력자가 된 전문가 등 눈만 돌리면 성공을 이룬 사람들이 보인다. 커뮤니티 안에서 나만의 페이스대로 일상을 잘 꾸리고 있다가도 상상 이상으로 다양한 사람들의 세상 이야기가 마구잡이로 들어오면 집중력이 흐려졌다. 나와는 별개라 생각했지만, 문득 힘이 빠지곤 했다. 딱히 비교하려 한 게 아니었음에도 불쑥 내가 하는 일들이 별 볼 일 없다는 생각이 튀어 올랐다. 많은 책에서 꾸준히 해내는 일상이 나를 바꾸어준다고 했지만, 도대체 그게 언젠지 알 수 없었다. 강점을 살려 도전하고 성공을 쌓아가는 사람들이 저렇게나 많은데 나는 정체되어 있다는 기분이 들 때면 마음이 조급해졌다.

과부하가 걸렸다. 엄마로서 자녀 교육, 여유로운 노후를 준비하기 위한 경제 공부, 자기 계발을 위한 글쓰기 어느 하나 버릴 게 없었다. 시간을 쪼개 움직이기도 바쁜데, 이런 생각들이 자꾸만 나를 주저앉힌다는 느낌이 들었다. 욕심이 커지니 일상 밸런스도 무너졌다. 내 공부에 몰두하다 보면 집안일에 소홀해지고 밀려 있는 일들에 스트레스를 받았다. 빨래는 나중에 개고, 청소는 조금 덜 하자며 너그러운 마음을 가져보기도 했지만 오래가지 못했다. 하루하루 엉망이 되어가는 집을 보며 정돈도 잘하지 못하면서 뭘 위해 이렇게 열심인 건지 한심하게 느껴졌다. 열심히 한 만큼 성과는 나오지 않았고, 일상이 흔들리니 내 시간을 갖는 것이 눈치 보이기 시작했다. 다 그만두고 편해지고 싶다는 생각이 들기도 했다. 꼭 뭔가를 보여주는 성취가 있어야만 행복한 건 아닌데 싶었다. 아이들 학교 갔다 오면 손수 간식 만들어주고, 여유 있게 아이들 공부도 봐주는 엄마의 삶도 충분히 가치 있는데 싶었다.

달려가던 나를 멈춰 세웠다. 억지로 밀어붙이지 않았더니 홀가분한 마음이 들었다. 예전엔 열심히 달리던 일상을 멈춘다는 게 두렵게만 느껴졌고, 마음이 불편했다. 나만 정체된 느낌이 들어서였다. 그런데 이제는 아니다. 잠깐의 멈춤 덕분에 남이 아닌 나에게 집중할 수 있게 되었기 때문이다. 돌아온 길을 돌아보았다. 오랜 시간 달려온 건 아니지만 짧은 길에도 나만의 흔적이 남아 있었다. 사진첩을 들여다봤다. 작년에 쓴 글을 읽어보았다. 책 귀퉁이에 적어놓은 메모들을 찾아보았다. 작지만 분명한 변화들이 쌓이고 있었다. 미처 깨닫지 못한 나의 하루가 기록되고 있었다.

한 달 전, 일 년 전과 지금은 달랐다. 시간이 흐를수록 고민과 방향성, 미래를 위한 아이디어들이 차곡차곡 채워지고 있었고 남편과 함께한 도전도 다양해졌다. 작년까지만 해도 이렇게 책을 쓰리라고는 상상조차 하지 못한 일이었다. 인생에서 처음 닥친 문제들도 결국엔 해결해왔다. 멈춰서 돌아보니 보인다. 지금의 노력이 내일의 길을 열어주고 있는 모습이.

아보카도를 사 왔다. 껍질을 만져보니 딱딱하다. 아들이 얼른 먹고 싶다 성화를 부렸다. 언젠가 블로그에서 전자레인지에 아보카도 익히는 장면을 본 적이 있다. 어설프지만 기억나는 대로 해보았다. 예상했던 결과가 나오지 않았다. 초록빛의 싱싱했던 아보카도가 칙칙하게 변했고, 질감은 부드러우나 우리가 평소 먹던 버터 같은 느낌이 아니었다. 숙성된 척 흉내만 낸 아보카도가 되고 말았다.

급히 익힌 아보카도처럼 되지 않으려면 자연스레 무르익을 수 있는 시간이 필요한 게 아닐까. 지금까지의 시간이 쓸데없고 부질없다 여긴 적도 있었다. 그러나 관점을 바꾸니 다르게 보이기 시작했다. 당장 화려하게 내세울 수 있는 결과도, 남들 시선을 집중시킬 만한 인상적인 이야기도 없다. 그렇지만 지금까지의 노력과 미세한 변화는 분명 내가 해낸 일이고, 안에 쌓이는 중이다. 지금과 앞으로의 나를 만들어나가는 토대가 되어주고 있다. 성장의 길을 닦아주고 있다. 이걸 알아차리니 매 순간 감사하는 마음이 자연스레 생긴다. 성큼성큼 나아가지 못해도, 가끔 엉뚱한 길로 들어서도 괜찮다. 그 과정에서 꾸준히 성숙해지고 있으니 말이다. 일상과의 균형을 무너뜨리지 않으며, 나만의 속도로 나아가려 한다. 성장을 알아주고 격려해주는 분들이 한두 명씩 생겨난다. 그것만으로도 꽤 괜찮은 시간을 만들고 있는 건 아닐까. 이룬 게 없다고 생각했던 이야기가 모여 나만의 스토리가 되고 있다. 오늘도 일상은 기록되고, 나만의 역사가 되는 중이다.

10.
완벽하게 하지 않아도
괜찮아

한은서

첫째가 초등학교 6학년이던 어느 날, 담임 선생님께 전화가 왔다. 반 여자 친구와 싸워 첫째 얼굴에 상처가 생겼다고. 서로가 잘못한 거라 양쪽 모두 혼냈고, 선생님의 중재에 두 아이 모두에게 사과시켰다고. 여자 친구는 사과했지만, 첫째는 '왜 내가 사과해야 하냐?'라며 거절했다고 말씀하셨다. 그리고 상처 난 부분은 보건실에서 응급조치했다고 전해주서서 대수롭지 않게 생각했다.

"사과를 안 했다고요? 죄송합니다. 여자 친구는 괜찮나요?"

아들을 키우다 보니 여자 친구와 싸우는 일은 신경 쓰이고, 조심스러운 일이었다. 더군다나 서로 사과시켰는데, 안 했다니 앞뒤를 따지지도 않고 죄송하다는 말이 먼저 튀어나왔다. 담임 선생님과의 통화 후 아이에게 전화했다. 첫째에게 자초지종을 물었으나, 선생님께 전해 들었을 테니 자신은 할 말이 없다고 했다. 서로 잘못이 있다고 생각했기에 사과하지 않은 첫째를 나무랐다. 일정을 마치고 집에 와 아이의 상태를 확인하니 선생님의 설명과 달리 상처가 가볍지 않았다. 상처 치료용 밴드 메디폼이 온 얼굴에 도배되어 있었다. 초등학생 손톱이 맞는지 의심이 될 정도로 깊게 할퀸 자국은 얼굴뿐만 아니라 목, 손등에도 있었다. 바로 다음 날 피부과에 갔다. 의사 선생님도 놀라며, 흉터가 남을 만큼 깊다고 걱정하셨다. 상황을 설명한 선생님의 말씀이 이해되지 않았다. 완전히 비틀어져 망가진 안경은 첫째 아이의 마음처럼 깨지고 틀어져 있었다.

　"그때 너의 기분은 어땠어?"
　상담 선생님의 질문에 첫째는 "그냥요"라고 짧게 대답했다. 다양한 일을 겪으면서도 내 아이보다는 타인을 먼저 살폈다. "너는 괜찮아?" 먼저 묻지 않았다. 남 눈치 보고 의식하는 것을 끊어내자고 하면서도 나와 내 가족을 먼저 보살피지 못하고 상처받게 했다. 여전히 타인의 시선을 살피고 있었다. 아이들 사이에서 소문이 퍼졌다. 평소 오지도 않던 학교 친구 엄마들까지 연락을 했고, 그냥 넘어가면 안 된다며 목소리를 높였다. 부당한 일을 당해도 따지지 못하는 습성이 남아서일까? 아이를 생각해 학교에 따지겠다고 생각하면서도 담임 선생님의 입장도 고려해 중재하시는 대로 따랐다. 학교를 보내지 않을 정도로 마음의 상처를 받았으면서도 이번 일로 아이가 성장하길 바랐고, 마음만 다독였다. 끝까지 여자 친구의 엄마는 선생님의 연락도 받지 않았고, 상처에 대한 보상과 사과도 하지 않았다. 중재에 나섰던 선생님만 미안하고 난감해하셨다. 담임 선생님이 무슨 잘못인가 싶어 속상해 울면서도 조용히 넘어갔다.

그때부터였을까? 첫째는 전보다 더 말을 아꼈다. 자신의 상황을 말해야 하는 중요한 순간에도 입을 열지 않았다. 타인부터 신경 쓰다가 내 아이가 받은 깊은 상처는 보지 못했다. 그 마음이 곪아 아프다는 걸 살피지 못했다. 아이가 태어나면서 누구보다 건강하게 잘 살기를 바랐다. 육아 책을 보고 좋다는 전집을 들이고, 퇴근 후 감기는 눈을 억지로 뜨며 밤마다 책을 읽어주는 열의도 보였다. 자기 주도성을 높여준다는 교구도 거실 한쪽에 깔았다. 주말 문화센터 프로그램을 포함해 다양한 체험을 누릴 수 있도록 일정을 짜고, 참여했다. 이런 활동이 나와 다른 삶을 사는 데 도움이 된다니 이 정도는 괜찮다고 여겼다. 주변 때문에 내 자식에게 해주지 못해 후회되는 일은 만들고 싶지 않았다. 새로운 교구를 만지며 자기 스스로 노는 적극적인 모습을 보자니, 시간과 돈을 쓴 보람이 느껴졌다. 그런데 첫째가 유치원과 초등학교에 들어가면서 나와 다른 모습이 보였다. 그래서 잘못된 일을 따지더라도 그게 여자 친구들과의 문제라면 덮거나 넘기게 했다. 혹 여자아이가 먼저 내 아이를 때리더라도 보통 그냥 넘겼다. 주체적으로 당당히 살길 원하면서도 나와 다른 생각을 한다고 아이를 제대로 이해하지 못했다.

잘하면 며느리로 당연한 일이고, 못하면 지적당하기 바빴다. 남들이 말하는 며느리 사랑은 제대로 받지 못했다. 신혼여행을 마치고 인사 올 때부터 음식 한번 먼저 대접받아본 일이 없었다. 시댁 식구들을 만나는 일은 늘 긴장의 연속이었다. 속사포처럼 쏟아내는 식구들의 대화에 간단하게 대답하는 것조차 어려웠다. 동서가 친척 어른들의 분위기를 맞추며 얘기하는 사이, 말주변이 없는 나는 쌓여 있는 설거지만 했다. 회사를 그만두고 나니 그나마 남아 있던 자신감과 용기가 사라졌다. 열심히 살았지만, 내게 남은 게 아무것도 없다는 생각에 사람들을 만나는 것도 두려웠다. 어느 순간에 친구와의 전화도 반갑지 않았다. 직장을 다닐 때는 시간만 나면 아이들에게 더 잘해주고, 나도 성장하리라 다짐했다. 퇴사로 시간이 주어졌는데도 아무것도 하지 못했다.

어느 날, 회사를 같이 다니다가 공방을 열어 자기 사업을 하는 친구를 만났다. 놀러 갔던 공방에서 바느질을 배우기 시작하면서 새로운 사람들을 만나게 되었다. 그 배움을 시작으로 여러 개의 자격증을 취득했더니 뭐든 다시 시작하고, 할 수 있다는 마음이 들었다. 그런데, 다시 몸 여기저기가 아프기 시작했다. 규칙적이던 생리가 한 달이 넘도록 이어졌다. 외출을 할 수 없을 정도로 증상이 반복되니 덜컥 겁이 났다. 마침 종합검진을 해야 할 시기라 예약했다. 증상이 멈추지 않아 부인과 검사는 여러 번 연기하고 받았다. 피곤해 일시적으로 그럴 수 있다는 생각과 불안감이 동시에 느껴졌다. 검사 결과는 보통 우편과 문자로 오는데, 간호사가 직접 전화해서 설명해주었다. 순간 머리가 하얘졌다. 정밀검사를 추가로 받으니 자궁암일지 모른다는 생각에 두려웠다. 가장 친한 친구를 꽃다운 30대에 잃은 경험이 있기에 '암'이라는 단어는 무서운 존재였다. 죽음에 대한 두려움보다는 아직 엄마의 손길이 필요한 아이들이 제일 걸렸다. 가족들의 모습을 떠올리다 보니 나를 이렇게 만든 모든 상황이 원망스러웠다. 무언가라도 잡고 싶었다. 잡념을 잊기 위해 검사를 받고 기다리던 시간을 배움으로 채웠다. 불안한 마음을 독서로 감싸고, 우울한 기분을 걸으며 달랬다. 암으로 발전할 수 있는 부분은 수술과 약물 치료를 했고, 현재는 정기적으로 검사받고 있다. 의욕 없는 삶에서 책과 새로운 배움은 다른 세상이 있음을 알게 했고, 힘이 되었다.

검색만 하던 블로그에 무엇이라도 적어보자는 생각으로 2019년 5월에 감사 일기를 쓰기 시작했다. 블로그에 자주 들어가니 좋은 이웃들도 알게 되었다. 다양하게 활동하는 이웃 덕분에 다양한 정보를 접할 수 있었다. 전혀 몰랐던 세상을 만나니 가슴이 뛰었다. 그러다가 책을 통해 알게 된 청울림 작가가 운영하는 카페에서 '엄마 혁명'이란 프로그램을 보게 되었다. 자기 계발에 관련된 많은 강의가 있었지만, '엄마'라는 단어가 눈에 띄었다. 그런 강의를 듣는 게 처음이라 걱정도 있었지만, 남편 몰래 비상금을 털어 신청했다. 일주일에 한 번씩, 총 네 번 듣는 강의였다. 강남에 있는 강의실로 시간 맞춰 가기 위해 아침에 부지런히 움직였다. 전업주부로 아들만 셋을 키우며 재테크에 성공한 작가의 강의였다. 짠돌이 카페에서 1등을 할 정도로 지독히 생활비를 절약하고, 책으로 부동산 공부해서 부자가 된 이야기는 나를 흥분하게 만들었다. 다양한 SNS를 통해 자신의 영역을 확장하는 모습은 감탄과 박수가 절로 나왔다.

마지막 강의 날엔 원피스에 구두를 신고 갔다. 오랜만에 구두의 또각또각 소리를 들으니, 허리가 꼿꼿해지듯 미래도 펴지는 느낌이었다. 처음에는 새벽 기상을 시작하고, 책을 읽고, 가계부를 쓰기 시작했다. 그리고 불편해 피하기만 했던 돈 얘기도 남편에게 하기 시작했다. 재테크 책을 보면 부부 재테크 제1원칙으로 빚을 포함한 모든 자산을 공개한다는 말이 나온다. 하나의 통장을 시작으로 지출과 저축의 포트폴리오를 구성해서 함께 고민하고, 실천해야 한다는 것이다. 현재는 『나는 돈으로 행복을 삽니다』에 나온 내용처럼 생활비를 매달 조금씩 줄이고 있다.

그동안의 경험에 비해 큰 성과가 없다고 생각했다. 그래서 더 나를 사랑하고 아끼지 않았다. 이젠 그러지 않는다. 우선순위에서 밀렸던 내 몸을 위해 운동도 한다. 번거롭다는 이유로 아무 그릇에나 먹던 밥을, 아끼던 식기에 담아 나만의 식탁도 차린다. 느린 것을 게으르다고 여겼던 마음도 버렸다. 시작하면 완벽하게 끝내야 한다고 몰아세웠던 생각을 내려놓았다.

무모한 욕심을 내려놓고, 나에게 집중하니 진짜 내가 보이기 시작했다. 나 스스로 완벽하지 않음을 인정하고, 받아들이니 진정한 자유가 느껴졌다. 남들 보기엔 하찮아도 자세히 들여다보니 괜찮아 보이더라. 지금 있는 그대로의 모습이 완벽하지 않아도 괜찮더라. 지금처럼 매일 조금씩, 꾸준하게 나가기만 하면 되더라.

제4장

내 소중한 시간을 사랑하기로 했다

/.
나는 내가 바라는 대로 된다

김은숙

"계산해보니 파킹통장에서만 7천만 원을 넘게 썼더라."

놀란 마음에 딸아이에게 털어놓은 한마디. 처음으로 가계부를 쓰면서 3년 결산을 해보니 그제야 내가 많이 쓰고 있다는 사실을 알았다. 딸아이와 통화하며 가계부를 처음 쓰고 3년 결산을 해보고 했던 말이다. 내가 그동안 벌고 있었음에도 지출이 통제가 안 되고 있었다. 외벌이가 되었음에도 정신을 못 차리고 파킹통장에 있던 돈을 그렇게 쓰면서도 늘 풍요롭다고 생각했다. 이런 자신감은 어디서 오는 것일까. 열심히 벌기만 했지, 지출 통제를 하지 않고 있었다. 파킹통장에 있던 돈을 화수분이라도 둔 것처럼 펑펑 쓰고 있었다. 물려받은 유산도 숨겨놓은 재산도 없으면서도 돈을 벌 수 있다며 혹하는 광고에 넘어갔다. 이것만 하면 금방이라도 부자가 될 것 같은 생각에 눈이 어두워 비싼 강의를 마구 결제했다. 강의를 듣다 보면 마치 나도 그 사람들처럼 돈을 많이 벌 것이라는 착각에 빠져 허우적댔다. 막상 강의를 듣고 나면 내 손에는 아무것도 남지 않았다. 부자가 되고 싶다는 마음을 건드리는 광고의 홍수 속에 빠져 수없이 수강했던 온라인 강의들, 이제 와서 보니 헛돈을 쓰고 있었던 모양이다. 전혀 성과가 없는 것만은 아니었다. 그런 강의를 들으러 다닌 덕분에 어떤 강의가 나에게 도움이 되는지, 내가 실천할 수 있는 강의인지를 판단하게 되었고 유튜브에서 마치 일확천금을 한순간에 잡을 수 있다는 듯 광고하는 건 쳐다보지 않게 되었다. 어쩌다 운 좋게 수익이 나면 사람들은 그걸로 강의하는 경우도 있었다.

　기준을 정하고 나를 중심에 두기로 했다. 점점 사람 보는 눈이 생겼다. 현혹하기 위한 것인지 나에게 도움 될 수 있는 것인지 구분하기 시작했다. 더불어 어떤 것을 공부해야 할지 찾아가기 시작했고, 점차 남과 비교하던 내 삶에서 나를 성장시키는 것으로 시선을 옮길 수 있었다. 조용히 나에게 묻기 위한 시간을 찾다 보니 새벽이 눈에 보였고 나만의 시간을 가지다 보니 나의 목표까지도 들여다볼 수 있었다. 그리고 하나씩 해보기로 했다. 새벽 기상을 처음 할 때는 너무나 어색했고, 일단 다른 사람들을 따라 했지만 하다 보니 내가 왜 해야 하는지에 대한 이유를 찾을 수 있었다. 남편에게 더 이상 일을 시키지 않아야 한다. 내게 불편한 것을 찾다 보니 구부러지지 않던 무릎이 보였다. 108배를 하기로 결심했다. 늦잠 자는 몸을 깨워 일어나는 것도 불편했다. 시간 분배조차 어려웠다. 불편함이 곧 성장이란 말에 무릎을 구부리는 일이 두렵지 않았다. 어렵더라도 하루 중 우선순위에 해당하는 것만큼은 꼭 한다. 한 가지 일을 끝내면 반드시 쉬는 시간을 가졌다. 시간 안에 뭔가를 끝내야 한다는 생각을 해본 적이 없었다. 쉽지 않았으나 점차 할 수 있는 내가 되니 기분이 묘했다.

프리랜서 생활만 10여 년이다. 나처럼 게으른 사람도 새벽에 일어나 계획을 실천하는 이유는 시스템을 그렇게 만들어두었기 때문이다. 한번 만들어둔 시스템은 몸이 먼저 알아서 반응한다. 지금도 나는 흔들리고 있다. 내 눈은 세상을 향해 있어서 그것들을 받아들이며 나를 자책하며 판단하는 일을 멈추지 않는다. 그걸 멈출 수는 없다고 생각한다. 그럼에도 나와 시간을 보낼 줄도 안다. 그거면 된 것이다. 잠시 마음이 헛헛하다는 생각이 들지라도 그 생각은 잠깐뿐이다. 조금만 고요하게 있으면 술렁이던 감정은 가라앉고 내 안에 나와 마주하며 금세 잔잔해진다. 그리고 혼란스러웠던 이유를 찾게 된다. 그러면 된 것이다. 나를 믿어주고 격려하고 칭찬하며 다독이던 시간은 얼마 되지 않았다. 잘될 거라는 결과와 내가 그리는 결과를 생각하며 일을 했었나 생각해보니 그렇지 않았다. 불안한 상태로 일을 하고 그 일을 하면서도 의심스러웠고 그러다 보니 결과는 자연적으로 제대로 나오지 않았다. 내가 제일 잘하는 디자인 말고는 늘 다른 사람에게 우선순위를 맡기고 살아서인지 자신이 없었다. 나의 장점 중의 하나는 누군가가 시키면 빼지 않고 한다는 것이다. 목표를 세우니 그 날짜가 어김없이 온다는 것도 알았고 그 시간을 위해 집중하는 시간도 내가 만들어가는 시간도 나에게는 너무나 감사한 시간이 되었다.

새벽에 먼저 하는 일은 기도이다. 내 의지를 한곳으로 모으는 시간이기도 하다. 『나는 돈으로 행복을 삽니다』를 읽으며 내가 어떤 부자가 되고 싶은지 적어봤다. 남편이 돈 걱정 없이 놀 수 있을 것, 내가 배우고 싶은 것을 원 없이 배울 수 있을 것, 딸과 아들에게 필요한 걸 지원할 수 있을 것, 놀며 자유로운 삶을 살며 글을 쓰는 삶을 사는 것이 목표이기도 하다. 공부하면 공부가 는다고 하고, 요리하면 요리가 는다고 한다. 배움을 멈추지 않고 성장하면서 내가 이루고자 하는 것들에 집중하겠다. 한 걸음씩 가보겠다. 목표를 세우면서 방향이 설정되고 그 루틴대로 하루하루 해나가는 삶을 나 스스로 존중한다. 어느 정도 하다 보면 사람은 의지와 상관없이 지치기 마련이다. 계획한 것들이 하루에 다 못하는 일이 있어도 나를 응원한다. 살면서 '사명'이라는 단어를 부자 마녀를 통해 처음 들었다. 사명이란 내가 목숨 걸고 하고자 하는 일이란다. 나에게 사명이란 우리 가족이 자유롭고 풍요롭게 살 수 있는 돈 버는 시스템을 만드는 일이다. 그리고 그 일을 위해 지치지 않게 박자를 조절하는 일도 나에게 달렸다. 컨디션을 관리하고 새벽에 조용히 산책하며 나만의 시간을 갖고, 급하지 않게 꾸준히 매일을 살아낼 생각이다.

투자에 대한 명확한 방향을 알고 움직이기 위해서는 공부가 우선이다. 나이가 들어 돈 공부를 하게 되었고 나 스스로 좌절도 실망도 많았다. 그러면서 많은 돈을 내가 배우는 일에 썼다. 강의비로 들인 돈에 비해 나의 성적은 늘 형편없었다. 더 이상 여기저기 기웃거리며 나의 시간을 쓰지 않겠다. 5년만 해보자는 마음에 1년 전 돈 공부를 시작했다. 내가 하는 일이 가치 있다는 걸 안다. 내 목적은 분명하니까. 1년에 한 번은 새벽 기상 모임에서 강연을 하기로 했다. 나와 같이 공부하고 있는 사람들에게, 내가 공부한 내용을 토대로 성장한 이야기를 나누겠다는 약속을 했다. 배우고 실천하면서 내가 가지고 있는 것들을 필요로 하는 사람들과 나누겠다. 일에도 시간을 분배할 것이다. 몸에 힘을 빼고 나에게 집중하며 오늘을 살겠다고, 매일 다짐을 한다. 가난하게 살 것인가, 부자로 살 것인가를 물어보면 부자로 살겠다고 답할 것이다. 나도 그렇다. 나에게 까마득했던 부자라는 단어가, 독서하면서 나와 만나는 시간이 많아지고 내가 닮고 싶은 멘토의 책을 필사하기 시작하자 더 선명해지기 시작했다. 이렇게까지 할 수 있는 나 자신이 너무나 신기하고 고맙다. 수없는 질문들이 나에게 쏟아질 게 뻔하지만, 그전보다 나를 믿고 가는 날들이 많아졌다. 까만 새벽이 훤하게 느껴진다.

내가 바라는 대로 나는 된다. 내가 될까를 끊임없이 의심하며 공부했고 강의를 들었다. 의심은 여지없이 좋지 않은 결과로 마무리되었다. 잘될 리가 없는 결과였고 그 안에서 나는 더 이상의 발전은 없었다. 지금에서야 알게 된 사실이다. 나 스스로에게 칭찬과 격려를 하며 결과는 달라졌다. 할 수 있을까 하던 생각을, 해보자 하는 마음으로 바꾸었다. 해보고 결과가 좋지 않으면 거기서 내가 또 배울 점을 찾으면 됐다.

먼저 내가 지금 처한 상황을 알아야 미래도 그려진다. 두려움이 늘 내 앞을 가로막고 있다는 생각에 한 발짝도 못 떼던 시절도 있었다. 먼저 나를 있는 그대로 파악해야 우왕좌왕하던 삶에서 빠져나갈 수 있다. 긍정을 찾아다닌 끝에 돈 공부를 함께 하며 마음을 나누는 친구도 생겼다. 부정은 나태해져 있을 때 나에게 쉽게 왔다. 의미 없이 남들 따라 사는 삶을 그만뒀을 때 내 삶은 여기서부터 긍정을 그려나갈 수 있었다. 우리는 매 순간 이리저리 흔들릴 수도 있다. 흔들리는 걸 내가 안다면 이미 중심이 잡힌 삶이다. 나와 마주하는 그 시간이 나를 돌아보게 하는 순간이다. 내가 꿈을 꾸고 나아가는 것은 내 포지션이 바뀌었기 때문이다.

2.
내 삶이 예뻐지고 있다

박은정

상상조차 할 수 없던 일이 벌어지고 있다. 사람들 앞에서 말 한 마디 제대로 못 했던 내가 세상 밖으로 내 이야기를 꺼내놓는 작가가 되었다. 글을 쓴다는 것은 내게 상당히 두려운 일이다. 특별한 것 없는 내 경험이 무슨 도움이 될까 싶었다. 용기가 필요하다는 것을 깨달았다. 내 글이 누군가에게 도움이 되려면 어떤 게 필요할지 생각해봤다. 그동안 내게 힘이 되었던 글은 화려한 글이 아니었다. 우리 주변에서 흔히 볼 수 있는 평범한 이야기였다. 그 속에서 울고 웃고 공감하며 따뜻한 위로를 받았다.

최근에 읽은 책 중에 김동식 작가의 『무채색 삶이라고 생각했지만』을 읽으며 공감되는 부분이 많았다. '중학교 중퇴 학력의 주물 공장 노동자 출신'이라는 작가의 타이틀도 눈길을 끌었다. 나와 비슷한 성향의 작가라 더 깊이 공감할 수 있었다. 내가 부끄럽게 생각했던 모습을 작가는 있는 그대로 받아들이고 있었다. 내향인이 겪게 되는 에피소드를 풀어내는 장면이 상당히 인상 깊었다. 나는 식당에서 큰 소리로 메뉴 주문하는 게 어려워 최대한 주방 가까이 있는 자리에 앉거나 앞에 앉은 사람에게 부탁하곤 한다. 그런 내 모습을 부끄럽게 생각하곤 했다. 저자의 관점은 달랐다. 그걸 부끄럽게 생각하는 게 아니라 그냥 있는 그대로 받아들이는 모습이었다. 그런 관점으로 바라보니 내 모습이 그리 나쁘지 않아 보였다. 크게는 감사한 마음도 들었다. 그 작가의 다른 이야기도 궁금했다. 그러던 중 최근 내 블로그에 그 작가의 이름으로 공감 표시가 되어 있는 것을 발견하게 되었다. 김동식. 내가 알고 있는 그분이 맞을까 싶어 블로그로 찾아가봤다. 그분이 맞았다. 그렇게 유명한 분이 내 블로그까지 와서 공감을 눌러주다니. 작가님 너무 좋아하게 되었다고 댓글을 남겼다. 바로 대댓글도 달렸다. 별것 아닌 내 글에 반응해주니 뛸 듯이 기뻤다. 그 속에서 또 다른 용기도 얻을 수 있었다. 나의 작은 행동이 누군가에게 큰 위로가 될지도 모른다는 생각이 들었다.

"엄마! 그래도 괜찮아!"

시작을 두려워하는 내게 딸이 건네는 말이다. 이제 엄마도 자기보다 엄마 꿈을 찾는 데 시간을 더 쏟으라며 응원의 말을 아끼지 않는다. 새로운 꿈을 향해 나아가는 엄마가 멋지다며 엄지 척을 날려준다. 자신보다 늘 나를 먼저 챙기는 남편. 아이보다 나를 먼저 챙기라며 잔소리가 많은 남편이지만, 그런 말이 다정하게 들릴 때도 있다. 대부분 시간을 우울하고 무기력하게 보냈던 나다. 하다가 중도 포기하는 게 내 특기였다. 시작은 잘해도 끝까지 가는 경우가 거의 없었다. 그럴 때마다 스스로 자책하곤 했다. 내가 그렇지 뭐! 그런 내가 뭘 하겠다고. 내가 과연 잘할 수 있을까 하는 두려움에 빠져 아무것도 하지 못할 때가 많았다. 도전할 생각은 꿈도 꾸지 못했다. 가족들이 뭘 좋아하는지, 뭘 원하는지 잘 알면서 정작 내가 뭘 좋아하는지 뭘 싫어하는지도 잊은 채 그들만 바라보며 살아왔다. 그것이 지나친 집착으로 향하고 있는 줄도 모르고 말이다.

나를 먼저 생각하는 시간이 늘어가면서 그동안의 걱정 근심이 지나쳤다는 생각이 든다. 나만의 시간을 채워가면서 내 삶이 점점 예뻐지고 있다. 가족이 우선이었던 시간을 나를 위해 쓴다는 것은 상상도 못 했던 일이었다. 이제는 가족들이 나를 먼저 배려해준다. 편하게 운동 다녀오라며 내 시간을 우선으로 챙겨준다. 글 쓰는 시간에 방해되지 않도록 TV 볼륨을 낮춰주기도 한다. 어떨 땐 너무 미안할 정도로 나를 챙긴다.

나는 못한다는 말을 입에 달고 살았다. 어떤 일이든 시작도 하기 전에 걱정이 앞설 때가 많았다. 도전하고 싶었던 순간도 있었지만, 용기가 부족해 결국 나서지 못할 때가 있었다. 이번 공저 프로젝트에 참여하면서 상당한 용기가 필요했다. 블로그에 몇 줄 끄적거리는 것조차 겁냈던 내가, 혼자가 아닌 다른 작가들과 함께해야 한다는 부담감이 컸다. 과연 내가 해낼 수 있을까 하는 걱정이 앞섰다. 괜히 한다고 나섰다가 실수라도 하면 어쩌지. 다른 사람들에게 폐가 되지 않을까 싶었다. 오만가지 생각에 머릿속이 복잡해졌다. 못 하겠다고 해야 할지 고민하던 찰나, 멘토에게 들었던 한마디가 떠올랐다. 틀을 깨고 나와보라는 말이었다. 자꾸 부딪히고 깨져보라고 했다. 여러 번 부딪히다 보면 실금이 가기 시작할 테고, 어느새 두꺼운 벽을 깨고 나올 수 있을 거라며 용기를 북돋아줬다. 그 말에 다시 용기 내보기로 했다. 늘 뒤에 숨어만 지냈던 내가 틀을 박차고 나가보려고 한다. '내가 과연 할 수 있을까'라는 물음표에서 '나도 해봐야지'라는 느낌표로 바꾼다.

경제적 자유를 누리는 꿈을 꿨다. 즐겨보던 유튜브 채널에 50대 여성 출연자 인터뷰 영상이 인상 깊게 남았다. 매일 새벽에 일어나 책 읽고 블로그에 글 쓰는 일상으로 시작해서 본인이 좋아하는 일에 몰두했을 뿐인데 돈도 자연스럽게 따라오더라는 말이었다. 내가 꿈꾸던 삶이다. 나도 따라 해볼 수 있을까 싶어 블로그를 찾아봤고 그녀의 멘토가 부자 마녀라는 사실을 알았다. 부자 마녀가 운영한다는 카카오톡 채팅방에 들어갔다. 다음 날 무료 특강한다는 소식을 접했다. 글쓰기 강의라고 하는데 어떤 내용인지 궁금했다. 무료 강의니 손해 볼 것도 없었다. 저녁 늦은 시간 강의가 시작되었다. 2시간 넘게 한마디도 쉬지 않고 열변을 토해낸다. 얼마나 절실하게 시작했는지, 어떤 과정을 거쳐서 지금의 자리까지 왔는지 무한대로 쏟아낸다. 무료 강의가 맞나 싶을 정도로 온 마음을 다하는 모습이었다. 강의가 끝나갈 무렵 글쓰기 프로그램에 대한 소개가 있었다. 바로 다음 달부터 수업이 시작된다고 했다. 어쩐지 나도 같이 해보고 싶었다. 아니, 안 하면 안 될 것 같았다. 저 사람과 함께하면 나도 부자가 될 수 있겠다는 생각이 들었다. 강의료가 비싸 고민스러웠지만 오히려 남편이 한번 해보라며 힘을 북돋아줬다. 나를 위한 거금은 처음 써본다. 평소 2천 원짜리 주방 가위 하나 살 때도 신중한 편인데 그녀의 열정에 홀딱 반해버린 것이다.

며칠 뒤 첫 수업이 시작되었다. 공지 사항 듣자마자 당황스러웠다. 내가 생각했던 글쓰기 수업이 아니었다. 나는 단지 블로그에 몇 줄 끄적거리는 정도라고 생각했는데 나만의 착각이었다. 알고 보니 글쓰기 수업은 책을 출간하는 데 목적이 있었다. 덜컥 겁이 났다. 내 경험을 글로 꺼내놓으라고 한다. 남들 앞에 서는 걸 극도로 꺼리는 사람인데 이를 어쩐다. '나는 못 해'라는 생각에 사로잡혀 어쩔 줄 몰라 했다.

못 한다고 펄쩍 뛰었던 내가 어느새 나의 경험을 글로 꺼내놓고 있다. 나의 작은 경험이 누군가에게 도움이 되었으면 하는 바람으로 글을 쓰고 있다. 멘토의 제안은 신의 한 수였다. 만약 처음부터 책 쓰기 위한 수업이라고 인지했더라면 과연 내가 도전했을까 싶다.

나처럼 평범한 사람은 글 쓰는 작가는 될 수 없다고 생각했다. 한 번도 생각해본 적이 없는 일이었다. 스스로 못난 사람이라 여기며 나를 깎아내렸다.

올해 6월부터 글쓰기 공부를 시작했다. 나처럼 처음 시작할 때 주저하는 사람들에게 내가 먼저 손 내밀어주고 싶다. 거창하지 않아도 된다는 생각이다. 응원한다는 그 한마디에도 힘을 얻었다며 감사하다는 이웃이 늘고 있다. 그 말에 나 또한 힘을 얻는다. 마음을 나누고 싶어 그들의 안부를 챙겼다. 나를 안아주듯 내 손길이 필요한 곳에 따뜻한 위로와 응원을 보내고 싶다. 나는 '이런 것도 못 하는 사람'이 아니라 '그럼에도 해낼 수 있는 사람'이 되어보고 싶다. 나의 도움이 필요한 곳이 있다면 내가 먼저 다가가려 한다. 이런 나의 모습을 보고 누군가는 힘을 낼 수 있도록 말이다. 부족하면 부족한 대로 한 걸음씩 나아갈 것이다. 물론 처음에는 서툴 수도 있다. 그럼에도 물러서지 않고, 한 발짝 나아가기로 오늘 나 자신과 약속한다.

3.

멀리 돌아왔지만
결국엔 도착합니다

김은희

휴일에 소파에 앉아 리모컨을 만집니다. 드라마 몰아보기는 주중에 열심히 일한 나에게 주는 선물이었습니다. 한번 시작한 드라마는 끝까지 봐야 하는 법이죠. 주말 내내 텔레비전만 바라보고 있었어요. 밥도 해야 하고 내일 출근 준비도 해야 했지만 중간에 끊기가 참 어렵더라고요. 보는 순간에는 재미있었는데 끝나고 나니 마음이 허전했습니다.

마음을 채워줄 뭔가를 찾고자 유튜브를 봅니다. 알고리즘으로 우연히 자기 계발 영상을 보게 되었습니다. 40대에 시작해도 괜찮다, 이제부터 시작이다, 할 수 있다, 일단 해보기만 하면 된다며 온갖 긍정적인 말들로 나를 유혹합니다. 나랑 같은 나이대의 사람들이 새벽 기상 후 책을 읽거나 운동을 하기도 하고 감사의 글을 씁니다. 공유하며 응원의 말을 주고받습니다. 저 사람들이 왜 저걸 하는지 나도 따라 하면 내게 어떤 변화가 생길지 궁금했습니다.

성공한 사람들은 하나같이 새벽 기상을 말하더라고요. 온전히 나만의 시간을 가질 수 있는 건 새벽이라고 합니다. 워킹맘이라 바빠서 시간 내기가 힘들다며 투덜거렸습니다. 온라인 속 그들은 나보다 더 바쁜데도 좋은 습관들을 만들어 하나씩 해나가는데 말이죠. 분명히 주어진 시간은 똑같은데 그 시간을 세심하게 나눠 활용하는 사람들과 나의 차이점이 바로 시간 관리에 있었습니다.

잠이 많은 제가 새벽 기상에 도전했습니다. 처음부터 성공하면 좋았겠지만, 생각만큼 쉽지는 않았습니다. 혼자 하기에는 벅차다는 생각이 들어 습관 형성을 돕는 챌린지에 참여했고 마침내 성공할 수 있었습니다. 제가 해낼 수 있었던 이유는 목표를 달성할 때마다 붙이는 스티커 덕분이었습니다. 스티커를 붙이는 곳에 빈칸이 생기는 걸 도저히 용납할 수 없더라고요. 하지만 한 번 성공했다고 해서 바로 습관이 되는 건 아니더군요. 새벽 기상은 여전히 힘듭니다. 빨리 포기하는 것도 있는데 이것만큼은 지고 싶지 않습니다. 실패하더라도 다음 날이 있으니 다시 도전하면 되는 거죠. 어느 새벽 날 노트에 끄적여봅니다. '책을 읽고 서평을 쓴다. 글을 배워 작가가 되고 당당히 사표를 던진 뒤 내가 계획한 시간표대로 살아간다.' 결국에는 이루어내는 삶이라고요.

같은 직장에서 20년 이상 일하다 보니 다른 일을 하고 싶었어요. 지금 직장이 싫어진 것도 있고 연금에 대한 로망도 있었거든요. 지인 중에 군무원이 있어 상담 후 온라인 수업을 신청했습니다. 본 시험 치기 전에 기본적으로 영어 자격증과 한국사 자격증이 필요하다고 합니다. 고등학교 졸업 후 손 놓았던 과목을 공부했어요. 퇴근 후 집안일 끝내놓고 영어와 한국사를 붙들고 있었죠. 커트라인만 넘기자는 전략으로 공부했었어요. 영어는 문법 공식만 달달 외우고 시험장으로 갔습니다. 한국사 시험 장소에는 초등학생들이 왜 그리 많은지요. 부끄러웠지만 당당히 시험 치르고 나왔어요. 둘 다 합격했다는 소식을 받았습니다. 이제 본격적인 군무원 공부만 하면 됩니다. 그런데 도대체 무슨 말인지 이해가 되질 않았습니다. 스트레스가 더 쌓이는 것 같아 과감히 포기했습니다.

나의 피 같은 돈과 시간이 허비되었습니다. 처음에는 제가 한심스러웠어요. 시간이 지나고 나니 그것도 추억이더라고요. 시험 치고 나왔을 때 뭔가 모를 희열감도 느꼈고요. 나는 멈추지 않고 뭐라도 해보려는 사람이라는 생각이 들었습니다. 지금은 돈 공부에 재미를 붙이고 있어요. 안전한 방법으로만 돈을 모았던 제가 재테크 공부를 합니다. 우리 가족이 돈 때문에 힘들어하지 않았으면 좋겠거든요. 학생 때 안 했던 공부를 지금에서야 하고 있네요. 공부는 버릴 게 없다는 걸 알아요. 지금 하는 공부가 나와 가족의 안정적인 미래를 책임져주리라 생각합니다. 몇 번의 시작을 통해서 나에게 맞는 공부를 찾았습니다.

200미터도 못 달리던 사람이 지금은 10킬로미터를 달리고 있어요. 운동하고 싶었지만 일도 하고 아이도 키우고 자기 계발과 돈 공부를 하다 보니 시간 내기가 어렵더라고요. 어느 날 신랑이 농담 삼아 시간이 없으면 퇴근할 때 뛰어오면 어떠냐고 하는 거예요. 생각지도 못한 발상이었어요. 좋은 생각이라며 칭찬을 듬뿍 해주었죠.

집과 직장 사이의 거리는 8킬로미터입니다. 10킬로미터도 뛰었는데 충분히 해낼 수 있다고 생각했어요. 매일 하지는 못하지만 금요일만이라도 뛰어서 퇴근하기로 마음먹었지요. 뛸 때 필요한 운동화와 운동복을 챙겨 출근합니다. 드디어 금요일. 대구 시내 한가운데를 뛰면서 퇴근했어요. 젊은 사람들은 술 약속으로 시내로 모여드는데 그사이를 헉헉거리며 뛰어갑니다. 생각했던 대로 시간이 오래 걸립니다. 빙빙 돌아서 가는 거지만 목적지가 있으니 힘듦을 견딜 수 있네요.

만화책도 보기 싫어했던 제가 10분이라도 책을 읽으려고 하고 있어요. 빨리 읽지는 못해요. 어쩔 땐 10분도 못 읽을 때도 있습니다. 그래도 괜찮아요. 한 줄이라도 읽고, 곱씹어보고 생각했다면 그걸로 된 거예요. 목표는 제가 좋아하는 유튜브 채널에서 주최하는 서평단 모집에 참여하는 것이에요. 그리고 작은 독서 모임을 하는 것입니다. 저처럼 책을 싫어했던 사람에게 책의 재미를 알게 해주고 싶어요.

국어를 제일 싫어하고 못 했던 사람이에요. 그랬던 제가 작가가 되었습니다. 오래전부터 강의하는 사람들 보며 그들처럼 되고 싶은 마음이 있었거든요. 그러려면 독서와 글쓰기가 필요하다는 걸 알았지요. 제가 하는 행동들이 갑자기 일어났거나 어떻게 하다가 우연히 하게 된 것 같았어요. 제 생각이 틀렸더라고요. 우연히가 아니고 제 마음속에 되고 싶은 모습이 있었기 때문이었어요. 생각이 먼저 싹틔웠던 거죠. 되고 싶은 미래를 먼저 상상하니 천천히 그쪽으로 가고 있는 나를 발견할 수 있었답니다.

멀리 돌아온 것만 같았어요. 현재의 삶이 만족스럽지 못하다 보니 여러 가지를 해봅니다. 자꾸 빙빙 겉도는 것만 같았어요. 아니었네요. 시작하고 배워간 제가 남았습니다. 자기 계발을 함께할 수 있는 커뮤니티에 참여하고 새로운 직장을 얻고 싶어 공부도 해봤어요. 지지리 못하던 운동을 시작도 했지요. 싫어했던 독서랑 글쓰기를 배우고 있어요. 지금까지도 유지하고 있는가 하면 이미 포기해버린 것도 있어요. 나에게 맞는 걸 찾기 위해 이것저것 해보고 있습니다.

쉽게 얻어지는 게 없네요. 실수도 잦고 부족한 점이 많은 사람이라는 걸 느낍니다. 이해력이 떨어져 일을 배울 때 시간이 오래 걸렸었어요. 지금은 후배들을 가르치고 있는 선배가 되었지요. 임기응변 능력이 없어 갑작스럽게 생기는 일을 두려워합니다. 그래서 일어날 일에 준비하려는 습관이 생겼어요. 일 처리 속도는 또 얼마나 느린지요. 덕분에 긴 시간 진득하게 앉아 있을 수 있는 엉덩이 힘이 길러졌답니다. 부족했던 부분을 보완하려고 했었어요. 시간이 지나고 보니 단점이었던 부분들이 장점으로 바뀌었던 걸 알았습니다. 못하고 서툴렀던 과거들이 내가 발전하는 데 도움을 주었지요. 걱정했던 부분들도 좋은 기회로 다가왔습니다.

여러 개의 선택지와 갈림길에서 갈팡질팡했어요. 어디로 어떻게 가야 할지 몰라서 앞을 향해 가기도 하고, 다시 뒤로 가기도 하고, 옆길로 빠지기도 했습니다. 뒤돌아보니 커다랗고 하나로 이어진 길 위에서 헤매고 있었네요. 멀리 돌아가고 있지만 확실한 건 있습니다. 결국 내가 원하는 곳에 도착한다는 것을요!

4.
반짝반짝 빛날
향기로운 나의 인생

박미라

내가 가진 가장 강력한 힘은, 단순하지만 견고한 기본 습관이다. 야근이 당연시되는 곳에서는 더 일하지 않기로 했다. 이제 돈보다 여가와 나를 위한 시간을 꿈꾸며, 진정 가치 있는 삶을 살아가고자 한다. 퇴사 전의 나는 언제나 돈을 최우선으로 여겼다. 하지만 지금은 마음 깊은 곳에서 가치를 좇는 삶을 갈망한다. 글쓰기로 상처를 치유했고, 마음의 평화를 되찾았다. 앞으로의 삶도 책을 읽고 쓰는 것으로 채워나갈 것이다. 내 삶은 이미 충분히 여유 있고, 앞으로도 그럴 것이기에.

노트를 펴고 자를 대어 밑줄을 긋기 시작했다. 펜 끝에서 사각거리는 소리가 좋아 자주 필사한다. 천 권의 책을 읽겠다는 꿈을 이루기 위해 긴 여정을 계획했다. 퇴사 후 쉬는 동안 50권이 넘는 책을 읽었다. 직장에 다닐 때는 1년에 단 한 권도 제대로 읽지 못했던 나에게 이 모든 것은 기적과도 같은 변화였다.

독서팀도 만들어 책을 읽고 온라인에서 함께 토론하는 일은 나에게 새로운 열정을 불어넣었다. 혼자였다면 금세 지쳤을지도 모른다. 팀원들과의 대화 속에서도 많은 지혜를 얻었다. 책의 내용을 내 생각과 연결하면 자연스럽게 아이디어가 떠올랐다. 그 덕분에 독서의 이유는 점점 더 선명해졌다. 특히 감명 깊었던 책은 다시 읽을 수 있도록 날짜를 기록해 따로 보관했다. 좋은 책은 늘 재독할 가치가 있었다.

책을 손에 들면, 나를 위한 고요한 공간으로 빠져들어 간다. 그곳은 내 몸과 마음이 무의식적으로 원하던 장소였다. 책 속에는 미처 알지 못했던 진리가 숨어 있었고, 발견하지 못했던 무수한 보물이 반짝이고 있었다. 그곳은 끝없는 보물창고였다. 눈부시게 빛나는 보석들에 감탄하며 마음껏 주워 담았다. 이런 좋은 것들을 혼자만 간직한다는 건 욕심 같았다. 그래서 나누고 싶어졌다. 나눔을 통해 내가 가진 것들이 더 빛날 것임을 깨달았기에.

바쁘게 돌아가는 현실에서 잠시 눈을 감고 책 속의 세상에서 눈을 뜨면 전혀 다른 세계가 펼쳐졌다. 혼자였지만 외롭지 않았다. 오히려 가슴 벅찬 즐거움이 가득했다. 요즘에는 물질적으로 풍요롭지만, 여전히 마음이 가난한 사람들이 많다. 독서를 통해 내 마음과 정신에 필요한 영양분을 채우는 길을 발견했다. 나를 끌어안는 방법이 힘들었던 나에게 "잘했어, 예쁘다"라고 스스로 속삭이고, "고생 많았다!"라는 말로 토닥인다. 이것만으로도 충분했다.

독서에 열정을 부어 시간을 들이는 과정은 나를 단단하게 만들었다. 남들이 만들어놓은 세상에 불편해하며 시간을 낭비하기엔, 남은 시간이 너무 소중했다.

퇴사는 나에게 과거의 문을 닫고 미래의 문을 여는 계기가 되었다. 그 안에서 나만의 장점을 발견했고, 남은 인생도 나답게 살아가는 방법을 찾았다. 30년 넘게 지겹도록 이어졌던 야근의 굴레에서 벗어나자, 자유가 찾아왔다. 내가 찾은 삶의 보석은 책이었다. 이제는 매일 그 보석을 닦고 어루만져 더 반짝이게 만드는 일만 남았다. 책은 나에게 즐거움이고, 나를 단단하게 세우며 어두운 길을 밝히는 빛이 되었다.

운동할 때, 산책할 때 문득문득 떠오르는 생각들, 럭비공처럼 튀는 아이디어들을 노트에 차분히 정리해두었다. 책을 만난다는 것은 사람을 만나고, 인생을 만나는 것이다. 계획 없이 어영부영 세월을 보내게 되면 아까운 시간은 손에 꼭 쥔 모래알처럼 빠져나간다. 햇빛이 골고루 세상에 밝은 빛을 선물하듯, 잘 써 내려간 책들은 나에게 지치지 않는 지혜의 샘물이 되어주었다. 인생에서 하고 싶었던 일을 시도하지 않는 것은 실패한 사람이라고 책은 친절히 알려주었다. 내가 원하는 것을 하며 온 마음과 정성을 기울여 보기로 했다. 뇌가 맑아졌다. 마음의 평화도 느꼈다. 미래는 내가 만드는 것, 생각하는 대로 이루어질 것이라 믿는다. 목적을 이루는 힘은 이미 마음속에 있었다. 행복하게 살기 위해 가진 것에 감사하기로 했다. 인생의 90%는 좋은 일이고, 10%는 좋지 않은 일이라고 한다. 90%에 집중하고, 10%는 그냥 무시하기로 했다.

내가 옳다고 생각하는 일은 그대로 밀고 나가기로 했다. 비난과 비판이 있어도 흔들리지 않을 자신이 생겼다. 책은 나의 등 뒤를 받쳐주는 든든한 버팀목이 되어주었다. 나에게 어울리는 미래가 어떤 것인지 그림을 그리고 그 결과에 집중하기로 했다. 대부분의 피로는 정신적이며 감정적인 태도 때문이었다. 마음의 노트에 미래를 스캐닝해두고 매일 열어본다. 미래의 어느 날로 날아가서 일과를 그려보는 여유도 만끽해본다.

오늘도 책에 푹 빠져 반짝이는 황금 씨앗을 나의 정신과 마음에 흠뻑 심는 중이다. 독서는 다른 사람의 시선을 의식하지 않고, 나의 길을 갈 수 있게 해주었다. 독서 천 권으로 남은 나의 여생을 행복하게 채울 수 있는 길을 찾았다. 이미 내 길을 찾았으니 참으로 만족스러운 인생이다. 책이 주는 힘을 충분히 알고 있으므로 꾸준히 실천해나가기만 하면 된다.

세상에 나를 중심에 놓고 간단한 것에 대해서만 집중하기로 했다. 나보다 더 현명한 사람은 없다고 생각하기로 했다. 지금도 그렇지만 나의 내일은 눈을 뜰 수 없을 만큼 눈부실 것이기에. 삶이 아름다운 것은 끝이 있기 때문이다. 살아 있다는 자체만으로도 충분히 보상받고 있으니 매 순간 감사하면서 살아가기로 했다. 누구나 마법을 일으킬 수 있다. 어렵지 않다. 그것은 사람의 마음을 파고드는 것이다. 그냥 따뜻하고 좋은 것을 주기만 하면 된다.

운동하면 근육이 생기듯, 책을 읽고 글을 쓰면 시간이 흐를수록 지능도 자연스럽게 높아진다고 한다. 문득 뇌를 복리로 성장시키고 싶다는 욕심이 생긴다. 독서의 빈부격차는 경제적 빈부격차보다 더 무섭다. 삶의 양극화를 만들어내는, 보이지 않는 장벽이다. 가난해지지 않기 위해, 삶이 무력해지지 않기 위해 오늘도 열심히 책 읽고 글을 쓴다.

힘든 순간의 나에게는 책 읽기와 글쓰기가 해답이었다. 단 한 번 주어진 이 아름다운 인생 여행, 신이 나에게 경작하라고 내어준 땅 위에 노력을 쏟지 않고서는 기름진 곡식 한 톨도 기대할 수 없다는 사실을 마음 깊이 새긴다. 반짝반짝 빛나는 나의 인생과 여러분의 인생을 응원한다.

5.
내 시간,
나를 위해 먼저 쓰기로 했다

박선희

아버지는 일하시는 데 많은 시간을 쓰셨다. 아버지는 어린 나이에 가장이 되어 할머니와 삼촌들을 책임졌다. 가난이 한이 되어 돈을 함부로 쓰지 않으셨다. 칠순을 훌쩍 넘기시고도 일을 계속했다. 그만 일하시라고 말려도 손에서 농사일을 놓지 않으셨다. 자식들이 명절이나 생신 때 드렸던 용돈도 안 쓰고 모아두셨다. 병원에 입원하시기 전날까지 편찮으신 몸으로 고구마를 캐셨다. 아끼기만 하고 당신을 위해 좋은 것 하나 제대로 사지 않으셨다. 아버지는 돌아가시기 전 평생 일만 하느라 여유를 누리지 못하신 걸 아쉬워하셨다.

나는 어떤 걸 후회할까? 해외여행 많이 못 가고, 명품 못 산 걸 후회할까? 아니었다. 꿈을 꾸기만 하고 이루기 위해 아무것도 행동하지 않은 것을 후회할 것 같았다. 다른 사람에게 조금이라도 도움이 되는 삶을 꿈꿨지만, 시간만 보내고 그렇게 하지 않은 걸 후회하겠지.

　내 시간의 많은 부분은 지난 과거를 생각하며 보냈다. 아이들 키우면서 어린 시절 느꼈던 마음속 갈등들을 해결하느라 신경 썼다. 심리 상담소에서 상담을 받았다. 관련 책을 찾아서 읽었다. 이제 그 시간을 보내고 나니 나를 조금이나마 이해할 수 있다. 상담사는 만약 내가 사촌 동생이었으면 잘 컸다고 말해주고 싶다 했다. 지난날 실수투성이인 나를 이해하고 용서하기로 했다. 부모님도 이해할 수 있었다. 여러 어려움에서도 가정을 포기하지 않고 버텨주신 부모님이 감사했다. 나 또한 크게 엇나가지 않고 평범하게 살고 있는 것만으로도 잘하고 있는 거였다. 우리 가족에게 닥친 불행을 원망하던 마음도 다르게 생각하기로 했다. 그저 일어난 일일 뿐, 그 누구의 잘못도 아니었다. 그 덕분에 더 큰 사람이 되었다.

　남은 삶은 지나간 시간에만 매여 있는 대신 앞으로 나아가기로 한다. 마음속 갈등들을 어느 정도 정리하니 한결 가벼웠다. 하고 싶었으나 미뤄두기만 했던 일들에 하나씩 도전한다. 공저 책 쓰기 도전도 그중 하나다. 처음부터 잘할 수는 없으니 일단 시도한다. 징검다리처럼 하나의 도전이 다음 도전의 발판이 되어줄 거라 믿는다.

　시간이 곧 인생이고 내 생명이다. 돈보다 더 귀한 시간을 소중한 나 자신에게 할애하는 게 나중이었다. 일주일에 한두 시간 정도는 나를 위해 시간을 써도 괜찮았는데 말이다. 시간이 없다고 생각했는데, 아니었다. 어디에 쓰고 있는지 알아차리지 못해서 낭비하고 있기도 했다. 유튜브를 보느라 한 시간을 훌쩍 보내기도 한 걸 보면 말이다. 모든 걸 다 하고 나서 남는 시간에 뭔가 하려면 늘 시간은 없었다. 이젠 나를 위한 시간을 먼저 떼어놓는다.

첫째, 새벽에 일찍 일어나서 내가 하고 싶은 걸 한다. 새벽 5시에서 7시까지는 내가 성장하는 시간이다. 책을 읽고 글도 쓴다. 이 세상에 나만 존재하는 듯 평화롭고 고요하다. 그렇게 나부터 챙기고 나서 하루를 시작하면 종일 충만하다. 이 작은 시간이 모여 좀 더 멋진 내가 될 거라 믿는다. 처음에는 새벽에 일어나기가 어려웠다. 밤을 새웠으면 새웠지, 새벽에는 절대 일어날 수 없었던 올빼미형 인간이었다. 책을 읽다가 졸려 다시 자기도 했다. 요즘은 5시에 일어나고 있다. 아직도 쉽지 않지만, 차츰 나아지고 있다. 지금 하는 공부들과 노력이 쌓여 나를 채울 것이다. 나를 충분히 채우고 나면 힘이 생겨나겠지. 그 힘으로 다른 사람들에게 도움을 줄 수 있는 삶을 살 수 있기를 꿈꾼다. 힘들 때마다 받았던 주위 사람들의 도움을 떠올리면 가슴이 따뜻해진다. 아버지 장례식에 오신 분들은 내 슬픔을 나눠 가져주셨다. 그 덕분에 힘들었던 시간을 지나올 수 있었다.

둘째, 가끔 숲속에서 나를 위한 시간을 만든다. 퇴근 후 근처 산으로 가서 숲길을 산책한다. 주말에는 혼자 동네 뒷산을 걷는다. 여름에는 맨발 걷기를 한다. 아스팔트 건물에 둘러싸여 있다가 숲속에 가면 다른 세상이다. 평소에는 자동차 소음으로 들리지 않던 발소리도 듣는다. 새소리와 바람 소리, 맨발에 닿는 푹신하고 촉촉한 흙의 촉감, 초록으로 가득한 나무들. 오감으로 자연을 경험한다. 걸으면서 복잡했던 머릿속을 정리한다. 삶을 한 발 떨어져서 볼 수 있다. 가지고 있고 누리고 있는 감사한 일들을 하나씩 생각해본다. 지금 나에게 중요한 일과 개선할 방법들을 생각한다. 내 삶을 계획하고 반성하는 시간이기도 하다. 방전된 에너지를 긍정의 기운으로 채운다. 그렇게 한참을 걸으면서 스트레스를 푼다. 나 혼자 시간을 보내고 집으로 돌아오면 아이들을 더 기분 좋게 대할 수 있었다. 부모님께 자식으로서 바란 것도 두 분이 행복한 것이었다. 농사철에 일하시느라 고생하시는 보습을 보면 나도 마음이 불편했다. 겨울철 농한기에 놀러 다니시면 나도 기분 좋았다. 부모님이 내게 돈을 더 주시기를 바란 것도, 부자가 되길 바란 것도 아니었다. 이제 엄마가 된 내가 즐겁고 재미있게 사는 게 아이들을 위한 일이라고 생각한다.

셋째, 운동할 시간을 따로 내고 있다. 병원에 계신 아버지를 보며 건강이 중요하다는 걸 깨달았다. 건강을 잃으면 일상이 한순간에 무너진다. 이제는 아이들이 자라서 혼자 운동하러 갈 수 있다. 막상 시간이 생겨도 퇴근 후 운동하러 나가기 싫었다. 근력운동은 힘들고 어려웠다. 남자들 많은 곳에서 쭈뼛거리며 운동하는 것도 어색했다. 헬스장을 끊어놓고도 안 가고 돈만 날린 적도 많았다.

이제는 운동 수업을 받고 있다. 처음부터 하나씩 배워가는 중이다. 오랜 시간 앉아서 컴퓨터로 일하다 보니 자세가 좋지 않았다. 목이 아팠다. 건강이 더 나빠지기 전에 건강을 챙기고 있다. 운동하고 난 다음 날은 덜 피곤하다. 체력이 좋아지니 활력도 생겼다.

오랫동안 과거를 곱씹으며 보냈다. 현재에 집중하는 대신 미래를 걱정하기도 했다. 직장과 친정 식구, 주변 사람과 가족들을 위해 쓰고 남는 시간을 나를 위해 썼다. 그러다 보면 시간은 부족했다. 이제 과거나 미래 대신 주어진 하루에 집중한다. 내 상황에서 할 수 있는 만큼 한다. 하루 한두 시간 온전히 나 자신과 만나는 시간을 만든다. 그 시간에 하는 일이 내가 원하는 일인가 스스로에게 물어본다. 그게 자신을 사랑하는 한 가지 방식임을 안다.

더 나이 들어 후회하기 전에 해보고 싶었던 꿈들을 꺼내본다. 두려워하는 대신 작게 도전한다. 나중에 아쉬워하기 전에 지금 할 수 있는 것들을 한다. 그러기 위해 나에게 먼저 시간을 선물하기로 했다. 나를 위해 시간을 먼저 쓰고 가족들을 보니 더 사랑스럽다.

6.
어떻게 너의 상처를
위로해야 할지

이영숙

내 이마에는 커다란 흉터가 하나 있다. 이마 가운데에 세로로 2.5센티미터, 꽤 길다. 내가 아기일 때 일이다. 우리 집은 누에를 쳤었다. 누에는 처음에 작다가 커지면서 실을 뱉고 집을 만든다. 우리가 아는 번데기다. 처음에 작을 때는 우리 집 안방을 누에들이 차지한다. 아버지는 나무 기둥을 세우고 양쪽 끝과 중간에 대못을 박고 긴 천 모기장으로 걸어 그 위에 새끼 누에들을 키운다. 누에들이 몸집이 커지면 큰 창고로 누에들을 옮긴다. 누에들이 한자리 차지하고 있으니, 방이 좁았다. 내 상처는 누에를 큰 창고로 옮기고 난 후로 생겼다. 누에가 없는 방은 넓었다. 우리 5형제는 여기저기 뛰며 넓어진 방이 좋아서 놀았다고 한다. 그때 난 엉금엉금 기어다닐 때다. 대못 머리에 이마를 긁히고 말았다. 그 당시 병원도 멀고 돈도 없으니, 엄마는 아기인 나를 안고 피를 멈추게 하려 된장을 바르셨다고 한다. 그때를 말하면 엄마는 항상 미안하다고 하신다. 여자 얼굴에 상처가 깊게 나게 했다며 미안해하셨다. 초등학교 때는 친구가 외계인이라며 놀렸다. 이마에 난 상처가 창피했다. 앞머리는 항상 이마를 덮고 있다. 그렇게 학창 시절을 보내고 사회에 나왔다. 신랑과 연애할 때 이마를 머리로 가리고 있어서인지 다행히 신랑은 내 상처가 보이지 않았다고 한다.

난 누에가 싫다. 내 얼굴의 상처가 누에 때문인 것 같았다. 그래서 어렸을 때는 번데기를 먹지 않았다. 나의 상처는 아물었지만, 마음의 상처는 아직 남아 있다. 결혼하고 나서 엄마가 번데기는 머리를 좋게 한다며 냄비에 번데기를 삶아 아이들을 줬다. 아이들은 먹지 않았다. 지금은 먹을 것이 넘쳐난다. 내가 어렸을 때는 번데기가 좋은 간식거리였다. 물론 난 먹지 않았다. 누에 잘못으로 생긴 상처는 아니지만 왠지 먹기가 싫다.

결혼 후 맞벌이하며 월급으로 사는 내가 두려운 것은 현재에 안주하며 그대로도 좋다고 느끼는 것이다. 안주하는 것은 도전하지 못하게 하며 내 발목을 잡는다. 성공한 사람은 어려움이나 실패가 없는 사람이 아니라, 역경과 시련을 극복해낸 사람들을 말한다. '눈물 젖은 빵을 먹어보지 않은 사람과는 인생을 논하지 말라'라는 괴테의 말도 있다. 별다른 실패 없이 평탄한 삶을 산 사람 중에 커다란 업적이나 성취를 이룬 사람은 찾아보기 힘들다. 넘어지지 않고 걸음마를 배우는 아이는 없다. 삼성이나 현대의 초대 회장도 다 실패와 어려움을 겪고 지금의 삼성과 현대를 만들었다.

그것이 세상의 이치다. 성공을 위해서는 반드시 힘든 시기를 넘겨야 한다. 돈을 쓸 때 낭비하지 않으려 노력한다. 가난은 내 소중한 시간을 잊어버리게 했다. 아이들과 함께 할 기회를 맞벌이하며 놓쳤다. 기회는 다시 오지 않는다. 그때 왜 내가 바보처럼 그 시간을 그냥 보냈는지, 지나고 나니 후회된다. 아이들이 초등학생 때부터 고등학생 때까지 맞벌이하느라 함께 있지 못했다. 아이들은 그사이 다 성장해버렸다. 다시 그 시간으로 돌아간다면 아이들과 함께하는 시간을 만들 것이다. 내 소중한 추억의 한 페이지를 아름답게 장식할 것이다. 가난이 싫다. 소중한 아이들에게 물려주고 싶지 않다.

왜 이렇게 힘들게 살아. 편하게 살아. 나를 보는 주변의 지인은 말한다. 조금만 내려놓으라고. 집착하지 말고 내려놓으라고 한다. 내려놓으려고 하면 포기라는 단어가 내 머릿속에서 맴돈다. 내 인생이 더 나아질 수만 있다면 내려놓을 수가 없다. 내려놓으라는 말은 희망을 내려놓으라는 말 같다. 맞벌이하며 아이들에 대한 기대와 잘살고 싶다는 것이 욕심이었을까. 나에게 돌아오는 메아리는 놓으라는 말이다. 난 그런 말보다 따뜻한 말이 필요하다. 용기를 주는 말, 할 수 있다는 믿음을 주는 말이 듣고 싶다. 그런 말을 남에게 듣지 못한다면 내가 나에게 해주면 된다. 왜 너는 자신을 아끼고 사랑하지 않냐고, 넌 더 많이 너를 사랑할 자격이 있다고 토닥여준다. 위로를 받고 나면 비로소 내려놓아지는 것도 있다. 인정받고 싶어 내려놓지 못했던 게 있다. 남편에게 인정받고 싶었고, 아이들에게도 멋진 엄마로 인정받고 싶었으며, 회사에서도 인정받는 직원이 되고 싶었다.

하지만 이런 열망을 조금씩 내려놓기 시작했다. 편해진 마음 덕분에 주변에 중요한 것들이 보이고 내가 원하는 꿈도 꾸게 되었다. 맞벌이하면서 육아 혹은 회사 중 한쪽으로 치우치지 않고 둘 다 잘하고 싶었던 것은 내 욕심이었다. 내 마음 깊은 곳을 보지 못하고 정말 좋아하는 일이 무엇인지 모르고 살았던 지난날의 나를 안아준다. 남들 시선에서 벗어난 나를 만나며 비로소 상처가 아물어간다. 내가 진정으로 원하는 것은 내 삶에서 내가 주인공이 되는 것이다.

제2의 인생을 살고 있는 요즘, 새로운 방향을 향해 가고 있다. 독서와 글쓰기로 행복한 상상을 한다. 재능이 없다고 포기했던 지난날을 후회한다. 이젠 후회라는 단어보다 성장이라는 단어와 친하게 지낸다. 타인의 시선이 아닌 나의 시선에서 또 다른 나 자신이 보이기 시작했다. 작가는 예술가다. 예술가들은 외롭다고 한다. 묵직한 정적에서 깨어나는 걸 좋아하지 않는 난 예술가의 느낌을 알고 싶어 불을 끄고 모차르트 피아노 연주곡을 들으며 예술가들의 삶을 그려본다. 그동안 생각하지 못했던 예술가들의 느낌을 음악 속에서 느낀다.

화분에 물을 주며 대화도 해보고, 창에 드리워진 햇빛에도 인사를 해본다. 묵은 감정들을 씻어내는 기분이다. 아기 때 생긴 상처로 인해 놀림을 받았던 지난날의 나를 안아준다. 가난으로 인한 상처들도 화분에 묻는다. 작가가 되기 위해 나의 마음을 비워낸다. 나의 마음에 '작가의 마음'이 생겼다. 이 공간에서 나는 상상하며 꿈을 펼친다. 마음속에 풍요로운 마음으로 나의 마음에 상처와 몸에 생긴 상처도 위로한다. 나는 운이 좋은 사람이다. 매일 반복하며 나의 운을 나에게 끌어당긴다. 한 번뿐인 내 인생의 희망을 가득 채운다. 나의 인생을 내가 만든다. 행운이 나에게 오기를 원한다면 나의 상처는 내가 치유한다. 치유의 좋은 독서와 글쓰기로 상처가 덧나지 않게 잘 싸맨다.

나의 상처를 위로한다. 누구나 상처를 한 개씩은 가지고 있다. 상처를 마음에 담아두고 꺼내어 들추어내기 싫어한다. 나의 상처를 치유하기 위해서 자신을 믿어야 한다. 자신을 믿지 못하면 상처를 치유할 수 없다. 어디서부터 상처가 시작되었는지, 처음을 찾아내본다. 자신의 믿음으로 상처를 치유하면 한 걸음 성장할 수 있다. 정직과 믿음으로 상처를 치유해본다. 더 나은 나의 미래를 만들기 위해 오늘도 한 걸음 걸어간다.

7.
나의 작은 욕망들을 채우며
살아가고 싶다

이은미

쉽게 잠들지 못하는 밤이 며칠째 계속이다. 밤 한두 시가 되도록 엎치락뒤치락 잠을 청한다. 오라는 잠은 오지 않고 더욱 맑아지는 정신. 오늘 밤도 쉬이 잠들기는 물 건너간 모양이다. 아이를 제대로 키우는 것이 목표인 듯 그 한 곳을 향해 내달렸다. 아이를 다 키워내고 나니, 과녁을 잃은 화살처럼 나아갈 방향을 잃었다. 아이는 취업하면서 내 품을 떠났다. 희끗희끗한 머리, 얼굴 가득한 잔주름이 세월을 견뎌낸 훈장처럼 남았다. 빈둥지증후군에 더해 불면증이, 달갑지 않은 갱년기라는 명찰을 달고 찾아와 이 밤도 날 힘들게 하고 있다. 이러다가 뜬눈으로 밤을 새울지도 모른다는 불안이 엄습한다.

머리에는 남은 생에 대한 실마리 없는 생각들이 벌써 똬리를 틀었다. 젊은 날과는 확연하게 달라진 몸과 마음으로 후회 없는 인생을 살려면 어떻게 해야 할까. 정작 내가 하고 싶은 것이었는데 미루기만 한 일은 무엇이 있을까. 눌러두기만 하고 채워주지 않은 욕구는 시간이 지날수록 욕망으로 변했다. 남은 날들은 욕구가 욕망으로 변하기 전 채워주고, 묵혀둔 욕망도 하나둘 기분을 맞추며 살아야겠다. 밑도 끝도 없는 생각들의 소용돌이 속에 어느새 잠이 들었다.

익숙한 삶의 터전에서 벗어나 낯선 곳에서 살아보기. 그 방안으로 제주 한 해 살이를 꿈꾼다. 지금까지 살아온 세상과 물리적 거리를 두어 나를 세상으로부터 인위적으로 격리하여 살아보고 싶다. 아는 사람 하나 없는 곳에서의 생활은 그간 타성에 젖어 있던 일상에 활력을 불러일으켜줄 것만 같다. 그곳에서 사는 내내 하루하루가 여행자의 기분이라면 더 바랄 것이 없다. 사계절 각각이 모두 예쁜 제주도. 봄에는 노란 유채꽃에 취해보고, 여름에는 작열하는 태양과 푸른 바다로 이국적 정취에 흠뻑 빠져들고 싶다. 가을에는 오름에 올라 갈대의 손짓에 고단한 날개를 쉬고, 겨울에는 향긋한 감귤을 양껏 먹으며, 어느 한날은 새하얀 눈으로 뒤덮인 한라산에 오르고 싶다. 그곳에서 눈꽃들이 만들어내는 설국의 작품들을 감상하고 싶다. 간간이 찾아오는 벗이 있다면 기꺼이 맞아 방을 내주고, 함께 즐거운 제주도 추억을 만들고 싶다. 감흥이 넘쳐 글을 쓰고 싶은 욕망이 올라올 때면 바다를 마주하고 제멋에 취해 자판을 두드리는 내 모습. 제주도 한해살이는 포기할 수 없는, 꼭 채워야만 하는 나의 욕망 중 하나이다.

딸의 친구 엄마인 Y 여사는 해외여행을 자주 다닌다. 한해 두서너 번 다녀오지 않으면 몸살이 난다고 했다. 맞벌이하는 이유가 여행 경비를 마련하기 위한 것이라 했다. 나는 내가 아는 사람 중에 제일 팔자 좋은 아줌마라고 놀리며 부러움을 감췄다. 그런 영향일까? 해외여행 다녀오기도 꾹꾹 눌러두었던 나의 욕망 중 하나이다. 아이를 키우는 동안에도 아이와 함께 몇 번 다녀오긴 했지만, 비용도 부담되고 시간 내기도 힘들었다. 이제 시간은 넘치고 비용이 문제다. 형편에 맞게 한 해에 1번, 경비가 많이 드는 여행이라면 두 해에 1번 정도라도 여행을 즐기고 싶다. 여행은 건강하게 걸을 수 있을 때까지만 가능하다. 여행 경비가 아까워 다음으로 미루다 갑자기 건강이 나빠지기라도 하면, 되돌릴 수 없는 후회로 남을 것이다. '여행은 삶에서 탈출하는 것이 아니라 자신을 발견하는 것이다'란 말처럼, 살면서 한 번씩 자신을 뒤돌아보는 계기로 삼을 수 있다.

집 주변에는 걸어서 1시간 이내의 거리에 세 개의 큰 도서관이 있다. 그 도서관들에서 관심 있는 프로그램을 수강하다 보면 삶이 풍요로워진다. 지난 8월에는 '나를 알아가는 글쓰기'라는 8회차 강의를 들었다. 매회 주제에 맞추어 사진이나 이미지를 관찰하고 낯설게 보기를 하며, 단어로 표현하는 연습을 했다. 평소 생각하지 못했던 것들을 알아가며 사고의 폭을 넓혔다. 그리고 그날의 주제와 관련된 글을 쓰고 수강생 전원이 윤독하는 것으로 마무리

지었다. 내 글을 소리 내어 읽고, 다른 사람의 글을 그 사람의 목소리로 듣는 것은 생소한 경험이었다. 9월부터는 12회차 '성인 독서 토론'과 '2024년 AI로 무엇이 가능한가'를 수강하고 있다. 성인 독서 토론은 1주일에 한 권씩 새로운 책과 만나는 설렘을 안겨준다. 책들이 다방면으로 선정되어 다양한 읽을거리를 제공하고 생각의 깊이를 더하게 한다. 같은 책을 읽었는데도 각자 다른 시각과 해석으로 토론하는 수업이 흥미롭다. 책을 읽고 느낀 소감과 선생님이 제시하는 발문에 대해 고민을 하다 보면 2시간이 쏜살같이 흘러간다. AI 강의는 하루가 다르게 변해가는 세상에서 도태되지 않기 위한 최소한의 발버둥이다. AI 종류가 여러 가지이며, 질문을 어떻게 하느냐에 따라 대답의 질이 달라지는 결과를 보며 올바른 질문법을 고민한다. AI로 영상 편집까지 배우며 경이로움에 감탄했으나 따라가기 어려워 수강을 포기할까 고민한 적도 있다. 하지만 첫술에 배부를 수 없잖은가? 다음에 다시 배운다면 더 쉬워지리란 희망으로 끝까지 수강할 계획이다.

자기 계발서, 글쓰기 관련 책, 신문에서 제목만 본 책들, 바쁘다는 핑계로 읽지 못한 책들도 도서관에서 빌려 읽고 있다. 자기 계발서 도서 중 서미숙 작가의 『50대에 시작해도 돈 버는 이야기』란 책을 읽으면서 '부자 마녀'를 알게 되었다. 부자 마녀를 좀 더 알고 싶어 블로그를 찾아 읽었고, 무료 강의를 들었다. 강의를 들으면서 부자 마녀와 함께라면 막연하게 글쓰기를 하고 싶다는 생각을 구체화할 수 있겠다는 확신이 들었다. 그리하여 평생글벗 회원이 되어 매일 배우며, 읽고 쓰는 삶을 함께 실천하고 있다. 경제활동을 그만두면 도서관 다니면서 읽고 싶은 책 맘껏 읽고, 관심 있는 프로그램의 강의 들으면서 글 쓰는 일로 소일하는 것을 꿈꿨다. 요즘 나는 그런 삶을 살며 또 하나의 욕망을 채워가고 있다.

나이가 50을 넘어서 60을 바라보게 되니 삶에 변화가 생겼다. 젊은 날의 패기와 열정이 사라진 자리에 생동감은 적지만 안정이 자리 잡았다. 남들과 비교하며 나 자신에게 채찍을 가하던 욕심도 사라졌다. 오롯이 나 자신을 위한 삶을 살아가기 딱 좋은 조건이 되었다. 한해살이, 여행은 지금까지 눌러온 대표적인 나의 욕구이다. 건강은 나이를 먹을수록 최대의 화두이다. 건강할 때 원하는 것들을 하며 살아야 한다.

나에게 남아 있는 삶이 얼마만큼인지 알 수 없다. 영원할 것 같던 인생이 생각보다 짧은 순간일 수 있다는 사실이 놀라움, 서러움, 공포로 다가온다. 남아 있는 시간이 소중하기 그지없다. 지금까지의 삶에 후회와 회한이 많이 있지만, 내 나름대로 최선을 다한 삶이었다. 남은 삶도 좌충우돌 시행착오를 겪겠지만 후회를 최소화하며 살고 싶다. 나의 작은 욕망들, 즉 하고 싶은 일들, 갖고 싶은 것들에 우선순위를 주며 행복으로 삶을 채워가고 싶다. 인생 종착역 가까운 어느 시점에서 뒤돌아봤을 때, 내 삶에 있어서 의미 없는 시간은 없었다며 흐뭇한 미소를 지을 수 있도록.

8.
사랑하며 함께하는 여정

조미숙

은퇴는 자유로움이 다가 아니다. 자유를 현명하고 소중하게 지켜나가야 한다. 그러려면 사랑하는 사람들, 맛있는 식사, 따스한 이불, 그 작고 단순한 것을 소중히 여겨야 한다. 그 속에 기쁨과 행복이 있다.

북토크가 있어서 서울에 가려고 집에서 나왔다. 버스를 타기 위해 지나는 공원에서 한 꼬마 여자아이가 단풍잎을 줍는 모습이 눈에 들어왔다. 서둘러 걸어가는데 바람이 뒤에서 휙 불어오니 나뭇잎들이 저마다 나와 동행하려는 듯 내 옆으로 줄을 서고 앞서기도 한다. 가을이면 사람들은 단풍잎 줍기를 좋아한다. 나는 어느새 가던 발걸음을 멈추고 단풍잎을 줍기 시작했다. 한참을 줍다가 버스를 놓치면 안 되는 시각임을 깨닫고 속도를 내서 달리면서도 손에 쥔 단풍잎에 집중했다.

학생 시절 가을이면 알록달록 예쁜 잎 줍기를 즐겼다. 나무들이 아름답게 갈아입은 옷으로 온통 화려하게 물든 산과 들이 신기해서 바라보는 게 즐거웠다. 그러다가 단풍잎을 주워서 책 사이사이 꽂아놓았다. 두꺼운 책들로 깊이 눌러놓은 단풍잎들은 노랗고 빨간 모습으로 말라갔다. 그렇게 자기 색깔과 모습을 간직한 채 가지런하고 정돈된 모습이 마음을 사로잡았다. 다 마른 잎으로 크리스마스카드를 꾸몄다. 지금은 대부분 SNS로 마음을 전하지만 그 당시에는 직접 그림을 그리고 예쁘게 꾸며 만든 카드를 주고받았다. 소중한 삶이 있는 곳에는 늘 변화가 함께 있다. 예뻐서 줍기 시작한 단풍잎이 친구나 선생님과 부모님께 감사의 마음을 전하는 엽서와 카드 만드는 데 중요한 재료로 쓰였다. 좋아하면 행동한다. 단풍잎을 줍고 마르기를 기다리는 지루함을 견딘다. 그렇게 만들어진 정성에는 마음이 담긴다. 그 마음으로 감사를 오롯이 전하는 순수한 사랑이 있다.

첫 발령지에서 노을의 매력에 빠졌기 때문일까? 노을 풍경이 아름다운 서해 바닷가 어촌이 고향인 남편과 결혼했다. 결혼 전 남편에게 보내는 편지에도 마른 단풍잎을 장식하곤 했다. 같은 직업을 가진 남편과 결혼하고 아들 셋인 엄마가 되었다. 아들 셋 엄마로, 교사로, 주부로, 아내로 사는 생활은 주변에 의지할 곳이 없었던 형편이었기에 더욱 녹록지 않았다. 남편은 대학원, 장학사, 승진에 몰두하면서도 집안일과 아이들을 돌보는 데 협조하였다. 가정과 학교를 오고 가며 버겁고 힘들었으며 정신없이 바쁜 나날을 보냈다. 시간이 정말 빨리 지나버렸다. 정신 차려 보니 내 나이 오심이었다.

안타깝게도 아이들이 피해자가 되어 있었다. 직장생활로 고군분투하면서 우리 아이들과 함께할 시간을 많이 뺏겼다. 아이들이 안쓰러웠고 미안했다. 아들에게 나는 교사가 아닌 엄마일 뿐인데, 학교와 학생들이 엄마의 1순위가 되어버리고 정작 세 아들, 내 아이들은 엄마를 빼앗기고 말았다. 내 소중한 아들들도 잘 양육했어야 하는데 하는 후회가 밀려들기 시작하며 엄마로서의 정체성을 잃어갔다. 자퇴한 아들에게 화내고 함부로 대하면서 자극해서라도 학교로 돌려보내려 했다. 이제껏 학생들을 가르치면서 내보내지 못했던 화와 분노를 아들에게 모두 쏟아내었다. 몽둥이만 안 들었지, 가정폭력이었다. 협박해서라도 말을 듣게 하고 정상 궤도로 올리려는 의도였으나 소용없었다. 상담에 관한 책과 연수를 들으며 방법을 찾아보았다. 그것도 아들에게 별 영향을 끼치지 못했다. 교사로 이제까지 학생들을 가르쳐왔으나 생활지도와 상담 능력이 턱없이 부족했음을 깨닫게 해주었다. 도심 학교에 주로 근무하면서 비교적 학생들을 잘 만났던 거지, 내가 학생들을 잘 가르쳐서 학생들이 별 탈 없이 성장한 것이 아니라는 생각을 하면서 교사로서의 정체성도 희미해져갔다.

수많은 세월을 바다에서 보낸 뱃사람들도 집채만 한 풍랑에 속수무책인 것처럼, 수십 년 동안의 교육적 지식과 경험으로도 감당할 수 없는 무지를 깨달았었다. 그동안 최선을 다하며 살아왔지만 기도하는 일밖에 남지 않은 것 같았다. 그러다 '존중이 성공으로 이끄는 강력한 도구이다'라는 2014년 회복적 생활교육을 만났다. 회복적 생활교육은 나를 바꾸고 변화시켰다. 갈등의 해결은 공감과 경청과 대화임을 알려주었다. 고통을 호소하고 힘들어하는 학생과 학부모와 교사에게 내가 가진 경험과 지혜로 도움을 줄 방법을 찾아가며, 엄마로서 아직 늦지 않았음을 깨달았다.

그 여정에서 어느덧 장성한 아들이 함께 성장하였다. 현재가 가장 아름답고 지금 그대로의 모습을 사랑한다. 아들이 내 아들이어서 고맙고 그동안 직장에서, 가정에서 엄마로서 치열하게 잘 버티며 열심히 살아온 내가 자랑스럽다.

은퇴를 앞두니 새로운 선택의 갈림길에서 진짜 나를 위하며 살아갈 명확한 목적과 전략과 방향이 필요했다. 주변 동료들은 40년 동안 평생 일만 했으니 이제는 쉬기도 하고 놀기도 하라고 얘기하지만, 진정 바라는 것은 앞으로의 삶을 행복하게 살아가는 것이다. 내일의 목표를 정하였다. 인생 2막, 나를 위하며 내가 원하는 삶을 살기 위해서 '건강, 지혜, 부, 선한 영향력'이라는 꿈을 꾼다. 내 삶의 목적을 이끌 나침반을 들었다.

새로운 삶의 나침반을 들고 인생 2막의 버스를 타고자 한다. 다행히 이제 막 도착한 차를 탈 수 있었다. 숨을 헐떡이며 앉자마자 가방에서 책을 꺼내 갈피 갈피에 꽂으니, 맘이 뿌듯하고 기분이 좋았다. 자세히 살펴보았다. 빨갛고 노랗고 아직 푸른 빛이 남은 나뭇잎이 익숙하게 눈에 들어왔다. 나의 소중한 시간을 돌아보았다. '내 길은 어디에 있을까?', '내가 잘할 수 있는 것은 무엇인가?', '내 경험으로 무엇을 도울 수 있을까?' 새로워지기 위한 배움은 끝없는 여정이 될 것이다.

고난 속에서 인생을 살아가지 않으려면 다른 사람과 함께해야 한다고 했던가. 지금처럼 다른 사람들과 함께하며 남을 위한 일이 나를 위한 일이고 나를 위한 일이 남을 위한 일이면 끊임없이 에너지를 만들어낼 수 있다. 그 에너지는 인생 2막의 내가 탄 버스를 목적지까지 건강하고 안전하게 데려다줄 것이다. 가려는 목적지 그 여정에 순수한 사랑을 태우고 소중한 사람들을 만나러 가는 차 안으로 햇살이 들어온다. 곱고 따스한 나의 기억과 추억들이 행복으로 달린다.

9.
오늘도 나는
나만의 그림을 그린다

정민경

모호함이 싫었다. 객관적이고 이성적인 사람이 되기 위해 노력했다. 코에 걸면 코걸이, 귀에 걸면 귀걸이 식의 논리는 변명처럼 느껴졌다. 그러다 보니 융통성이 부족했다. 기분에 따라, 상황에 따라 달라지는 일을 이해하지 못했다. 그랬던 내가 달라지고 있다. 점차 나이가 들수록 세상일은 계획했던 대로 돌아가지 않는다는 걸 알게 되어서일까. 절대적인 잣대보다 상대방의 입장이 먼저 눈에 들어오기 시작했다. '왜 저러지?'보다 '그럴 수도 있겠다'하는 마음이 먼저 든다. 융통성이라는 게 생기고 유연하게 생각하는 나를 발견한다. 몰아붙이는 마음이 아니라 이해로 포용하는 따뜻한 느낌이랄까? 상황에 따라 다르게 흘러갈 수도 있다는 건 변명이 아니라 다독임이었다. 마음가짐이라는 게 참 신기하다. 독한 마음 먹고 두 주먹 불끈 쥐지 않아도 해낼 수 있게 하니 말이다. 건강하고 창의적인 방식으로. 어른이 되고, 엄마가 되고, 나를 돌아보고 나서야 가지게 된 소중한 변화다.

한 가지에 특출한 사람들이 부러웠다. 멋져 보였다. 이것저것 적당히 할 줄 아는 것은 많지만, 어느 하나 자신 있게 내세울 것이 없는 나는 무색무취였다. 전문성을 갖고 싶었다. 더 뾰족한 무언가를 가지려 노력했다. 그러나 어느 분야에서든지 더 뛰어난 사람은 있었고, 두루뭉술한 나는 어딜 가나 애매했다. 전공 지식이 깊거나 리더십이 좋다는 식의 특별한 능력이 없었다. 적당히는 잘하지만, 깊지 않은 내가 마음에 들지 않았다. 이제 그런 생각은 하지 않는다. 관점을 바꾸니 다르게 보였다. 긍정적인 마음과 차곡차곡 쌓아가는 하루는 나를 변화시키고 있다. 주어진 모습에 만족하고 스스로 장점을 예뻐해줄 수 있다. 그렇다고 해서 예전의 나는 틀리고, 지금은 맞다고 생각하지도 않는다. 젊은 시절의 끝없는 고민과 도전, 패기와 열정 덕에 지금의 내가 만들어졌기 때문이다.

이도 저도 아닌 내 모습은 잘못된 게 아니었다. 이제는 융합의 시대가 아닌가. 여러 분야를 넘나들며 통합할 수 있는 시선이 필요한 시대! 예전 같으면 이런 생각조차 모호한 위안을 하는 것이라 여기고 더 뾰족한 무언가를 위해 나를 채찍질했을 거다. 그러나 이젠 그렇게 생각하지 않는다. 나의 정체성과 색깔을 인정하고 나니 이상하리만큼 마음이 차분해진다. 여유 속에 삶이 풍요로워진다. 모호함 속에 틈이 있었고, 그 속에는 희망이 있었다.

노력이 부질없이 여겨질 때, 삶이 공허해질 때, 눈앞을 가리고 있는 부유물들이 모두 가라앉을 시간을 가지는 것도 괜찮다는 걸 알게 되었다. 조급한 마음에 버둥거리며 손을 휘저을수록 주변은 더욱 혼탁해지고 갈 길을 잃게 된다는 걸, 마흔쯤이 되어서야 깨닫고 있다.

해가 갈수록 화장대가 단출해진다. 한껏 꾸미고 다녔던 과거의 나를 떠올리기 힘들다. 이제는 아이섀도, 볼 터치, 반짝이는 글리터가 없어도 잘 살아간다. 선크림만 겨우 바르고 다닌다. 옅어지는 화장만큼 외부 세상과의 거리도 가까워진다. 양치하다 마주한 거울 속 얼굴을 가만히 들여다본다. 하나둘 생긴 거뭇한 기미와 주름이 보인다. 거짓 없고 꾸밈없는 나에게 미소를 지어본다. 애써 치장하고 덮으려 하지 않고, 구석구석 들여다보며 나만의 예쁜 모습을 찾아본다. 모습에 세월이 담겼다. 지난 시간이 고스란히 내게 남아 오늘의 내가 되었다. 지금도 시간은 차곡차곡 쌓여 나를 만들어가고 있다.

며칠 전, 아이가 잠이 오지 않는다며 내 품에 쏙 들어와 안겼다. 병원에서 곧 사춘기 호르몬이 나올 거라 했는데, 그래서인지 아기가 아닌 청년의 냄새가 났다. 손을 꼭 잡고 한 이불을 나눠 덮었다. 고요하고 폭신했다. 이런저런 이야기를 했다. 머리카락을 이마 뒤로 쓸어 넘겨주며 아이 눈을 바라보았다. 지금, 이 순간 너무 행복해 시간을 멈추고 싶다는 생각을 했다. 세월이 흘러 나도, 아이도 이 순간을 기억하지 못할 수 있겠지만, 내 몸 어딘가에 느낌과 감정은 스며들었을 것이다.

구글에서 수시로 앨범을 만들어준다. 하루는 아이 어릴 적부터 지금까지 모습을 앨범으로 만들어 잔잔한 음악까지 곁들여 보내주더니, 다음 날은 네 식구가 함께했던 날들을 모아 보여주었다. 바쁜 하루를 보내느라 옛 사진 들여다볼 일이 거의 없는데, 깜짝 선물처럼 하나씩 내어놓는 덕분에 쌓인 시간을 잊지 않고 있다. 화면 속 과거가 선명하게 다가올수록 나의 심지가 더 튼튼해지고 있다.

흘러가는 시절을 영원히 붙잡을 수 없다. 아쉽지만 다행이다. 힘들었던 날들은 지나고 나면 이상하리만큼 희미해지니 말이다. 왜 나만 희생해야 하나 불만 가득했던 마음은 흐려지고 아련함만 남았다. 사진과 영상에는 행복이 담겨 있다. 우울하고 아팠던 기억은 사진 속에 없다. 망각의 동물이라 다행이다. 모든 걸 다 기억하고 넣어두지 못해서 다행이다. 힘든 기억은 잊히고 지나간 날들은 예쁘게 다듬어져 고스란히 남았다. 그런 시간이 쌓여 나를 만들어주었고, 가지런히 정제된 기억은 나를 더 단단하게 만들어준다. 힘차게 나아갈 힘이 되어준다.

어수룩했던 예전의 나. 매 순간 최고의 선택을 했지만, 시간이 지나면 아쉬움이 남는 오늘 모습이 잘못된 것은 아니다. 어설프면 어설픈 대로, 나만의 방식으로 나를 만들어가면 된다. 많은 시행착오를 겪었고 앞으로도 그럴 거다. 좌절하고 상처받더라도 유연하게 풀어나갈 수 있을 거라 믿는다. 코에 걸면 코걸이, 귀에 걸면 귀걸이 아닌가. 이제껏 그래왔듯이, 힘든 날들은 더 나은 방향으로 나가는 기회가 될 것이다. 넘어져본 경험 덕분에 지금 새로운 도전을 하고 있다. 매 순간 작은 선택들이 지금의 나를 만들었다. 그리고 미래는 그리기 나름이다. 원하는 모습을 만들어가는 노력이 오늘과는 다른 내일, 일 년, 십 년 뒤의 나를 결정할 것이다.

어느 여름날, 강원도의 공원 한구석에 돌탑들이 어마어마하게 쌓여 있었다. 온 사방에 높고 낮은 돌탑들이 가득했다. 손바닥보다 작고 반들반들한 돌 하나를 주워 조심스레 올렸다. 그러고는 두 손을 맞대고 소원을 빌었다. 수많은 돌에는 저마다의 사연이 담겨 있을 테다. 내 소원이 담긴 돌 하나 올렸다고 다른 누가 알아차릴 리도 없지만 분명한 건 돌 하나, 나의 기록이 쌓였다는 거다. 표 나지 않아도 꾸준히 쌓아 올리면 탑도, 성도 만들 수 있다. 나는 매일 쌓아갈 것이다. 한없이 사소하고 별 볼 일 없는 일상처럼 보일지라도 말이다.

아직 내겐 꿈이 있다. 나만의 독창적인 아이디어로 맞춤형 서비스를 제공하는 아이디어 프러너로서의 삶을 꿈꾼다. 지금도 충분히 행복하지만, 언젠가는 나의 비전을 펼쳐 보일 수 있는 교육 사업을 해보고 싶다. 아직은 막연하다. 앞으로 어떤 형태의 이야기로 펼쳐질지 모르겠다. 그렇지만 지금까지 나를 만들어왔던 것처럼 앞으로 쌓아갈 하루하루가 스며들어 성장할 것이라 믿는다. 넘어지더라도 괜찮다. 그 또한 나를 더 깊게 만들어주는 성장의 발걸음일 테니.

　가끔 셀프 칭찬을 한다. 예전 같으면 불만 가득한 마음으로 나
를 갉아먹던 상황에서 바로 훌훌 털어버리는 나를 발견할 때 스
스로가 기특하다. 덕분에 웃을 일, 감사할 일도 많아졌다. 과거에
매몰되어 땅만 보고 힘겹게 걷는 것이 아니라 하늘도 올려다본다.
넓은 하늘 캔버스를 배경 삼아 무엇이든 그릴 자신감이 생긴다.
미소가 지어진다.

　멈춰 있던 손을 움직여 나만의 스케치를 해본다. 비뚤고 모양이
찌그러질지라도 용기 내어 본다. 완벽한 때란 있을 수 없다는 걸 알
기에 그저 나만의 속도와 흐름에 손을 맡긴다. 넘어지고 힘든 날 왜
없겠는가. 당연히 많을 거라는 것도 안다. 그럼에도 한 붓 그려낼
수 있는 의지를 다져본다. 가끔 두려움과 허무함이 나를 덮치기도
하지만, 한 땀 한 땀 그리고 있는 그림이 나에 대한 믿음을 주기에
힘이 난다. 또다시 지지고 볶는 일상이 이어질 거다. 그렇지만 시나
브로 선명해지는 꿈이 있기에 하루를 기대되는 마음으로 맞이할
수 있다. 나만의 속도대로 나의 길을 뚜벅뚜벅 나아가본다. 그렇게
앞으로 그려나갈 시간만큼은 나를 꿈꾸는 모습으로 만들어줄 것이
다. 오늘도 그렇게 나는 나만의 그림을 그려본다.

10.
나만의 호흡에 맞춰
들이쉬고 내쉬고

한은서

다른 사람들에게 인정받고 사랑받는 게 중요했다. 그러다 보니 나를 돌아보기보다는 타인과의 비교가 기준이 되었다. 남들만큼 못하고 있다는 생각이 들면 쥐구멍에라도 들어갈 정도로 움츠러들었다. 당연히 나를 사랑하거나 아끼는 마음은 없었다. 집안일에 적응되고, 아이들과의 시간도 익숙해지니 일을 하고 싶었다. 다시 무엇을 시작해야 할지 몰라 이것저것을 배우며 자격증도 땄다.

그즈음 대전에 사는 친구가 월차를 내고 나를 보러 집 근처로 왔다. 인천에 살 때는 가끔 전화 통화라도 했는데, 회사 일로 대전으로 내려가 살다 보니 통화하는 것조차 쉽지 않았다. 오랜만에 만나니 수다에 시간 가는 줄 몰랐다. 동갑내기 아이를 키우다 보니 교육과 관련한 얘기만도 끝이 없었다. 수다 떠는 사이, 일과 관련된 전화부터 다른 지인의 전화까지 친구의 전화는 쉴 새 없이 울렸다. 여러 번 울리는 벨과 통화 소리는 대화에 집중하지 못하게 만들었다. 친구가 통화하는 사이, 내 전화기를 만지작거렸다. 어머니의 전화도, 업체의 요청 전화도, 수시로 늘어나 있는 카카오톡 메시지도 더는 나를 괴롭히지 않았다. 막상 일을 그만두니 출근하며 바쁘게 사는 친구의 모습이 부럽기만 했다. 친구는 입사 시험 없이 공기업에 들어가는 행운을 얻었다. 친구의 취업은 열심히 취직을 준비하던 나를 힘 빠지게 했었다. 회사 일로 초등학교에 갓 입학한 첫째를 제대로 챙기지 못했다. 그 당시 친구는 육아휴직을 냈고, 친정에서 지내며 버킷리스트대로 알뜰하게 시간을 활용했다. 척척 잘 도와주고 챙겨주는 친정과 시댁이 있는 게 부러웠다.

열심히 살고 있지만, 내 편 하나 없다는 생각에 외로웠다. 코로나로 온라인 세상을 만나면서 가장 많이 들었던 말이 '생산적인 삶'이다. "육아휴직을 해보니 너무 비생산적이더라"라며 무심코 던졌던 친구의 말이 떠올랐다. '생산적'이라는 말이 가슴에 꽂혔다. 퇴사 후의 내 삶이 아무짝에도 쓸모없고 가치가 없는 것처럼 들려 몽땅 잘리는 느낌이었다.

코로나 거리 두기는 나에게 새로운 세계를 안내했다. 자연스럽게 친척들과 거리 두기가 이뤄지니 집안 제사 일도 힘들지 않았다. 그전에 보지 못했던 세상이 눈에 들어왔다. 온라인을 통해 다양한 챌린지와 강의를 만날 수 있었다. 할 수 있는 게 아무것도 없다고 좌절하고, 우물 안 개구리로만 살았던 내가 변화할 기회가 되었다. 시간 관리를 위해 다이어리도 사고, 단체 채팅방에서 인증하며, 성장을 위해 달리는 서로를 응원했다. 여러 강의를 듣다 보니 알지 못했던 무궁무진한 세계가 흥미로웠다.

때론 커리큘럼보다 질이 떨어지는 강의로 돈이 아깝다 느낀 적도 있었고, 무책임한 강사의 말에 상처를 받기도 했다. 생산적인 삶을 위해 프로 수강러도 되었다. 결과가 내가 들인 시간과 노력만큼 돌아오지는 않은 것 같아 나에 대한 실망과 가족에겐 미안하기까지 했다. 멀리 보니 비극 같은 시간이었지만, 기록하면서 살펴보니 희극이었다. 다양한 경험 덕분에 지금의 내가 있었다. 몰랐던 나 자신도 알게 되고, 나에게 더 집중하고 싶어졌다. 무엇을 좋아하는지, 무엇을 하고 싶은지, 앞으로 어떻게 살고 싶은지.

자연스럽게 눈이 떠지면, 잠자리에서 일어나 조용히 욕실로 간다. 양치하고, 부엌으로 가서 물을 마신다. 차 마실 물을 끓이는 동안 내 책상에서 기도한다. 그리고 명상을 한다. '깊게 숨을 들이마시고, 멈추고, 내쉬세요.' 영상에 따라 천천히 호흡한다. 명상을 마치고, 끓인 물에 소금을 타서 마신다. 짭짤한 맛이 몸을 깨우고, 따뜻한 기운이 온몸에 퍼진다. 가계부와 감사 일기를 쓴다. 다이어리를 열어 일정을 확인하고, 빠르게 신문도 훑어본다. 아침 식사를 준비하고, 아이들을 깨워 밥을 먹인다. 아이들이 기분 좋게 등교하는 날이면 나의 기분까지 가볍다. 숨 쉬는 것은 누구든 쉽게 하는 일이라고 생각했다. 나이를 먹으니 간단하게 여겼던 호흡조차 그냥 이뤄지는 일이 아니라는 사실을 깨달았다. 길가의 잡초도 생겨난 의미가 있다는 것이 새삼 느껴졌다. 의미 없다고 느낀 시간이 지금의 나를 만들었다고 생각하니 모든 게 감사했다. 그동안의 경험으로 나의 복잡한 마음을 다스리는 데 도움이 된 방법이 있다.

첫째, 명상이다. 가부좌를 틀고 정자세로 앉아야만 명상인 줄 알았다. 명상하는 동안에 다른 생각을 하면 잘못되었다 믿었다. 김주환 교수의 책과 영상을 통해, 명상은 모든 상황에서도 가능하다는 것을 알게 되었다. 앉거나 서도 되고, 걷거나 설거지하면서도 가능했다. 몇십 초만 지나도 집중 못 하는 자신을 알아차리는 게 핵심이다. 다른 생각을 하는 나 자신을 알아차리고, 명상하는 본래의 나로 돌아오면 그만이란다. 집중하지 못했다고 자책하지 않으니, 명상에 대한 부담도 없고 편안해졌다. 호흡이 안정되니 갑자기 화나는 경우도, 거절과 승낙의 경계에서 헤매는 일도 줄었다.

둘째, 감사 일기 쓰기다. 결혼하면서부터 시댁 때문에 경제적으로 힘들어지고, 내 건강에 이상이 생겼다. 그러고 나니 나를 돌아보게 되었다. 그러나 어디서부터 해야 할지 몰랐다. 내 자존심에 친한 이에게 고민을 털어놓지도 못했다. 2019년 말 블로그를 알게 되면서 기록을 해봐야겠다는 생각이 들었다. 육아 정보를 얻기 위해 놔두었던 블로그에 무엇을 쓸까 고민하다가 처음 쓰기 시작한 게 감사 일기였다. 아침에 눈을 뜬 것부터 가족의 함께 저녁을 먹은 일처럼 지극히 일상적인 시간도 감사하다고 썼다. 쓰다 보니 감사할 일이 많아지고 마음까지도 편안해졌다. 책 필사, 왼손 필사, 모닝 페이지 등 다양한 쓰기에 도전했다. 생각과 감정을 기록하니 나를 이해하는 데 도움이 되었다. 감사 일기가 아니더라도 기록하는 것은 충분한 가치가 남더라.

셋째, 독서다. 어느 분야든 성공한 사람들의 책을 보면 독서가 삶에 어떤 영향을 미쳤는지에 대한 얘기가 나온다. 내게도 책은 나침반이다. 일이 바쁘다는 핑계로 놓았던 책을, 아이를 어떻게 키워야 할지 고민하면서 찾은 게 육아 책이었다. 똥손에 느린 솜씨로 제사 음식을 준비할 때도 찾아본 것이 한식 요리책이었다. 아이들에게 좋은 습관을 만들어주고 싶어 읽어준 동화책, 재밌게 읽어주려고 배운 동화 구연, 독서 토론도 모두 책에서 시작된 것이었다. 지나고 보니 내 인생에 중요한 시점마다 함께 있어주었다. 나에게 견디고 이기는 힘을 배우게 했다. 고민을 나눌 수 없을 때 친구가 되고, 멘토가 되어 나를 지지해주었다. 용기를 주고 응원했다. 읽은 내용을 블로그에 쓰다 보니 기록에 대해 고민하게 되었다. 그러다 우연히 부자 마녀의 글쓰기 무료 강의를 들었다. 생각보다 많은 사람이 글쓰기 강의를 듣고 있었으며, 나와 비슷한 고민을 하는 사람들이 많다는 사실에 놀랐다. 강사의 열정이 나에게도 전염되었다. 막연한 두려움에 시작하지 못했던 글쓰기가 나도 할 수 있다는 의지를 다지게 했다. 그래서 지금 글쓰기 수업을 들으며, 열심히 배우고 있다.

타인과 같이, 아니 비슷하게라도 살아야 한다고 생각했다. 비교하며 내 삶을 한숨으로만 채웠다. 그러지 않아도 되는데도 누군가의 눈치를 보거나 자꾸 맞춰가려 했다. 이제야 내가 나를 사랑하는 마음의 크기가 작았음을 알겠다. 지금까지는 타인의 시선을 의식하며 살아왔기에, 내가 나를 사랑하는 마음을 더 많이 채워가기로 다짐한다. 이제 내가 해야 할 일은 예전과 다른, 오직 나만의 삶을 살기 위한 노력뿐이다. 한 번에 되지는 않겠지. 지금까지 살아온 시간이 헛되지 않았음을 끊임없이 증명해야 할 때도 올 테지. 타인에게 끌려다니는 것이 아닌 오롯이 나만의 삶. 그렇게 하기 위해서라도 속도를 나에게 맞춰야 한다. 숨을 들이마시고 내쉬려면 타인이 아닌 나의 호흡이 중심이어야 하듯, 그렇게 천천히 조금씩. 바삐 지나가버리면 길가에 핀 예쁜 풀꽃도 보지 못한다.

자세히 보아야 꽃의 온전한 모습을 볼 수 있는 것처럼, 그렇게 조금씩 나라는 꽃을 세상에 드러내려 한다. 나의 작은 경험마저도 사랑할 줄 아는 그런 사람. 앞으로 남은 내 삶의 시계에서 그렇게 찬찬히 나만의 호흡으로 살아 숨 쉬는 내가 되려 한다. 그것만으로도 이미 내 삶은 충분히 의미 있지 않겠는가.

마치는 글

김은숙

남편이 벌어다 주는 돈으로 걱정 없이 살았습니다. 남편 그늘에서 내가 하고 싶은 것 하면서 언제까지나 그렇게 살 수 있을 거라 생각했습니다. 노후 준비가 안 되어 있던 어느 날, 남편에게 병이 생겼습니다. 착하게 살았던 끝이 이것인가 싶었습니다. 누구에게나 올 수 있는 것이기에, 내가 어떻게 받아들일지는 온전히 나의 몫이었습니다. 절망하기보다는 내 상황을 점검해야 했습니다. 강제적으로 쉬어야 하는 남편에게 자유롭고 풍요로운 노후를 선물하고 싶어서 돈 공부를 시작했습니다. 이제껏 아무것도 안 하고 있었다는 자책과 남을 향해 있던 시선을 거두었습니다. 나를 보는 시간이 쌓이면서 목표가 생겼고 이루고자 하는 의지가 생겼습니다. 못할 것만 같았던 목표들이 이루어지고 있습니다. 목표를 잘게 쪼개어 실행하고 칭찬의 스탬프를 힘주어 찍으며 하루를 마무리합니다. 제가 이렇게 마음먹을 수 있었던 것은 저의 포지션이 달라졌기 때문입니다. 불행은 행운과 함께 온다고 합니다. 저는 불행 뒤에 크게 숨어 있는 행운을 찾았습니다.

박은정

한 것도 없는 것 같은데 시간 참 빨리 흐릅니다. 나이 한 살 더 먹을수록 더 빠른 것 같습니다. 그동안 무엇을 이루고 살았나 생각해봅니다. 별것 없다고 생각했지만, 일 년 전 나와 지금의 나는 많은 것이 달라졌습니다. 작년보다 읽은 책이 더 많습니다. 올해는 글도 쓰기 시작했습니다. 경제적 자유 누리고 싶어서 경제 공부도 시작했습니다. 매일 가계부 쓰고 경제 기사도 읽고 있습니다. 잘된 것만 있는 것은 아닙니다. 체력을 키워보겠다며 시작했던 달리기는 잠시 멈추었습니다. 다시 시도해보는데 잘 안 됩니다. 업무에 필요해서 시작한 외국어 공부는 퇴사하면서 그만두었습니다. 새벽 기상하는 영상 보고 자기 계발 시작했는데 그게 가장 어렵습니다. 원하는 대로 될 때도 있고 그렇지 않을 때도 있습니다. 우리 인생이 그런 것 같습니다. 잘되는 것 같다가도 어느 순간 방향을 잃고 헤맵니다. 엄마를 애타게 그리워했던 어린 시절의 결핍이 열심히 살고 싶은 지금의 제 모습을 만들어주었습니다. 지나온 순간들에 의미 없는 시간은 없습니다. 지금 내게 주어진 것, 이 순간에 감사하며 살아가려 합니다.

김은희

대학 졸업 후 취업한 병원에서 지금까지 23년을 일했습니다. 그 사이 결혼도 하고, 두 명의 아이를 낳았습니다. 출산 휴가 6개월을 제외하곤 쉼 없이 일했어요. 오랫동안 봐온 환자들이 묵묵히 그 자리를 지키고 있다며 보기 좋다 하십니다. 예전에는 그 말들이 칭찬으로 들렸지만, 언제부턴가 부끄럽단 생각이 들었어요. 변화가 없는 삶으로 느껴졌거든요. 40대 중반에 번아웃 증후군도 찾아왔습니다. 매일 출근하던 곳이 낯설고, 모두 저를 무시하는 것만 같았어요. 아무것도 이뤄놓은 게 없다는 생각에 두려웠습니다. 모든 게 정지된 상황에서 가만히 나를 돌아보게 되었어요. 꾸준히 일만 했던 저는 모아놓은 자산으로 더 큰 집을 장만할 수 있었습니다. 아이들은 언제 저렇게 컸는지 부모보다는 친구가 더 좋은 나이가 되었어요. 지금까지의 시간이 헛되지 않았으며, 잘 살아왔다고 얘기해주는 것 같았어요. 예전의 내가 있었기에 현재의 내가 있는 거지요. 다만, 이제부터는 지금과는 다르게 보내고 싶어졌습니다. 이제는 나에게 더 집중하며 살려고 합니다. 첫발을 떼는 아기처럼 한 발짝씩 앞으로 나아갈 거예요. 서툴고 모자란 지금의 모습도 괜찮습니다. 언젠가는 나에게 또 다른 결과물을 안겨주리라 믿어요. 지금까지 물 흐르듯 살았던 삶에서도 의미 없는 건 없었어요. 나에게 칭찬과 박수를 보내는 사람이 되었으면 좋겠습니다.

박미라

내가 즐기는 것 중 하나는 텅 비어 있는 공간에 홀로 고요히 앉아 있는 것입니다. 복잡함이 사라지고 나의 내면 깊숙이 숨겨져 있던 것들이 자연스럽게 드러나기 때문입니다. 반대로 나 자신을 탐구하러 내면으로 들어가기도 합니다. 모든 길은 나에게서부터 시작됨을 알아차리는 시간입니다. 이 공간에는 자유가 있고, 세상에서 가장 강한 내가 있습니다. 나에게 일어나는 소박하지만 멋진 일들, 감사한 일들을 저축하고 기록해나갑니다. 성공한 사람들은 아주 작은 것에서부터 시작했고, 상상 못 할 기회도 소소한 곳에서 발견했다고 합니다. 그러니 두렵지도, 조급하지도 않습니다. 소의 걸음으로 우직하게 걸어 나가기만 하면 됩니다. 나에 관한 질문을 찾고 아이디어, 기회, 방법을 찾아 나섭니다. 슬럼프가 있다는 것은 곧 밝은 미래가 있다는 것입니다. 나의 취약함을 드러내고 이기는 사람이 되기로 했습니다. 삶이 가치 있는 것은 파도치듯 변하기 때문입니다. 오늘도 번데기에서 탈출해 나비가 되어 날아가는 상상을 하며 부단히 매진 중입니다.

박선희

지난 시간 모두 그 나름의 의미가 있습니다. 살면서 겪었던 여러 가지 어려움들은 나를 겸손하게 해주었고 더 따뜻한 사람으로 만들어주었습니다. 어린 시절 아픈 동생을 데리고 다녔던 건 부모가 덜 마음 아파하길 바라는 나의 작은 배려이기도 했습니다. 직장생활과 육아를 하는 동안 힘든 상황에서도 버틸 수 있는 능력과 그릇을 키울 수 있었습니다. 자녀들을 돌보며 희생했다고 생각했습니다. 하지만 아이들이 없었다면 느끼지 못할 큰 행복을 얻었습니다. 누군가를 위해 나를 내어주고 그들을 아껴줬던 경험들은 나를 성장시켰습니다. 사랑받기만을 바라던 어린아이에서 사랑을 나눠주는 어른이 되어가는 과정들이었습니다. 다른 사람들을 위해 애썼던 그 시간을 통해 더 단단해진 내면을 가지게 되었습니다. 엄마로서, 아내로서, 사회인으로서 일상을 충실히 살아낸 힘으로 나 자신으로 살아갈 수 있는 용기를 얻었습니다. 이제 앞으로 맞이할 날들에는 나를 아껴주고, 하고 싶은 일들을 하며 나의 길을 나아가기로 합니다. 한 번뿐인 소중한 내 인생이니까요.

이영숙

어느 날 문득 나의 모습을 보니 허탈했습니다. 이대로 살 순 없었습니다. 도전하고 실행하며 달라질 나의 미래 모습을 상상했습니다. 나도 성장하고 다른 사람도 도와주는 일, 그것이 나의 가치관이 되었습니다. 이끌려 가는 삶이 아닌 주도적인 삶을 살아가는 내가 되고 싶었습니다. 그래서 좋아하는 일을 찾고, 그 길을 걸어가기로 결심했습니다. 독서를 통해 세상의 다양한 이야기를 접하며, 점점 글을 쓰고 싶어졌습니다. 글을 쓰다 보니 자연스럽게 잘 쓰고 싶어졌고, 그 과정에서 나 자신을 발견하게 되었습니다. 글은 내 생각을 정리하고, 감정을 표현하는 매개체가 되었으며, 나의 목소리를 세상에 전하는 도구가 되었습니다. '도전'이라는 말은 늘 쉬우면서도 어렵습니다. 내가 도전할 때는 힘든데, 남이 하면 쉬워 보입니다. 하지만 그 어려움 속에서 나의 진정한 가치를 발견할 수 있었습니다. 도전은 나를 성장시키고, 나의 한계를 넘어서는 기회를 제공합니다. 이제는 그 도전이 두렵지 않습니다. 오히려 그 과정에서 느끼는 성취감과 기쁨이 나를 더욱 강하게 만들어줍니다. 이제 나는 나의 이야기를 세상과 나누고 싶습니다. 나의 경험이 누군가에게 작은 영감이 되기를 바라며, 앞으로도 계속 도전하고 성장하는 삶을 살아가겠습니다. 주도적인 삶을 통해 나와 같은 고민을 하는 이들에게 희망을 주고, 함께 나아갈 수 있는 길을 만들고 싶습니다. 이 여정이 끝이 아니라 새로운 시작임을 믿으며, 앞으로도 계속 나아가겠습니다.

이은미

 찰리 채플린은 '인생은 가까이서 보면 비극이고, 멀리서 보면 희극이다'라는 명언을 남겼습니다. 이 말에 백번 공감한다는 것은 저도 나이를 먹을 만큼 먹었다는 자백입니다. 삶을 무대에서 공연하는 긴 연극으로 봤을 때 인생은 멀리서 보면 누구에게나 희극입니다. 멀고 가깝다는 의미를 거리와 시간의 개념으로 이해할 경우라 생각합니다. 젊은 날, 크고 작은 고난과 불행들이 제가 주인공인 인생의 무대를 장악하였습니다. 몇 번째 막이며 몇 번째 장인지 도통 알 수 없었고, 너무 힘들어 비극이라 생각했습니다. 주인공의 의지를 반영하지 않은 연출가는 의도를 내보이지 않은 채, 막과 장을 바꿔가며 이야기를 이어갔습니다. 나이 50을 넘기고 삶에 여유가 생기니 제가 제 인생 연극에서 연출도 하고, 각본도 직접 써야겠다는 욕심이 생겼습니다. 이 연극이 설사 지금까지 비극이었다 해도, 멀리서 보았을 때 희극으로 마무리되기 위해서는 지금부터가 중요합니다. 지난날도 다음 이야기를 이어가는 데 중요한 과정이었을 것으로 믿어 의심치 않습니다. 하지만 앞으로의 이야기에 더 큰 기대를 하고 있습니다.

조미숙

　나이가 들수록 내면의 지혜와 성숙한 모습을 갖추고자 독서를 시작했습니다. 책을 읽으며 앞으로의 계획을 세우기에 앞서, 지금의 나를 있게 한 지나온 시간을 돌아보게 되었습니다. 미래로 가는 길을 찾고 나아가기 위해선 현재에 이르게 한 나의 여정을 알고 이해해야만 했습니다. 글을 쓰며 스스로를 돌아보고 진정한 나를 만날 수 있었습니다. 예상치 못한 불운도 있었지만, 그 모든 시간이 결국 의미 있는 경험이었음을 깨달았습니다. 아픔과 방황과 실수의 경험치가 내일을 위한 소중한 길잡이가 되어주었습니다. 목표를 세우고 도전해보니 매일 지속하는 힘과 에너지가 솟아나는 것을 느꼈습니다. 이제는 나와 같은 길에 서 있는 사람들을 만나면 내가 가진 경험으로 그들의 상처와 갈등을 보듬고 회복을 돕고 싶다는 용기가 생깁니다. 모든 것을 바꾸려 하기보다는 있는 그대로의 존재를 사랑하고 마음을 이해하며 그 변화를 포용해야 한다는 것을 배웠습니다. 사랑하는 이들에게 무언가를 하라고 강요하기보다는, 따뜻한 지지와 미소를 보내고, 좋은 시간을 함께 보내며 기쁨을 나누는 것이야말로 진정한 아름다움이고 나를 행복하게 하는 길임을 말하고 싶습니다.

정민경

마흔은 참 신기합니다. 나이에 얽매이고 싶지는 않지만 40 문턱을 넘어간다고 생각하니, 왠지 다시는 돌아오지 못할 문지방을 넘는 기분이 듭니다. 가끔은 나이가 얼마인지 한 번에 떠오르지 않습니다. 나이는 숫자에 불과하다 생각하지만 마흔은 무게가 다르게 다가옵니다. 그간 잘 살아왔다는 훈장처럼 느껴지거든요. 새로운 전환점을 맞이하는 때인 것 같습니다. 서점에 가면 마흔에 읽어야 할 책들이 얼마나 많은지를 보면서 저만 격동의 시기를 보내는 게 아니구나 싶어 괜히 위로를 받기도 하고요. 얼마 전 머리 빗다가 흰 머리카락을 발견했어요. 저에게 흰머리가 생길 거란 생각은 해본 적이 없었는데 예고 없이 찾아왔죠. 흠칫 놀랐지만 이내 웃음이 났습니다. 이제야 비로소 어른이 된 것만 같아서요. 인생의 새로운 장을 시작하는 신호처럼 느껴졌습니다. 앞으로 써 내려갈 이야기는 어떨까요? 기대됩니다. 설레는 날을 맞이할 수 있음에 감사합니다. 부족하지만 어수룩한 모습도 보듬으며 조금씩 나의 길을 걸어가봅니다. 이 순간들이 켜켜이 쌓여 은빛 백발도 멋지게 소화해내는 멋진 4050이 될 수 있지 않을까요?

한은서

우리는 태어나 죽는 순간까지 타인과의 관계 속에서 살아갑니다. 그러다 보니 타인의 감정에 민감해지고 눈치를 보게 되는 일도 겪게 되었습니다. 다른 사람에게만 초점을 맞추다 보니 저 자신을 제대로 살피지 못했고요. 열심히 살고 있다고 생각했는데, 어느 날 주변 사람의 죽음을 겪고 건강에 이상이 생기면서 허탈한 마음이 들었습니다. 이룬 것이 없다고 느끼니 세상에 배신까지 당하는 기분이 들었습니다. 저의 시간이 의미 없다 느껴지니 자존감은 바닥으로 내려갔고, 혼자가 편하다며 저만의 동굴 속으로 들어가기도 했습니다. 우연히 자기 계발에 관련된 책을 읽게 되면서 글을 쓰고 싶다는 마음이 들었습니다. 한 줄 두 줄 적다 보니 어릴 적 막연하게 가지고 있던 꿈도 생각났고, 미처 몰랐던 부분도 발견하고 있습니다. 무엇보다 감사하는 마음이 커졌습니다. '이 생망'이라며 열심히 살아온 삶을 부정했던 과거의 경험들이 오히려 저에게 좋은 거름이 되고 있다는 사실도 알게 되었습니다. 아주 조금씩이지만 마음이 단단해지고 있습니다. 그래도 앞으로 여러 가지 문제들을 또 만날 겁니다. 이제는 타인이 아니라 저만의 속도와 방향에 맞춰 저답게 살아가려고 합니다. 지금까지도 잘 살아왔고, 앞으로도 잘 살아갈 것을 믿으니까요. 두 번 다시 오지 않을, 우리만의 오늘이 있으니까요.